Helvídio Machado

Saga dos Bandeirantes

A Herança do Passado

© 2016, Madras Editora Ltda.

Editor:
Wagner Veneziani Costa

Produção e Capa:
Equipe Técnica Madras

Revisão:
Neusa Rosa
Ana Paula Luccisano
Jerônimo Feitosa

Dados Internacionais de Catalogação na Publicação (CIP)
(Câmara Brasileira do Livro, SP, Brasil)

Machado, Helvídio
Saga dos Bandeirantes : a herança do passado / Helvídio Machado. -- São Paulo : Madras, 2016.

ISBN: 978-85-370-1016-7

1. Ficção brasileira I. Título.
16-05268 CDD-869.3

Índices para catálogo sistemático:
1. Ficção : Literatura brasileira 869.3

É proibida a reprodução total ou parcial desta obra, de qualquer forma ou por qualquer meio eletrônico, mecânico, inclusive por meio de processos xerográficos, incluindo ainda o uso da internet, sem a permissão expressa da Madras Editora, na pessoa de seu editor (Lei nº 9.610, de 19/2/1998).

Todos os direitos desta edição reservados pela

MADRAS EDITORA LTDA.
Rua Paulo Gonçalves, 88 — Santana
CEP: 02403-020 — São Paulo/SP
Caixa Postal: 12183 — CEP: 02013-970
Tel.: (11) 2281-5555 — Fax: (11) 2959-3090
www.madras.com.br

Índice

Barão do Café..7
"O Barão do Café...13
  Cabo Mendes, o "Couro de Anta...............................37
  O Casamento 177
  A Invasão da Mata Verde 186
Final...215

Barão do Café

Antônio Carlos Ancheta esperava, com ansiedade, ser chamado por seu redator-chefe, senhor Peixoto, para sua efetivação no cargo de repórter de um dos melhores jornais da capital paulista. Todavia, desde quando foram apresentados, notou que sua presença, por parte do seu superior, não era a que deveria ser: amistosa. Na verdade, se não fosse a interferência do Dr. Otávio Mesquita, diretor do periódico, para sua indicação, seria um sobrinho de Peixoto o ocupante da vaga a ser por ele preenchida. Já fazia duas horas que esperava e nada. A delicada e bonita secretária do senhor Peixoto ficava acanhada de, a todo o momento, convidar pessoas que tinham chegado depois dele para serem atendidas com prioridade.

Essa oportunidade era a que mais lhe faltava depois de muito trabalho em jornais de pouca edição. E foi justamente uma reportagem sobre Bandeirantes, com repercussão nacional, que chamou a atenção do diretor.

– Senhor Ancheta! Sua vez! – disse a secretária apontando-lhe a porta. Bateu até ouvir: – Entre!

Sem se dignar a olhá-lo, fazendo rascunhos e acertos em um artigo a ser publicado, Peixoto rosnou:

– Antônio Carlos Ancheta, o senhor terá uma semana de convivência conosco – parou de escrever e o olhou demoradamente.

– Primeiramente se familiarizará com nossos éticos métodos de trabalho – referia-se, com muita ironia, ao jornal anterior em que Ancheta trabalhara que era um pouco sensacionalista. E continuou: – Tenho a firme convicção de que se acostumará com eles. Mas, por que não se senta?

O repórter, por não ter sido convidado antes, apressou-se em fazê-lo.

– Agora sim! – tentou ser mais amigável. – Daqui, precisamente, seis dias, 27 de julho, você deverá ir ao nordeste paulista para fazer um trabalho sobre um barão do café...

– Barão do café?

– Ou baronesa ou qualquer outra alteza! Será publicado em dez capítulos e sua efetivação será baseada em seu trabalho.

Foi um banho de água fria, pois o senhor Peixoto sabia que sua especialidade era sobre os bandeirantes.

Naquela mesma tarde, um tanto desapontado com sua nova tarefa, enquanto dirigia o carro pela Avenida dos Bandeirantes, uma colisão, à frente, fez com que perdesse uns minutos no trânsito. E pensou: "Avenida dos Bandeirantes, Anhanguera, Raposo Tavares e todos os acessos, vias e pistas têm nomes que lembram os pioneiros paulistanos, mas nem por isso deram a eles uma proeminência histórica digna de seus feitos". Para falar a verdade, constatando pessoalmente, poucos compêndios a eles se referiam. Eram simplesmente condecorações sem medalhas. Nas escolas pouco se falava. Na televisão, no cinema e nos livros não eram lembrados. Essas frias lembranças pareciam obrigações, como se houvesse um regime ditatorial e seus heróis devessem, coercitivamente, ser lembrados. Naquela noite, mais uma vez, faria uma conferência sobre Bandeirantes.

Ouviu-se uma buzina insistente... Os pensamentos não o deixaram perceber que o trânsito já fluía.

Às nove horas da noite tudo estava pronto para o início da conferência. Antes que a iniciasse, notou que diversos repórteres de outros jornais, que haviam prometido marcar presença, não deram o ar da graça. No salão, em cadeiras esparsas, poucas pessoas haviam comparecido. Ele estava pagando muito caro por sua paixão por História. Eram noites e noites insones devorando notícias sobre os pioneiros. A dedicação extremada lhe havia custado seu casamento. Um grande desalento apossou-se do repórter.

Às onze horas e quinze minutos, depois da tradicional pergunta: –Alguém gostaria de tecer algum comentário? – a conferência tinha terminado. Um ar de desânimo marcou seu semblante. Muitas pessoas que ficaram de comparecer não o fizeram. Olhou para uma cadeira, à direita, e lembrou-se de uma elegante senhora, a qual cognominava de "dama misteriosa", sua ouvinte contumaz, que também não havia comparecido.

Pegou suas coisas e foi pagar o aluguel do salão. Enquanto fazia um cheque do valor devido, o recepcionista falou:

– O motorista de uma senhora que sempre frequenta suas conferências lhe mandou entregar uma carta.

Ancheta olhou a linda caligrafia, como se desenhada palavra por palavra, a nobreza do envelope e se lembrou de que, tempos atrás, por ter chegado atrasado, viu um elegante e clássico automóvel parar nas escadarias para que a "dama misteriosa" descesse. Seu motorista, cerimonioso, foi quem lhe abrira a porta do veículo.

"É ela, minha aluna que hoje faltou" – pensou. Abriu com cuidado o delicado envelope.

"Prezado Senhor Antônio Carlos Ancheta.

Não sei se o senhor se lembra de minha pessoa, mas nunca deixei de prestigiá-lo. Temos intrinsecamente os mesmos objetivos: lutar para que este país faça justiça aos postergados pioneiros, fazendo-os ressuscitar das cinzas do esquecimento. Tenho papéis e histórias concernentes às suas atividades e as coloco à sua disposição, pois me parece que sua pugna é quase solitária."

Olhou para o endereço de contato. A cidade estava localizada no nordeste paulista. Sorriu e falou para si mesmo: – Nem tudo está perdido!

Precisamente no dia 27 de julho o repórter pegou um trem rumo ao nordeste paulista. Cansado de ver milhares de alqueires plantados com canaviais, lastimou-se: – O que me mandam fazer é o contrário do grande sucesso do momento, pois para ser justo eu que deveria escrever sobre o que há horas vejo pela janela deste trem sonolento: cana-de--açúcar. Mas, sou obrigado a escrever sobre café. Sabe quantos pés de café vi até agora? Nenhum!

Tudo isso passava por sua cabeça quando, levando na sua mão esquerda sua pequena mala e, na direita, uma máquina de escrever portátil, entrou no restaurante da composição. O garçom impecavelmente vestido, paletó branco e gravata borboleta, perguntou:

– Deseja alguma coisa, senhor? – disse com postura estudada.

Depois de acomodar seus pertences, Antônio Carlos respondeu:

– Um guaraná da Paulista e um bauru.

Enquanto esperava abriu a máquina de escrever, alinhou um alvo papel e escreveu o título: O barão do café. Pensou em continuar, mas para não rasgar e amassar o papel, como sempre fazia quando não gostava do que escrevia, parou e se perdeu na paisagem... "Planície, adoro planície! Em São Paulo, capital, é serra para lá, serra para cá, mas aqui minha vista corre impunemente, até onde pode alcançar. Os morros e as serras me sufocam." Divisou pela janela, como fosse mar, um imenso canavial de tez verde-clara. Em seu meio, parecendo navegar, uma grande usina de açúcar, qual transatlântico gigantesco e estático, que deixava uma fumaça cinza sair de suas chaminés que se perdiam em uma grande planície. Não havia um palmo de terra que não fosse plantado.

Foi o único passageiro que desceu na pequena cidade paulista. Como a estação ficava no seu ponto mais alto, desceu pela rua principal, que teimando no tempo, em vez de asfalto, era pavimentada com paralelepípedos. Suas ruas eram estreitas e por toda sua extensão não se viam papéis ou outros dejetos lançados ao chão. Tudo era muito bem cuidado, principalmente os gramados de seus jardins.

Ancheta achou curiosa a rua principal, pois seu ponto central ficava em uma baixada para, logo depois, lado contrário de onde vinha, continuar subindo. Olhando para as lojas comerciais, profissionais liberais e serviços, podia-se perceber que a imigração fora seu forte: Casa Libanesa, Mercado Hirata, Relojoaria Schults, Calçados Manella, Padaria Manieri, Banco Pagano ou Casa Castilho. Pensando no início da imigração, lembrou-se da Torre de Babel.

Depois de hospedar-se, consultou o relógio, pois havia marcado um encontro com a "dama misteriosa" às cinco horas da tarde.

Como não era uma cidade muito grande, o jornalista foi a pé procurar o endereço de sua fiel ouvinte. Ao indagar alguns habitantes onde ficava o endereço mencionado no cartão, ninguém sabia, mas, ao dizer o nome da pessoa procurada, todos a conheciam e tinham por ela o maior respeito.

Olhou para o relógio e às cinco horas, pontualmente, bateu à porta do endereço que lhe foi fornecido. A casa era tipo europeia e muito charmosa, denotando um bom gosto incontestável. Ocupava o centro de um quarteirão inteiro. Como o local era uma pequena colina, a residência era vista por toda a cidade e, por sua beleza e localização, considerada um cartão postal. Um gramado muito bem cuidado circundava a mansão e o acesso para ela era uma estradinha, formando um semicírculo até o portal da entrada. Pedras muito brancas serviam-lhe de piso, deixando tudo muito encantador.

A pesada porta abriu-se e um senhor já de idade pediu ao jornalista que o acompanhasse. Não foi necessário dizer quem ele era, pois ela já o esperava. A casa tinha todo o piso em mármore branco e os vitrais de sua janela, por suas cores, emprestavam uma graciosa visão ao seu interior. O bom gosto era indiscutível.

Entrou na biblioteca e sua anfitriã, elegantemente trajada, recebeu-o com um sorriso tímido. Tinha, apesar da idade, uns traços bem finos e aristocráticos. Podia-se notar que fora uma mulher de chamar a atenção quando mais jovem.

– Bem na hora! – exclamou.

Amélia o cumprimentou e se levantou para pegar alguma coisa, deixando-o livre para admirar sua sala de leitura. Tudo era discreto e de muito bom gosto. O sofá e as poltronas eram de um couro tom castor de excelente feitio. Os livros cuidadosamente encadernados tornavam suas dependências convidativas.

– O que gostaria de beber?

– Se me fizer companhia, um vinho do Porto.

– É o que eu desejava.

Depois de servi-lo, passou-lhe uma caixa com Havanas e o deixou à vontade para fumar, pois eram os preferidos de seu marido e o odor lhe era muito agradável. Quando soltou a primeira baforada a senhora percebeu que o jornalista não tirava os olhos de um imenso quadro, óleo sobre tela, pendurado às suas costas.

– É meu esposo.

O repórter olhou mais demoradamente para a pintura. Seu marido parecia ser um artista hollywoodiano. Cabelos castanho-claros, rosto fino, nariz afilado e dois perfeitos olhos castanhos, tonalidade mel. Mas, fora a beleza e suavidades de seus traços fisionômicos, era sua postura, sua elegância no trajar o que mais se salientavam no belo quadro. Parecia um fidalgo.

Ela olhou para o quadro e disse:

– Realmente, meu esposo era o homem mais bonito que já vi.

Mudando de comportamento e assunto, olhou demoradamente para Ancheta e foi direta ao que pretendia lhe dizer.

– Estive pensando sobre o que o senhor sempre discutia em suas conferências: por que os feitos dos pioneiros sempre foram esquecidos? Seria uma coligação entre a Igreja e os portugueses? Sabemos que eles nunca se deram bem. Com os lusos tiveram grandes refregas, como as do Rio das Mortes, ocasionando baixas em ambos os lados; os padres, fora a congregação Jesuíta, por achá-los muito violentos com seus adversários, nunca os olhavam com bons olhos.

Ela parou um pouco o assunto e notando que o repórter a aprovava com o olhar, continuou:

– Estas forças talvez fossem responsáveis.

– A senhora está cheia de razões. Havia interesses em obscurecê-los. Eram petulantes e não temiam ameaças das autoridades da época. Depois dos portugueses, o império.

– Caro jornalista, vou entregar-lhe um resumo de uma obra baseada em fatos reais. Jamais pensei em torná-la pública, mas esta lacuna nas informações não poderia continuar. Com base em suas conferências, resolvi cooperar com sua solitária campanha.

Os olhos de Ancheta brilharam.

– Mas esta entrega estará condicionada a algumas ressalvas: as datas, os nomes e cidades deverão ser mudados.

O jornalista analisou rapidamente a proposta e considerou que, mesmo prejudicando a história, o melhor seria comprometer-se em aceitá-la.

– Assim será feito. Foi a senhora que a escreveu?

– Meu marido, por ter uma vida de cigano, nunca poderia ter uma só fonte biográfica, por isso foram necessárias três pessoas para escrever sobre ele.

– Quais foram os escritores? – estava curioso.

– Sua mãe, um espião contratado por ela, e eu.

– Espião?

"O Barão do Café"

A capital, São Paulo, era já naquela época uma cidade de altíssimo nível econômico, cultural e social. Sua riqueza saía pelo ladrão. Ali se concentravam os verdadeiros barões do café. Imensas e luxuosas mansões em largas avenidas deixavam atônitos os estrangeiros e os brasileiros de outros estados. Cinquenta por cento da fortuna do país estava nesses palacetes. Um sobrenome quatrocentão, descendente de bandeirantes, não se comprava com dinheiro, era nato. Era, se estivesse em má situação financeira, a porta aberta para casamentos milionários, pois fortunas poderiam ser ganhas ou perdidas, mas um bom sobrenome era inalienável. Foi nessa época que Estélio Pereira Lima, depois de cinco longos anos na capital francesa, terminando seus estudos, retornou para sua mansão, na incipiente Avenida Paulista. Foi uma grande festa, pois o jovem era o único filho da família Lima.

Recebido com um belo jantar, quando desceu as escadarias, sua mãe exclamou:

– Que roupas lindas! Ah, Paris! Capital mundial da moda!

Seu pai, acostumado ao rigor paulistano, não só nos trajes, mas também no modo de falar e masculinidade, por sua vez, surpreendido, manifestou-se:

– Meu santo Deus! Que roupas são essas?

– Cresça meu pai, cresça! Tudo muda! Agora essas roupas são as mais chiques da Europa.

Estélio vestia-se com muito apuro e parecia um delfim de France, mas sua indumentária estava muito mais para a velha Europa do que para a severidade paulistana.

Depois do jantar, sua mãe, eufórica, perguntou-lhe:

– Onde está seu diploma de engenheiro, pois preciso, o quanto antes, afixá-lo em um quadro.

Estélio, muito sério, como não havia pensado nessa pergunta, demorou em responder e, quando o fez, disse com a fisionomia carregada de tristeza:

– Mas já não lhe contei por carta, mãe?

– Não, filho, você não me contou.

– O navio no qual eu enviei meu diploma afundou ceifando centenas de vidas. Dou graças a Deus por ter apenas perdido meu diploma.

Sua mãe colocando as mãos no rosto exclamou horrorizada:

– Graças ao bom Deus – fez o sinal da cruz – você não estava nesse navio!

O pai saiu da mesa, pois odiava mentiras em teatros familiares e pensou: "Aposto que este moleque nunca pôs seus pés, por um dia sequer, na faculdade onde deveria estudar".

Por ocasião de sua volta, os amigos o acharam muito esnobe, pedante e, para simplificar, francês demais. Todavia, se os homens o censuravam, fazia o maior sucesso entre as mulheres e isso irritava seus amigos. Como dançava muito bem as mais recentes músicas francesas, conhecia os ritmos e, fora o modo sofisticado de se vestir, mais sua beleza pessoal, fez o rancor masculino explodir.

Em uma festa, na mansão, frequentada pelos filhos de 50% do PIB nacional, o recém-chegado passou a ser alvo de todas as atenções, principalmente das mulheres. Mas, quando dançava, ressaltava a grande diferença com os demais. Ao contrário do seu recatado noivo, Dr. Alceu Mesquita Vidigal, recém-formado nas Arcadas, Ana, inebriada com o charme de Estélio, em um arroubo da juventude, tirou-o para dançar.

O advogado, no início, achou muito natural, pois quando dançavam, dançavam tão bem, que todos os presentes paravam para vê-los. Todavia, terminada a dança, o casal não se separou e isso começou a irritar o noivo, pois a tinha como uma conquista definitiva.

Estélio levou-a para uma sacada que propiciava uma vista privilegiada do imenso jardim da residência, em cujo centro havia, com conotações nostálgicas, um lindo chafariz. Tudo combinava com a requintada reunião da alta sociedade paulistana.

O que mais chamava a atenção de sua acompanhante eram os lábios carnudos e vermelhos como cerejas, que, juntamente com o sorriso, a tornavam encantadora. Só falavam em francês. Um garçom aproximou-se do casal e lhes ofereceu champanhe.

Enquanto isso, 1.600 quilômetros de distância a oeste, em território paraguaio, cabo Mendes da Infantaria Imperial Brasileira, depois de um dia muito violento, estava sentado fora de sua barraca militar por causa de um calor infernal. Por incapacidade da Marinha que temia ter perdas pronunciadas em sua armada, persistia em não avançar rumo a Assunção. Esta atitude de Tamandaré castigava as já combalidas forças terrestres. Pegou seu cantil e, ao beber a água, sentiu um gosto horrível.

– Água de pântano! Não dá para se tomar.

Cuspiu o conteúdo e preferiu sentir sede a tomar água podre.

Antes de dançarem novamente, para a aflição de Alceu, passaram por imensa mesa coberta por uma bonita toalha, de origem açoriana, que caía até o mármore do piso, onde as mais requintadas iguarias estavam ali servidas, como aperitivo, antes da ceia.

Ana a todo o momento arranjava pretexto para tocá-lo e uma perigosa afinidade nasceu entre eles. Quando falava, aproximava acintosamente seus lábios em tom carmim do bonito rosto de Estélio. O jovem pegou uma torrada apropriada e a serviu com umas bolinhas negras e luzidias.

Ana a experimentou e resmungou: – Hum!...

Eram ovas de esturjão, do Mar Cáspio, precisamente. Um requinte para paladares sofisticados.

A jovem, seguindo suas gentilezas, pegou um mesmo petisco e ia servi-lo, na boca, quando caiu de suas mãos e sujou a camisa de renda do seu acompanhante. Pedindo desculpa, molhou um guardanapo e passou na nódoa. Enquanto o esfregava calmamente, havia malícia em seus movimentos.

Enquanto isso, no Paraguai, cabo Mendes olhou para a noite escura e abafada, acompanhada de um terrível silêncio, que pressagiava um possível bombardeio, e disse para seu companheiro de farda:

– Noite de cão!

Mal acabou de falar, quando um trovejar de canhões paraguaios, que como sempre ocorria antes das batalhas, para não os deixarem dormir, irrompeu quebrando o silêncio. Não os temiam, pois a pontaria era incerta, todavia o troar prometia não terminar tão cedo e, com isso, não os deixaria conciliar o sono.

Como começou a chuviscar, entrou em sua barraca e pegou de seu alforje um pedaço de carne-seca. Ao cortar um naco, notou que o excesso de umidade e chuva haviam estragado um bom pedaço da ração. Tirou uma parte, mas viu que continha vermes em seu interior. Como estava faminto, procurou por um pedaço melhor. Fechou os olhos e o mandou para dentro. Sentiu certa reação orgânica ao ingeri-lo.

Os tiros não cessavam. O calor parecia aumentar e o ar estava tão parado que tinha dificuldades de respirar. Foi nesse momento que sentiu um jato malcheiroso sair de sua boca, e era incontrolável. O vômito, por estar com a túnica aberta, deixou marrom sua camisa e se esparramou por todo o corpo. Era um cheiro nauseabundo. Praguejando, saiu da barraca. O temporal que há tempos prometia caiu como cachoeira sobre ele. Tirou a roupa suja e a colocou à mercê da mãe natureza. Voltou a deitar-se, ouvindo, agora, não só os canhões como também os trovões que disputavam, na noite chuvosa, o campeonato de turbilhões.

– Noite de cão! – tornou a repetir o exausto soldado.

Estélio, que segurava o braço de Ana e elegantemente a acompanhava para a pista de dança, foi empurrado, com muita violência, para longe de seu par. Em voz alta, para que todos ouvissem, Alceu esbravejou:

– Vá dançar com homem!

Como se nada tivesse acontecido, ele voltou a segurar o braço da acompanhante e disse em francês:

– É efeito do álcool!

Nervoso e vendo que todos prestaram atenção ao ocorrido e seu desafeto o ignorava, voltou à carga:

– Você não ouviu? Vá dançar com homem! – Estélio olhou para trás e, com um sorriso irônico, falou sem alterar o tom de voz:

– Vamos ver quem vai dançar com homem, mas lá no gramado, ao lado do chafariz. Só que ninguém vai apartar, certo? Só nós dois desceremos. Que ninguém aparte. Vai ser até um cair.

O provocador, ao tomar um gole de conhaque, quase esvaziou o copo, e sua mão tremia como vara verde.

O desafiado, com elegância, pegou uma taça de champanhe, olhou para sua parceira e brindou à sua saúde. Suas mãos não tremiam. Desceu calmamente a escada, cumprimentado a todos, como fosse o próximo orador a falar. As mulheres em comentários:

– Que cavalheiro! Que charme! Parece um fidalgo.

Todos foram à sacada presenciar o duelo por ofensa à honra.

Estélio estava tirando o paletó, que era diferente de todos os outros convidados, quando, sem esperar, Alceu, que era muito mais forte que ele, socou-o sem aviso prévio. Ele, como estava ainda com os braços presos na vestimenta, pego de surpresa, não pôde se defender e foi jogado ao chão por causa da força do impacto.

Aquela pugna, certamente, para os que assistiam, era a melhor complementação daquela aristocrática festa. O terraço e as janelas, ignorando a orquestra que fazia o possível para acalmá-los, ficaram apinhados de assistentes.

– Quebra este francês veado! Quebra no meio! – gritavam os homens. No entanto, as lindas donzelas, com as mãos no rosto, torciam pelo charmoso dançarino.

Estélio, calmamente, olhou para seu adversário que sorria e o convidava para lutar. Acabou de retirar o paletó, limpou-o da grama que o impregnara, e o colocou no chafariz. Sua calma servia para irritar ainda mais o advogado.

Nova troca de socos e novamente o dançarino levou a pior. Passou as mãos nos lábios e sentiu o gosto salgado de seu próprio sangue. Preparou-se novamente para a luta e, como fosse um bailarino, movimentava as pernas de maneira muito engraçada, indo para a frente e para trás; com os punhos fechados, movimentava-os em círculos.

Dr. Alceu começou a rir do procedimento do seu oponente e olhava para a sacada repleta de assistência, apontando para Estélio, como se dissesse: "Olhem! olhem só para isto!". Mas, mal tinha voltado sua visão para o centro do conflito, quando recebeu um terrível soco na fronte. Ao contrário do dançarino, seu corpo pareceu ignorar a agressão. Alceu sorriu e, com violência, aplicou um novo golpe que balançou o corpo de Estélio. Nesse preciso momento, dois amigos do afrancesado, percebendo a incapacidade de sua reação, tentaram separar a luta de boxe. O advogado, julgando terminado o conflito, foi em direção, ileso, ao chafariz apanhar o paletó.

Estélio, alucinado, empurrou os amigos, limpou o sangue que agora corria de seus supercílios e gritou desafiadoramente:

– Eu falei até cair! Eu ainda não comecei a lutar – disse com muita convicção.

Alceu levou um tremendo susto e demorou a acreditar que deveria lutar novamente. Nova troca de socos. Mais uma vez a vantagem foi do advogado.

As donzelas, vendo o ídolo massacrado, gritavam:

– Parem com isso! Separem-nos!

Estélio nunca apanhou tanto em sua vida. Caía e levantava. Tornava a cair e já estava em pé novamente. De tanto bater, o advogado estava cansado, mas se caísse, no momento, não seria por causa das agressões do dançarino.

Alceu sorriu, abriu os braços e foi ao encontro dele para ridicularizá-lo.

– Vem dançar com macho, vem!

Todos os homens riram a não poder mais e repetiam:

– Vá dançar com macho, vai!

Nesse momento, a fisionomia de Estélio foi lapidada em pedra. Seus olhos faiscaram e um sorriso cínico aflorou em seus lábios.

Ficou parado, esperando um ponto fraco do adversário, sem se importar com os violentos socos que batiam em seu rosto. Estava anestesiado e a dor deixou de existir. Quanto mais apanhava, mais forte e frio lutava. Bastou um descuido de Alceu que abriu a guarda e um soco no queixo o fez vacilar pela primeira vez.

As donzelas suspiraram pelo seu momentâneo sucesso:

– Vai, lindo! Vá, acabe com ele!

Seus passos de dançarino e os movimentos dos seus punhos agora já não causavam risos e sim muito receio no advogado, pois pegara um osso duro de roer. Apesar de tantas e tantas vezes ser socado, sua disposição era como a inicial.

No rosto inexpressível, a determinação era em não sentir a dor. Estélio começou a rodeá-lo. Agora já era o agressor. Tornou a levar grandes pancadas, mas só para esperar uma brecha na defesa. E conseguiu atingi-lo no estômago. Quando pôs suas mãos no lugar atingido, um soco violento, de baixo para cima, o jogou de costas.

As mulheres vibraram e os homens não acreditavam na reviravolta da contenda. Dr. Alceu conseguiu levantar-se, novamente, e ouviu uma voz fria e impessoal que dizia: – Em pé! Homem, em pé! Resista como eu resisti! – Estélio foi friamente a seu encontro, evitou um soco desferido por Alceu e, escolhendo a parte do corpo mais vulnerável, aplicou-lhe uma pancada em que se ouviu o barulho de osso quebrado. Não conseguindo permanecer em pé, como um animal abatido, Alceu ajoelhou-se.

Inúmeros aplausos foram ouvidos, tanto os histéricos femininos como os dos reconhecidos jovens que não acreditavam naquele desfecho, mas, obrigatoriamente, tinham que aceitá-lo. Foi uma luta de se tirar o chapéu. Estélio tinha se transformado em herói.

Mas, portando um sorriso irônico e cínico, em vez de dar suas mãos para levantar o abatido adversário, continuou fria e sistematicamente a socá-lo. Falava baixo e com voz impessoal:

– Deite, homem! É a regra; se não deitar, continuará apanhando – e prosseguiu batendo no rosto deformado do advogado.

Todos se indignaram. Homens e mulheres começaram a vaiá-lo.

Mas ele era incapaz de ouvi-los e continuou batendo, e tanto que suas mãos começaram a sangrar. Como Alceu talvez impossibilitado não lhe obedecesse, preparou o último e certeiro soco. Foi com tanta força, que a cabeça do adversário chocou-se violentamente contra o chafariz.

Conforme bateu, ficou. O socorro dos amigos chegou e, horrorizados pediam, aos gritos, o auxílio de um médico. Estélio pegou o paletó e vendo a gravidade da situação, saiu em disparada para fora da casa. À medida que caminhava, mais seu cérebro o acusava.

– Meu Deus! O que foi que eu fiz?

No fronte paraguaio, uma abençoada chuva minorou o calor infernal que impregnava os soldados de ambos os lados. Era tão intenso que fez a bateria inimiga se calar. Na tenda do cabo Mendes, bem acomodado em seu catre, tinha recebido um pedaço de pão com queijo que lhe mitigara a fome. Uma brisa refrescante soprava do Sul e o fez involuntariamente puxar uma coberta. Uma trovoada o acordou, parecendo ser tiro de canhão, mas percebendo o engano, agradeceu a Deus pelo conforto do momento e o estômago satisfeito. Virou para o lado e disse antes de dormir:

– Não há mal que sempre dure nem bem que nunca acabe.

Como sua residência era longe do lugar que estava e sem o seu trole, Estélio demorou muito tempo para chegar até sua casa. Durante o trajeto uma persistente garoa o deixara molhado até os ossos. Para seu espanto, em frente à casa estava um policial que fazia a ronda de rotina. Por ter ficado muito tempo no exterior, confundiu sua real função. Com seu coração em disparada, rumou para o centro da cidade: "Estão à minha procura", pensou.

Na fuga, com o tempo, quando tudo clareou, Estélio parou e olhando para a rua molhada e vazia, disse:

– De príncipe a perseguido – falou em voz baixa – de rei de Roma a fugitivo da Justiça. Com sua roupa encharcada, cabelo em desalinho, continuou com seus funestos pensamentos: "Há uma hora a nata brasileira me olhava admirada. Eu era seu mais invejado representante, e agora? Minha juventude acabou drasticamente, uma nova vida terei que seguir. Acabo de envelhecer, no mínimo, 20 anos".

Tentou, olhando para sua roupa suja, sapato cheio de barro e lembrando que certamente tinha o rosto repleto de hematomas, entender que em duas horas tudo mudara em sua vida. Mas, ao passar por uma casa noturna de péssima reputação, ouviu de uma mulher loira, que estava na sacada, em francês, umas palavras que insinuavam que nem tudo havia mudado em sua vida: – Que homem bonito!

Por volta das quatro horas da manhã, uma verdadeira caravana de autoridades e policiais bateu à porta da bonita residência dos Pereira Lima. Atendidos pelo criado que, pela pressa, calçara os sapatos ao contrário, um deles, muito bem-vestido e com cara de gente importante, falou asperamente:

– Preciso falar com o Dr. Lima.

– A quem devo anunciar?

– Secretário da Justiça de São Paulo, Dr. Mendonça Vidigal.

Poucos minutos depois, o secretário foi recebido na biblioteca pessoalmente pelo pai de Estélio. Ao ouvir o relato do que havia acabado de acontecer, o senhor Pereira Lima colocou as nervosas mãos em seus cabelos como se quisesse arrancá-los. Os dois se conheciam há muito tempo, pois haviam cursado, em anos diferentes, a mesma universidade.

Depois de ouvi-los:

– Minha vida e meu nome estão arrasados! – havia muita sinceridade em suas palavras, pois jamais tinha cometido erros e sua moral era ilibada. O pior de tudo era que o filho foi de uma crueldade sem limite, o que suplantava todas as desonras. Colocou as mãos no rosto e, depois de muito pensar, disse:

– Não posso, como pai, procurar meu filho para ajudar a prendê-lo, mas pela minha honra e dos meus ancestrais, se ele aparecer em minha casa, prendo-o em nome da lei.

A mãe de Estélio, que sempre aparentava frivolidade e futilidade em suas palavras e ações, na hora necessária tinha atitudes enérgicas e resolutas, mas continuava uma mãe e uma mulher.

Estélio tentou, em hotel barato, dormir para esquecer o acontecido, mas debalde. Rolou pela cama, suou a cântaros na noite fria e seus olhos não se fechavam. Às sete horas, levantou-se e procurou por um jornal que seu pai sempre lia, temendo que ele pudesse vir a saber. Na primeira página, do segundo caderno, em letras garrafais: "Violência descabida na alta sociedade". Narrava, com muitas verdades e inverdades, o ocorrido e, logicamente, pelo dono do jornal ser parente do secretário, apresentava uma versão toda voltada para a vítima. "Se meu pai ler este jornal, certamente serei deserdado" – pensou atemorizado.

Procurou algumas lojas e comprou objetos que seriam úteis em sua nova vida. "Se tiver obrigatoriamente de fugir, meu destino será o mato, o sertão." Depois de preciosas informações oficiais, um nome veio-lhe à cabeça: Ribeirão Preto. Essa era sua opção, que talvez pudesse por pouco tempo ser protelada, pois sabia que estava na hora e idade de fazer seu próprio caminho. Agora, por causa dos terríveis acontecimentos, tinha que ser urgente. Para realizar a fuga, Estélio precisava apenas falar com a mãe ou talvez com o pai. Como tinha lido que a polícia paulista estava à sua procura, tentou viabilizar meios de entrar em sua casa. Os policiais deveriam estar atrás dos muros esperando por ele. Achou um velho chapéu de palha, arregaçou as calças, tirou os sapatos e fingiu ser um andarilho. Sujou e rasgou a fina camisa e, apoderando-se de um velho asno, que pastava na Avenida Paulista, foi puxando-o até a frente de sua casa. Caminhava lentamente, curvado como fosse velho e mancando com a perna direita. Passou pelos guardas, acenou para eles que, indiferentes, negaram-se responder.

Como poderia entrar na casa? Estudou a posição dos policiais e apenas quando deu a volta no quarteirão lembrou-se de que, para ir a lugares proibidos pelos pais, ele havia aberto, há muito tempo, uma passagem sob o alto muro do fundo da mansão. A passagem ficava protegida pelo jardim que a rodeava. E assim o fez. Finalmente conseguiu entrar.

Como já era tarde e os empregados já deveriam estar deitados, entrou pela cozinha, mas deu de cara com o Sr. Reinaldo. Os dois levaram um susto, mas o velho serviçal, restabelecendo-se do inesperado encontro, disse:

– Estélio! Santo Deus, filho! Sua mãe e eu estávamos muito preocupados com você.

– Só o senhor e minha mãe? E meu pai?

O velho senhor Reinaldo não respondeu. Ele abraçou o homem que, desde criança, sempre esteve ao seu lado, na melhor acepção da palavra, e implorou:

– Por Deus! Conte para mim.

– Há 30 anos, antes que houvesse nascido, estou com seus pais e nunca me meti onde não deveria, mas por você ser meu querido filho, que nunca tive, apenas lhe digo: não deixe que seu pai o veja. Fale apenas com sua mãe. Às onze horas começo a apagar as luzes debaixo, deixando apenas as da escada acesas. Vá ao meu quarto e espere chamá-lo.

Às onze horas, em ponto, os policiais, como ocorria todos os dias, assistiam sistematicamente ao apagar das luzes. Escondido, entre os móveis, Estélio tentava escutar o que os pais falavam na biblioteca, e sua mãe dizia:

– No meu entender, o senhor está sendo demasiadamente severo com nosso filho a respeito de honra familiar. Foi apenas uma luta.

– Em primeiro lugar – respondeu o marido –, honra não tem parente, filho, esposa e pai. Honra é honra, simplesmente honra. Não pode ser quebrada, violentada ou simplesmente lesada. Para meu pai, para meu avô e para mim a honra familiar é nosso escudo e uma vez perdido, ficamos sem sua proteção. Em segundo, quanto à morte do advogado, até poderia, com o tempo, ter algumas justificativas, mas com a crueldade que foi executada, não há motivo para perdoá-lo. Na minha família jamais, em tempo nenhum, alguém teve a prisão decretada, enquanto na sua...

A mãe do Estélio não perdeu a serenidade, mas o interceptou:

– O que tem minha família?

– Ora! A senhora está cansada de saber...

– O quê?!

– Seus ancestrais, diferentemente de nós portugueses, eram aventureiros, violentos e péssimos esposos. Onde havia confusão, eles lá estavam.

Um borrão escarlate tingiu o delicado rosto da senhora Antonieta, que falou mais desafiadoramente:

– Vocês, lusos, só vivem em casulos.

– Casulos? – perguntou seu marido. – Que são casulos?

– Caravelas, naus, barcos. Se o Brasil dependesse de vocês, nós, hoje, seríamos o Chile do Atlântico. Uma pequena tripa delimitada pela Serra do Mar. Vocês acharam o Brasil, meus ancestrais o descobriram e conquistaram.

Dr. Pereira Lima apenas retrucava: – Valentes, violentos e arrogantes...

Para encerrar a discussão, pegou um copo com conhaque e foi em direção à porta.

– E, quanto à página do jornal que foi arrancada, eu a li em outro periódico.

Antonieta, para encobrir Reinaldo, pegou a culpa para si mesma.

Quando a porta do quarto, no andar superior, se fechou, Antonieta levou um grande susto ao ver o filho em trajes de andarilho. No início sorriu. Ao vê-lo são e salvo, mas diferente do modo fútil, aceitou suas desculpas do inexistente diploma. Agora, em sua frente, estava outra mulher, uma mulher de têmpera, atitudes firmes, e estas qualidades, tão latentes, só apareciam quando eram necessárias.

Estélio abriu os braços e veio contrito ao seu encontro, mas ela, com o coração doendo, o evitou:

– Você está muito sujo e seu pai poderá descobrir– disse friamente.

Foi um banho gelado, que também o transformou em um bloco de gelo. Ele lembrou, no silêncio que se seguiu, quando os pioneiros foram derrotados pelos emboabas e voltaram para a Vila de São Paulo. As mulheres, com os dedos em riste, disseram em uma só voz: "Voltem e só deverão retornar com nossas bandeiras!" Compreendendo a lição, ele falou:

– Mãe, só voltarei vitorioso. Arranje um bom advogado, não para me defender, e sim para a honra da nossa família. Vou precisar de muito dinheiro.

– A herança que meu pai deixou para você esta à disposição e é muito dinheiro. Para onde pretende ir?

– Ribeirão Preto.

– Onde fica essa cidade?

– No sertão paulista. Mande-me o dinheiro, pois ficarei esperando no melhor hotel da cidade, com um nome falso.

– Qual o nome?

– Bartolomeu Bueno da Silva.

Sua mãe tentou sorrir.

– Adeus, mãe! Se eu não voltar é porque não venci e, se voltar, meu pai e a senhora ficarão com orgulho do filho que lhes causou tantos aborrecimentos.

Quando saiu, sem receber um abraço de sua mãe, virou-se e disse:

– Peça a meu pai que me perdoe, mas... – titubeou em continuar.

– Fale, filho! Fará bem para você.

– Sabe, mãe, não sei o que aconteceu comigo. Mas quando estava apanhando, pois ele era mais forte do que eu, comecei a me sentir um homem de pedra e seus ataques não foram mais sentidos. Como uma força superior me fizesse imune à dor e me tornasse frio e calculista nas minhas ações. Esta maldição me fez perder o controle sobre o bem e o mal.

A mãe colocou as mãos no próprio rosto, admirada com o que ouvia.

– O que foi, mãe?

Ela o olhou profundamente e disse com certo nervosismo:

– Meu avô me contou que também nossos ancestrais possuíam esta maldição.

Naquela noite, dona Antonieta Pereira Lima não dormiu no quarto do marido. Só o senhor Reinaldo, que bem de perto acompanhava o drama familiar, sabia que ela tinha chorado por toda aquela madrugada.

Quando pegou a precária estrada para Ribeirão Preto, Estélio pensou no que lhe estava destinado e que não seria apenas dançar com homem, e sim estar casado com o próprio Demônio.

Dias depois na pequena e próspera vila de Ribeirão, à tarde, após as aulas, uniformizadas a caráter, ricas filhas de fazendeiros passavam pela incipiente Praça Quinze. Traziam nas suas bem cuidadas mãos os livros que estudavam. Por serem, na sua grande maioria, de famílias de alto poder aquisitivo, eram muito vistosas e dotadas de muita graça e beleza. Como era de costume, casavam-se entre parentes ou famílias de grandes afinidades. Não como em São Paulo, mas nomes tradicionais pesavam na balança para futuros comprometimentos. A cidade, naquela época, primava por costumes bem vitorianos. As missas aos domingos eram o ponto de encontro desses pioneiros. Nas casas, as novenas a Nossa Senhora, no mês de maio, pareciam festas natalinas. Nessa parcimoniosa coexistência, coisas que hodiernamente seriam motivo de riso, eram levadas muito a sério e com muito fervor. Tudo era muito austero e simples. Mas quando o preço do café subiu a preços compensadores, os hábitos mudaram, não quanto à religiosidade, pois isso não foi alterado, todavia adotaram os costumes, a língua, as bebidas, músicas, danças, afinal tudo o que provinha da França. Tornaram-se, apesar de suas raízes caipiras, muito mais requintados e conhecedores da boa vida europeia.

Como eram inseparáveis, Amélia Junqueira e Ana Maria de Almeida Mesquita, no pouco tempo que tinham de lazer, antes de voltarem às suas casas, andavam invariavelmente juntas. Caminhavam, como era de costume entre os jovens, mostrando coisas, pessoas, e segredando comentários que, na maioria das vezes, entre elas, causavam risos. Andavam, como era usual, em volta de um grande e de muito mau gosto coreto cor-de-rosa. Ao ouvirem seus nomes, olharam para Abigail, que a passos rápidos, com a mão na boca, como se tivesse visto um fantasma, comentou:

– Vocês não fazem ideia do que acabei de ver!

As duas, segurando-a pelos braços, insistiram:

– Conta, Abigail! Estamos curiosas.

– É um colírio para os olhos de qualquer mulher!

– O quê!!

É um delfim de France! Um deus!

– Onde está este homem maravilhoso?

– Em frente ao Palace Hotel, sentado em uma mesa, na calçada.

As duas bem animadas:

– Vamos ver se é verdade!

Abigail as repreendeu:

– Não vão diretamente, caso contrário ele se julgará o rei de Roma. Deem a volta no quarteirão e finjam ser uma coincidência. E assim fizeram.

Passaram em frente ao hotel sem olhar, mas como combinaram, deixaram intencionalmente cair uma régua. Aí então, olharam ao redor à procura do citado cavalheiro. Em frente a elas, sentado com as pernas cruzadas, um lenço de linho nas mãos, para espantar moscas imaginárias, atrás de uma delicada taça de cristal cor pérola, na qual borbulhava um champanhe francês, estava o delfim. Vendo o que se passava, com graça e elegância, calmamente se encaminhou para as duas lindas moças, apanhou a régua e beijou a mão de Ana Maria de modo elegante e repentino. Ato contínuo, olhou para Amélia, que se corou com as mesuras, e ficou, por intermináveis segundos, olhando sua beleza. Nunca em sua vida tinha sido tocado por tão cativante donzela. Atenciosamente, curvando-se, também beijou suas mãos. Contrariando os severos costumes da época, os três foram dar voltas ao redor do coreto. Estava entretido nas trivialidades quando um garoto, com um estranho chapéu de mensageiro do hotel, chamou-o:

– Sr. Bartolomeu Bueno da Silva! Uma pessoa o espera na portaria.

Ao ouvirem o nome proferido pelo mensageiro, perguntaram:

– Mas seu nome não é Estélio?

Ele sorriu e disse:

– É um chiste.

Despediu-se e, olhando nos olhos de Amélia, perguntou:

– Como se chama seu pai?

– Luís Fernando Junqueira.

– Olha, Amélia, brevemente você terá notícias minhas. Vou me casar com você. Juro por tudo que é sagrado que vou me casar com você. E saiu apressado rumo ao hotel.

A herança do avô lhe foi entregue, mas para o que pretendia, dependeria do preço do alqueire. Logo cedo, perguntou por imobiliárias e a resposta foi inevitável:

– Não há. Apenas dois corretores trabalham na vila, um com residências e outro com propriedades rurais.

Conseguiu o endereço, que não era nem por nome de rua nem por número. As referências eram simples: perto da igreja matriz, ao lado de uma casa amarela.

No mesmo dia, perguntou ao corretor:

– Senhor Zequinha, qual o preço da terra em Ribeirão Preto?

Calculou quantos alqueires pretendia, achando o preço abusivo mas, pensando bem, por questões pessoais, deveria se afastar de centros mais ou menos conhecidos.

– Aqui por perto tem alguma coisa?

– Sim e o preço é convidativo.

– Responda-me: de um ano para cá o valor do alqueire aumentou?

O corretor fez uns cálculos sobre a escrivaninha e respondeu:

– Muito. Em um ano duplicou por causa do alto preço do café.

– Hipoteticamente, neste outro local, a quantos quilômetros daqui?

– No máximo 50.

– É perto de alguma vila?

– Não, senhor Estélio, não é uma vila ainda e sim um pequeno aglomerado de casas, onde moram uns poucos fazendeiros.

– Pois bem, o que me interessa é a perspectiva de valorização e a qualidade da terra.

Levantando-se, o corretor mostrou no mapa afixado na parede:

– É aqui, 300 metros mais alto, temperatura excelente e a terra é genuíno massapé.

Estélio fez cálculos e propôs comprar uma gleba para valorização, perto do local e outra bem mais distante, ainda selvagem, subindo o rio, para plantar café. Teria necessariamente que viver recluso, pois era um fugitivo da Justiça.

Bem cedo, com dois cavalos e quatro mulas com mantimentos, subiram até, como dizia o senhor Zequinha, "um pequeno aglomerado de casas, distantes 50 quilômetros da vila de Ribeirão Preto".

– Qual o nome do vilarejo?

– Cristália.

– O quê?

– Cristália. Seu primeiro colono foi o alemão Oto Weber, que por dificuldades com a língua, em vez de dizer cristalina, por causa de sua água, dizia algo parecido com cristália e assim ficou.

A presença do germânico foi o motivo para a provável aquisição daquelas terras, pois consertava máquinas agrícolas com muita perícia. A primeira gleba ficava a um quilometro da oficina, mas a segunda era outra história.

Naquela manhã, ao montarem, o senhor Zequinha, olhando para as roupas do paulistano, pensou: "Este esnobe almofadinha não vai aguentar até a metade do caminho". Depois partiram para Portinho, um precário atracadouro onde se vendiam ou alugavam barcos para descer o rio; se conseguissem poderiam, talvez, até dormir no local. Mas, chegando ao lugar, o proprietário de um pequeno hotel que não falava português, portanto, ignorando a todos, na acepção da palavra, fingia que a conversação não era com ele. Era tudo muito simples: a comida ficava em cima do fogão à lenha, que se localizava em uma improvisada varanda, de onde se tinha uma vista privilegiada para um formoso rio. A aguardente estava em um tonel, e os pratos, feitos de madeira, bem como as colheres, ficavam em cima de uma pesada mesa que, depois de usados, deveriam ser colocados em uma tina, muitas vezes com água suja do rio, onde tudo era precariamente lavado. O preço era afixado na parede. O engraçado era que o proprietário, muito loiro, feio, malcuidado, não dava a mínima para seus escassos hóspedes. Ao contrário, quando havia freguês, embrenhava-se no mato e num lugar apropriado fazia barcos, de qualquer tipo e tamanho. Todos eles de excelente qualidade.

Quando chegaram, e não era cedo, resolveram dormir e comer ali mesmo.

Estélio, que por seus trajes e refinado trato era uma exceção, olhou a comida, entrou nos quartos e não disse uma palavra sequer. O senhor Zequinha sorria para si mesmo esperando o que poderia acontecer com cliente tão sofisticado.

Em vez de se servir, o paulistano apenas colocou uma toalha bordada onde havia suas iniciais e, abrindo uma bolsa de couro, retirou dela, muito bem embrulhados, dois sanduíches que encomendara no hotel. A seu lado, uma taça na qual entornou uma refrescante limonada. Ao contrário dos outros, comeu vagarosamente, como se contasse a mastigação. Volta e meia usava um guardanapo para limpar os lábios. Parecia estar na confeitaria Colombo, no Rio de Janeiro, dada a elegância ao se alimentar. Como todos o olhavam, fingiu ignorá-los.

Foi no atracadouro que conheceu um ex-escravo, de nariz bem-feito, forte e de cara boa. Só que tinha um pequeno problema: era mudo e surdo.

Estélio, como se precisasse de alguém para os próximos dias ou mesmo para sempre, resolveu contratá-lo para ser seu aio. O negro deveria ser muito bem ensinado, mas como gostava de desafios, resolveu encará-los. No dia seguinte foram contratados mais oito homens. Antes de dormir, já auxiliado por Balu, o surdo-mudo, armou, para o espanto de todos, uma elegante barraca onde confortavelmente pretendia passar a noite. Aos poucos, o senhor Zequinha ia se acostumando com o expediente do jovem paulistano.

Sob a mesma toalha, o jovem colocou uma garrafa de conhaque e, com duas taças apropriadas, convidou o corretor para que bebesse com ele. Como era noite de Lua Cheia, podia-se ver o rio, que descia calmamente ao encontro do Rio Grande. A beleza da noite era um colírio para os olhos dos visitantes.

Já era noite quando, sem olhar para ninguém, o estranho proprietário da pousada passou por eles e foi para seu quarto, que era trancado a sete chaves.

Estélio sabia que um bom conhaque abre o coração, e a boca das pessoas e os dois negociantes; usufruindo da boa bebida, conversaram animadamente por um longo tempo.

Fora da casa, em volta de uma fogueira, os ex-escravos, fugitivos ou libertos, falavam em voz alta muita coisa interessante, mas no momento, depois da terceira dose, o reservado Zequinha confessou que era um foragido. Por discrição, Estélio não pediu detalhes nem podia ficar admirado com o fato, visto que ele mesmo era um deles. Mas Estélio nada lhe contou. No entanto, simultaneamente, pensava sobre aquele fim de mundo onde todos fugiam de alguma coisa ou talvez de si, mas fugiam. Todos vieram recomeçar e tinham chances de fazê-lo mesmo sem esquecer o que lhes havia acontecido, e inexoravelmente, por mais que progredissem, as sequelas não os abandonariam. Eram prisioneiros do passado e as celas poderiam até ser maiores que as habituais, mas os guardas, mesmo sem fardas, eram suas próprias consciências. Nunca apagariam o mal que haviam praticado.

O senhor Zequinha esperou um pequeno empurrão para descrever algo insólito que ocorrera em seu passado, e Estélio temendo que aquele "papo" fosse longe demais e talvez até o fizesse confessar, o que não deveria, foi deitar-se em sua confortável tenda inglesa. O corretor, por sua vez, acomodou-se na horrível cama suja do improvisado hotel. Quando Estélio se estirou no catre, e pensou que em qualquer lugar que fosse estar, mesmo que fosse o inferno, jamais abdicaria de seu conforto. Esse conforto era mais significativo em lugares áridos e selvagens, como um bom conhaque, um requintado prato culinário, que, com o tempo, ensinaria Balu a fazer, ou um champanhe, do que em lugares mais requintados. O contraste salientaria o requinte tornando-o mais, muito mais, prazeroso.

Depois, como o calor estava sufocante e a conversa dos homens alta demais, privando-o de conciliar o sono, passou a escutar o que os ex-escravos falavam.

– Olha lá! Está saindo da casinha. – Estélio se lembrou de que antes do rio havia outra pequena casa de madeira. O preto referia-se ao "Coiso", o europeu, que havia laçado, há pouco tempo, uma bela indiazinha, que não deveria ter mais de 12 anos e a isolara dos seus hóspedes. Todas as noites, o horripilante europeu, munido de um prato com comida e uma garrafa de aguardente, ia aos aposentos da menina, só retornando muito tempo depois. Como ele não admitia que alguém vivesse a seu lado e a indígena, por ser criança, não se acostumava viver só, várias vezes fugia para a selva, mas o "Coiso" sempre a capturava e muito raramente a deixava ficar em seus aposentos. As lendas prosseguiam e, como não conseguia dormir, continuou ouvindo os comentários, que por sinal eram muito interessantes.

Falaram também sobre o quarto dele: não tinha janelas e em seu lugar havia um teto estranho que, esporadicamente, era aberto para a entrada de ar fresco. Odiava estar ao lado de pessoas e muito mais falar com elas. Não cobrava ninguém, não verificava se tinham roubado qualquer coisa, pois isto não tinha importância para ele porque, no Portinho, não havia guardas, cadeia ou qualquer outra mão da lei. O exercício da lei era feito unicamente pela pistola. Qualquer deslize era punido com a morte e o atracadouro era o fim da civilização, o início do portal do nada e do desconhecido. Tanto era real que os homens brancos aceitavam viajar rio abaixo, pois lá havia ainda uns poucos pontos de vida cristã. Todavia, rio acima, nem pensar: lá ficava o inferno.

Um deles, chamado Antônio e que sabia ler, contou que só uma vez viu o interior do seu quarto. Uma pintada havia atacado seu cachorro e ele, para acabar com o sofrimento do cão, pegou uma pistola e foi até onde ele agonizava. Como havia deixado a porta aberta, Antônio entrara...

– Conta Antônio, o que tinha no misterioso aposento?

Antônio olhou para certificar-se de que o europeu já tinha dormido:

– Falem baixo, se ele souber, sou um homem morto. Havia muitos livros.

– Livros?

– Mas, mesmo sabendo ler, não consegui traduzir o que diziam. Era uma língua desconhecida... Na escrivaninha havia uma carta com o endereço escrito em dois idiomas, e o país era Libuana ou Lituânia, não posso precisar ao certo – concluiu.

– Lituânia! Onde fica este país?

– Só Deus sabe! Mas o principal vem agora...

Pegou um toco de cigarro de palha, acendeu na brasa da fogueira, e, calmamente, para que todos ficassem curiosos, deu diversas tragadas.

– Por Deus! Fale, homem, fale!

– Pendurado em um cabide, que por sinal quase me matou de susto, impecavelmente limpa e passada, uma batina, só que não era preta e, sim, vermelha. Um missal e um solidéu da mesma cor. Um cheiro impregnante de incenso pairava no seu interior. Parecia o altar da igreja de Ribeirão Preto.

Na sua tenda, ainda sem conseguir dormir, Estélio pensou: "Bispo, fugitivo e certamente pedófilo. Encontrou seu refúgio neste fim de mundo seguindo a lei indígena, pela qual a criança passa a ser mulher na primeira menstruação, portanto, apta para a vida sexual. É... Todos nós com nossos pecados".

Ainda sem sono, apesar do silêncio humano, tornou a vestir-se e, colocando uma pistola francesa na cintura, saiu de sua barraca. Pegou uma trilha que levava ao rio e percebeu a causa do calor abafado: uma iminente tempestade estava a caminho. Antes de ocorrer, um silêncio assustador tomava, provisoriamente, conta de tudo, esperando cauteloso o que poderia despencar do céu que, agora escondendo a Lua, estava repleto de nuvens negras. Olhou demoradamente o rio, seu único caminho para suas pretensões. As árvores, na maioria do trecho, por serem grandes e altas tampavam o céu deixando-o escuro e misterioso. Como por milagre, em cada canto, em cada galho, quando começou a relampejar, apareceram milhares de olhos que o desafiavam. Sentiu medo. Temeu os animais, as serpentes, mas principalmente os índios sorrateiros. É certo que havia necessidade de fugir, mas precisaria ser em um lugar como aquele?

A borrasca – visto que não a viu chegar, nem os ventos, muito menos os relâmpagos – começou bem ali em cima de sua cabeça, a caracterizar a tempestade. Só que Estélio nunca tinha visto de tão perto um raio que prateou a tudo e a todos, nem ouvido um trovão dentro de uma floresta fechada. O barulho era maior e muito mais assustador. Soava e ressoava sob as imensas copas de árvores. O mundo despencou em sua magnitude, força e poder, ensopando aquele homem e aterrorizando-o com seus relâmpagos que, ao caírem tão perto, deixavam suas pretensões tão pequenas e uma necessidade de preservação falou mais alto: a sobrevivência. Mas, assim como surgiu, do mesmo modo se foi. A chuva parou, as nuvens libertaram a Lua. Os animais voltaram a se movimentar e novamente a claridade suave transformou em prata o inferno lúgubre. Antes de voltar, todo molhado, pensou: "Rio e terra, vou vencê-los com minha teimosia e força de vontade. Terra, vou rasgar suas entranhas, retirar seus filhos e plantar os meus. Serão milhares de pés de café. Eu vou conseguir, juro por Deus que vou conseguir!".

Quando virou para pegar a trilha de volta para o acampamento, Balu o protegia com seu olhar, fielmente o acompanhava e o protegia pela retaguarda.

Depois de dois dias, reconhecendo as terras que pretendia comprar, estavam de volta ao Portinho. Com o pé direito apoiado na proa do barco, um chapéu de couro de canguru, com sua aba direita presa, uma elegante bota e posicionado com as mãos nos quadris, peito estufado, ao contrário do que previra o corretor, Estélio sem fazer uma queixa sequer rapidamente se adaptara à vida sertaneja. Antes de voltar a Ribeirão Preto, pagou Balu e lhe pediu que o esperasse no atracadouro, que procurasse negros para trabalharem e, para surpresa de todos, apenas homens de cor deveriam ser selecionados.

Durante a viagem para Ribeirão Preto o negócio foi praticamente fechado. Pegou no hotel o dinheiro para a transação, separando 10% do total do negócio para servir de entrada e às sete horas daquela noite foram à casa do vendedor.

Quando chegaram à porta da residência, Estélio perguntou:

– Como se chama o proprietário?

– Luiz Fernando Junqueira.

Seu coração bateu forte e, momentaneamente, Amélia ficou mais valiosa do que as duas glebas. Ao entrar, seus olhos varreram o casarão à procura dela, mas não a viu.

O sr. Junqueira aceitou quase tudo o que o comprador pediu e estavam para bater o martelo, quando a porta do escritório se abriu. Amélia, muito faceira, trazia em uma bandeja três xícaras de café de porcelana inglesa, mas ao ver quem seu pai recebia, as xícaras foram ao chão e se esfacelaram.

Foi um corre-corre para ajudá-la e, ao abaixar seu rosto, ficou à altura do rosto dela. Falou, só para ela, em um murmúrio:

– Não se esqueça, vou me casar com você!

Os preparativos para a partida foram dignos de muita euforia. Estélio acreditava de todo coração que seria vencedor.

Dezoito mulas carregadas de mantimento, utilitários agrícolas, remédios, panos para barracas, véus para proteger dos mosquitos cobertores, etc. Cinco grandes barcos, a força dos remos nascida do esforço de 22 homens, subiram o rio até a fazenda recém-denominada "Mata Verde". Não havia palavras para descrevê-la. Vinte e cinco quilômetros de margem de rio. Pelo último levantamento, possuía nada mais, nada a menos, que 105 fontes de águas cristalinas.

Aquela viagem era para valer. Havia uma apreensão generalizada por parte dos que partiriam e dos que simplesmente assistiam à saída da expedição.

Do Portinho, em direção do rio acima, tudo era fora dos limites da civilização; era o portal para o desconhecido. Diziam lendas que muitos que ousaram este empreendimento jamais voltaram, e os negros, por serem supersticiosos, respeitavam esses temores. Estélio não temia lendas, mas essas crendices poderiam ocasionar o retorno incontrolado dos homens, e isso não lhe saía da cabeça.

Quando partiram, para espantar o tédio da longa subida, Estélio pegou um remo, pá para o alto, e batendo-o no fundo barco, como marcação, cantou uma música que seu avô lhe ensinara. Subiram o magnífico rio, e todos os negros cantaram com ele.

O paulistano com seu chapéu de explorador, botas engraxadas, ficava na proa do primeiro barco. Não levava armas na cintura para não amedrontar os tripulantes, fazendo tudo parecer normal e rotineiro.

Antônio, que era estabelecido no Portinho, ao vê-los partir, fez o "nome do padre". Os barcos passaram pelo lituano que, indiferente, nem ousou dar uma olhadela aos colonos que se aventuravam pelo rio nunca dantes explorado. Impassível, continuou seu trabalho. Conforme subiam o rio, este parecia estreitar-se e sua corredeira tornava-se mais forte dificultando os remadores. Nos lugares mais estreitos, as grandes árvores, em margens opostas, encontravam-se. Os galhos enormes simplesmente tornavam escuro o leito navegável. Os animais e as aves estranhavam o séquito e faziam silêncio, e esse terrível silêncio incomodava a todos.

Penosamente os barcos subiam o rio e, se muitos peixes se afastavam receosos, ao contrário, os lindos dourados, atraídos pelo barulho, ficavam bem perto das embarcações, deixando à mostra seus lombos cor de ouro, e, com elegância ímpar, cruzavam as claras águas do rio. Na primeira curva, uma enorme anta, que estava no barranco, assustou-se e pulou na água. Por menos de 20 centímetros, o magnífico animal não acertou a primeira embarcação. Mesmo assim, deu um banho de água fria nos tripulantes. Estélio, que estava muito preocupado com o estado emocional dos seus homens, incitava-os aos gritos:

– Cantem, cantem novamente, homens!

Acompanhando o ritmo dos remos, os ex-escravos começaram a cantar uma linda música em nagô, idioma da maioria deles. A música dizia que estavam saudosos, muito saudosos de sua tribo. A canção deu-lhes um renomado ânimo para vencer os primeiros temores de tão ousada expedição. Vagarosamente, os barcos foram sumindo na quarta grande curva do selvagem rio.

Durante a viagem, em diversas oportunidades, o desbravador teve a impressão de ter visto seres humanos escondidos na mata. Foi tomado por um dilema: se armasse os homens, estes poderiam ficar nervosos; se não os avisasse, poderiam ser pegos de surpresa, mas, por sorte, isso nunca foi comprovado, apenas havia mistérios infindáveis por aquele sertão inculto.

A partir daquele dia, seu exemplo seria indispensável à rígida disciplina do pequeno grupo. Teria que ser o primeiro a acordar, dar duro o dia inteiro e apenas descansar aos domingos. Sonhava voltar a São Paulo, como um vencedor, e reconquistar o abraço que sua mãe lhe negara: "– Não, filho, você está sujo e seu pai poderá perceber".

Depois de remarem por todo o dia:

– Chegamos, pessoal! Tenho imenso prazer de lhes apresentar a futura fazenda "Mata Verde".

Havia determinação no que dizia. Isso fez com que os homens aplaudissem e olhassem para onde apontava. Olharam, tornaram a olhar, mas era tudo igual, cópia da cópia. Apenas rio, árvores e céu, mas um belo e gigantesco ipê, que Estélio determinou como marco para o início territorial de sua enorme fazenda, serviria como distinção na verde monotonia. Lá surgiu, depois de anos, a maior fazenda cafeeira do nordeste do estado.

Como escurecia rapidamente, Estélio queria que o local onde passariam a noite estivesse pronto antes do anoitecer. Para ele, todo fim de viagem, além do cansaço natural do percurso, carregava a incerteza do amanhã, fatores preocupantes e capazes de abater o moral dos colonos. Poderia ser o fim no começo.

Começou a dar ordens e a acompanhar, bem de perto, os preparativos. Aquela primeira noite seria crucial. Em vez de mandar Balu montar sua barraca, preferiu dormir junto ao grupo. Por prevenção, havia trazido carne salgada para fazer um churrasco diferente. Mandou fazer quatro enormes fogueiras, para que dormissem mais rapidamente e não tivessem condições de pensar; mandou preparar, para distribuir depois, uma quantidade razoável de aguardente. Não satisfeito, do outro lado da barraca onde dormiam, sem que ninguém percebesse, escutava palavra por palavra do que os negros diziam: "O que viemos fazer aqui? Olha a quantidade de mosquitos! É o fim do mundo!".

– Temos que voltar – disse Jurandir, o único mulato do grupo, que era, ao contrário dos outros negros, revoltado, e poderia causar um motim.

Outro homem, a seu lado, bem mais ponderado, disse:

– Calma! Todos estão exaustos. Amanhã será um novo e belo dia. Eu confio no fidalgo.

Como Estélio tivesse que tomar uma atitude, apenas bateu palmas e, do meio das redes de dormir, falou:

– Temos quatro fogueiras e quatro homens, que por vez, farão turnos, inclusive eu. Serão por duas horas consecutivas. Balu fará o sorteio e, para comemorar o grande dia, vamos beber para espantar os males!

Estélio sabia que, passando a primeira noite, o humor dos homens melhoraria paulatinamente, bastaria amanhecer. Avisou ainda para os vigias que, caso alguém roubasse ou tentasse roubar um dos barcos, deveriam atirar para matar, visto que a vida de todos correria perigo.

Um sol maravilhoso surgiu naquela manhã. Um agradável odor de café impregnou a densa floresta. Todos que beberam, dormiram muito bem, mas os plantonistas se arrepiaram, por toda a noite, com os urros das pintadas e barulhos que se ouviam provenientes da mata fechada. Um duro e fatigante trabalho deveria começar a ser feito.

A gleba toda, salvo poucos lugares arenosos, era de massapé. Se olhasse para o norte, saindo do sudoeste, uma campina muito verde, como se fosse uma faixa regular, cortava a propriedade até o noroeste. Era ideal para a criação de gado. O restante era uma floresta centenária, que depois de cortada resultaria em grande quantidade de madeira. Deveria ser acomodada, com muita propriedade, para que não se estragasse e, no futuro, seria vendida. Era uma quantidade de terra incomensurável, com 25 quilômetros de beira de rio.

Logo cedo todos estavam de pé e, como havia sol, não houve quem, ao olhar o local, deixasse de apreciar o paraíso que os rodeava. Metade dos homens foi para o destocamento das árvores para a preparação do plantio e o restante ficou para organizar melhor o acampamento. Como havia prometido, não seria por falta de conforto que os homens abandonariam o projeto "Mata Verde".

Depois de um exaustivo dia de trabalho, os colonos foram banhar-se. No acampamento, todo de lona e longos véus para que, enquanto dormissem, não fossem molestados por terríveis mosquitos, eles encontraram refúgio. Cada um tinha recebido um baú para guardar os pertences e havia muita comodidade, até demais para muitos dos ex-escravos.

Separado de todos, embaixo de um magnífico ipê, uma tenda cor creme, de tecido acetinado, de procedência britânica, acolhia o fidalgo desbravador. Uma requintada mesa importada, de pés de metal, e duas cadeiras serviam de aconchego ao paulistano. Toda tarde, invariavelmente, tomava seus aperitivos. Por seu requinte parecia estar na Avenida Paulista. Ali perto, outra tenda, retangular, servia, em todas as épocas do ano, quentes ou frias, para tomar os demorados banhos aquecidos. No início, como seus ensinamentos de gastronomia para Balu, além de difícil assimilação, não eram do seu agrado, depois de trabalhar, como qualquer outro, ia para a cozinha preparar seu jantar. Naquela tarde, foi à despensa do acampamento e lá encontrou três dourados que tinham sido capturados. Mas, como este salmonídio não tinha, em sua opinião, o melhor dos sabores, por sua carne ser muito seca, pegou uma sofisticada, mas incipiente futura carretilha, adquirida na França e foi pescar um que lhe apetecesse.

Por ser, não só pela cor, mas também por seus trajes e costumes, diferente, todos os homens acompanhavam seus passos. Foi até o rio e depois de certo tempo fisgou uma linda piracanjuba que pulava, com muita insistência, para se libertar do anzol. Com muita perícia a trouxe até o barranco. Deveria pesar uns quatro bons quilos. Enquanto o cozinheiro do acampamento, muito grosseiramente preparava os magníficos dourados, Estélio, com seus sofisticados utensílios culinários, à vista de todos e de uma maneira muito simples, preparou sua piracanjuba. Limpou-a e, fazendo em separado um braseiro de madeira dura e resistente, evitando chamas de qualquer tipo e intensidade, colocou-a, com escamas e tudo, apenas limpa, para que lentamente dourasse ao fogo. Preparou rodelas finas de cebola na manteiga salgada e deixou ao fogo sem tostar. Seria o molho para ser colocado em cima do arroz.

Sentou-se à mesa coberta por toalha e enquanto calmamente aguardava, apreciava um bom conhaque francês. Pouco depois, Balu trouxe-lhe a travessa com o peixe e, para surpresa de todos, ao retirar as escamas, serviu-se de uma carne muito branca, salpicada de vermelho-tomate, característica da piracanjuba. O cozimento era todo por igual. Tudo isso era acompanhado pelos olhares vigilantes dos colonos. O prato deu água na boca de todos. Também se serviu de arroz branco e sobre ele a cebola amanteigada. Como era hábito, pouco comeu deixando que o aio se servisse e depois passasse aos outros que, a partir daquele dia, aprendiam uma gastronomia mais requintada e de um sabor muito mais gratificante, sem deixar de ser muito simples e natural.

Antes de se deitar, uns dias mais tarde, foi dar instruções para o trabalho da manhã seguinte. Notou que alguma coisa estava errada. Uma massa podre poderia estragar todas as outras e essa massa era Jurandir; teria urgentemente de sanear o acampamento. Foi para sua tenda e pensou: "Chegou a hora. O pior de tudo é que o homem é um cavalo de forte. Mas a hora chegou. Uma resolução não se posterga. Vai ser o que Deus quiser".

Na manhã seguinte, foi já arrumado para o trabalho, chamou os homens que, estranhando a dura faina, dormiram um pouco mais. Foi até o meio do dormitório e disse com bom humor:

– Bom dia! Hora de acordar.

Saiu para tomar café e quando voltou, como esperava, todos estavam de pé, mas Jurandir continuava dormindo, ignorando o que tinha sido ordenado.

Como portava um pequeno chicote para montaria, bateu em seu rosto:

– Já falei para acordar!

Jurandir, que de soslaio acompanhava os movimentos do patrão, segurou o chicote e retesando seus avantajados músculos, tentou tirá-lo da mão agressora, mas sentiu uma resistência inesperada e, apesar de sua imensa força, não conseguiu o intento.

Olhou raivosamente para Estélio e disse entre os dentes:

– Só obedeço a ordens de homem.

Sem mexer um só músculo do seu rosto, como se o convidasse para um duelo, desfechou-lhe um solene tapa na face.

– Vá embora de minha propriedade! – dizendo isso, deu-lhe as costas e saiu do alojamento.

Jurandir, em um acesso de ódio, como estava nu, tentou colocar a ceroula, mas, ao se levantar, por causa da pressa, tropeçou na vestimenta e caiu ao chão.

Estélio retornou e, olhando para ele, começou a rir. Todos os que assistiam à cena o acompanharam em gargalhadas.

O estado de espírito do antagonista lhe era útil pois, em um caso como aquele, a frieza era primordial. Se alguma pessoa estivesse em cima das gigantescas árvores para assistir a uma luta desigual, a visão que teria seria primorosa.

Estélio, mais alto, porém com o corpo aparentando ser mais fraco, caminhava pelo meio do acampamento. Logo atrás, passando pela cozinha, o imenso mulato apanhou um grosso socador de pilão e, a toda velocidade, tentou alcançar o patrão. O acampamento era todo gramado e algumas árvores centenárias os separavam de uma gleba já preparada para plantio. Em consequência da chuva estava um barro só. Ouviu-se um grito:

– Cuidado!

Estélio viu o imenso homem à sua procura em desatada correria. Ele também começou a correr como se o provocasse, em uma disputa de gato e rato, convidando-o para uma arena que lhe fosse mais conveniente. O fazendeiro era muito mais ágil e sua velocidade era controlada para que o perseguidor deixasse para ele uma faixa de segurança.

Todos do alojamento saíram para acompanhar a luta entre aqueles estranhos Golias e David. Alguns torciam para que o almofadinha fosse enterrado até o pescoço no barro da gleba. Por outro lado, Balu, aterrorizado, corria acompanhando o combate temendo pela vida do patrão.

A arena escolhida por Estélio acabou sendo a da terra molhada do futuro plantio. Com o porrete nas mãos, pés semienterrados na lama e Jurandir à sua frente, controlando a distância fatal, sentiu o momento exato para a defesa.

Jurandir, com a aproximação, levantou o amassador para, com toda sua força, acertar as costas do adversário. Inesperadamente, Estélio fez uma bola humana com o corpo: encostou o peito em suas pernas e estas nos seus calcanhares. O obstáculo imprevisto ocasionou um violento desequilíbrio do adversário que, com seu impulso, foi se esborrachar a uns três metros à frente. O Golias tinha desmoronado. Seu rosto, ao cair, encheu-se de um barro adstringente, colando-o, bem como também sua mão e o amassador, a um solo úmido e pegajoso.

As feições de Estélio tornaram-se pétreas e um sorriso cínico apareceu em seus lábios. Nesse momento, desafiava o Demônio e toda sua corja. Mal teve tempo de retirar, com a mão esquerda, a lama que cobria seu rosto e visão, quando uma elegante bota, com muita violência, chocou-se com a sua mão, que ainda prendia o porrete. Um barulho de ossos quebrados, seguido de um grito alucinante de dor, esparramou-se pela floresta.

Estélio afastou-se e, com sorriso desafiador, convidou o oponente para continuar o que não tinham terminado. O mulato fez um movimento para se levantar, abrindo instintivamente as pernas, quando recebeu um violento chute nos testículos, fazendo-o urrar de dor, enquanto caía para trás. Ato contínuo, colocou as mãos onde fora chutado. Em uma rapidez inesperada, o fazendeiro, com um pulo preciso, já estava sobre seus braços e tórax iniciando uma sequência interminável de socos, transformando, aos poucos, o rosto do mulato em uma massa sanguinolenta.

Todos, admirados, enalteciam as artimanhas do patrão. David havia derrubado Golias.

Estélio esperou que se levantasse e, como isso não aconteceu, começou a chutar, violentamente, o rosto do colono, ocasionando um terrível mal-estar entre os empregados. A admiração deu lugar a um horror pelo massacre que assistiam e começaram a implorar para que parasse, mas, como surdo fosse, continuava a bater, bater, até não poder mais. Quando foi apartado, quase agrediu o separador e só não o fez porque notou que Balu, com expressão suplicante, lhe implorava para que parasse.

Um dos colonos, horrorizado, comentou:

– É o anjo da morte! Ele mata com rosto de anjo!

Depois da separação, o fazendeiro falou:

– Prenda-o na corrente, no velho pau-d'alho e amanhã, bem cedo, este homem deve deixar minha propriedade. Se o vir novamente, vou-lhe abrir a cabeça com um tiro.

– Mas seu sangue poderá atrair animais selvagens – disse um de seus amigos.

– Se você é amigo dele, fique com ele e, por toda a noite, espante os bichos.

A disciplina, depois disso, sempre foi um destaque dos trabalhadores da "Mata Verde".

CABO MENDES, O "COURO DE ANTA"

Por aqueles dias, no Portinho, descendo por sua íngreme estrada rumo ao atracadouro, um homem chamou a atenção de uns poucos brancos e ex-escravos que lá faziam bico. Descia com muita calma e aparentava um porte militar. Seu estranho chapéu cobria-lhe a face avermelhada pelo sol e, por sua posição, não deixava que lhe vissem os olhos. Trazia uma cigarrilha apagada no canto dos lábios e tinha o hábito de fazer malabarismo com ela, fazendo-a se movimentar de um lado para outro de sua boca.

Quando chegou perto do rio, não cumprimentou ninguém. Tirou a pesada mochila militar e colocou-a sobre um galho de árvore. Sentou-se em um toco de madeira, amparando as costas numa gigantesca seringueira. Ficou nessa posição por muito tempo, até que um dos barqueiros passou ao seu lado. O estranho levantou o chapéu, mostrando o rosto antes tapado. Tinha um queixo quadrado, tipo "sargentão", e sua boca parecia não ter lábios, era apenas um fino risco. Ainda com a cigarrilha apagada presa à boca, perguntou onde era o hotel. O transeunte apontou uma tosca construção de madeira: "É ali!".

O estranho comprimiu os olhos, como era um hábito quando fixava a visão e, olhando para o ponto indicado, disse:

– Tem certeza de que é ali?

– Absoluta! Não parece, mas é!

Subiu até o local esperando que alguém lhe atendesse. Esperou em vão. Sentou-se e começou a reler uma carta que remeteria assim que fosse possível. Na missiva, desculpava-se por não ter mandado notícias, pois estava em campanha militar na guerra do Paraguai. Queixou-se, também, da falta de sorte, pois sempre entrava na hora ruim e saía no momento bom. Referia-se às duras batalhas que enfrentara e, quando faltava menos de uma semana do armistício, cansado de tantos sofrimentos, desertara. Se esperasse apenas uns poucos dias, seria promovido a sargento, em vez de ser um desertor das forças nacionais. "São coisas da minha vida" – lastimou.

Prometia mandar daquele momento em diante uma remessa constante de dinheiro para que nada faltasse. Havia arranjado emprego de "agrimensor".

Estava entretido quando, sem esperar, uma garrafa foi colocada em sua mesa. Como não havia feito nenhum pedido, olhou para um homem com feições europeias, que a colocara ali e, em espanhol, dirigira-lhe a palavra.

– Posso?

– Sim, sente-se.

Notou que não havia alguém hospedado ou qualquer outra pessoa por ali. Era um senhor de rosto grosseiro, gordo, seboso e bastante vermelho de sol.

– Não me agrada conversar nem com conhecidos ou estranhos, todavia, às vezes, sinto-me compelido a falar – ofereceu um copo com vodca ao estranho e disse-lhe que a bebida, há anos, estava guardada em seu baú.

O estranho aceitou a aproximação.

– Procurando emprego?

– Sim! Ouvi dizer da existência de invasores, por estas bandas, e meu trabalho é dar proteção aos proprietários.

– Entendo.

– Existem algumas fazendas rio abaixo?

– Sim. Todavia acho que conheço alguém que poderá, muito brevemente, ter problemas com invasores.

– Quem?

O europeu apontou rio acima:

– Um fazendeiro que vai abrir uma grande gleba distante daqui.

– Rio acima?

– É, rio acima. E o engraçado é que nenhum branco quis acompanhá-lo, por isso só contratou ex-escravos. Temo por sua vida, nem todos os negros têm o passado limpo e, além dos perigos da selva, há os índios e os grileiros, que cometem crimes desumanos. Ele deverá aparecer em breve por aqui.

Já haviam se servido da bebida quando uma menina índia aproximou-se e colocou à mesa um prato de madeira com torresminhos de piapara, pequenos filés de peixes torrados, que estalavam quando eram mordidos.

Couro de Anta tentava entender o motivo daquela aproximação e foi parcimonioso nos tragos, pois preferia ouvir a falar.

– Quando vim para cá passei momentos difíceis. Morava sozinho e todo o dia arriscava minha vida...

– Mas por que escolheu esse lugar, que acredito, há tempos, deveria ser muito mais selvagem?

– Olha! Se há uma pessoa que é presa à solidão, este alguém sou eu. Saí da Europa porque não se podia ter um contato mais próximo com a Natureza. Não sou, nem nunca fui sociável, pelo contrário, adoro o silêncio que me rodeia; por isso não falo ou finjo não entender interlocutores. Às vezes passo dias sem dizer palavras – fez uma pausa, tomou, em um só gole, uma dose de vodca e, vendo que a atenção do visitante lhe era favorável, prosseguiu: – Não sou medroso, mas no início parecia que esta selva era mágica. Essa magia se manifestava à noite. Nas águas um estrondo, de minuto a minuto, soava no meio do rio. Urros das suçuaranas faziam meus pelos se arrepiarem, mas eram os gritos humanos, pelo menos me pareciam ser, que se ouviam, pela noite adentro, meu maior tormento. Eram tão sofridos e lamuriosos que faziam os animais instintivamente se calarem. Às vezes, com acirrado temor, sentia que estava sendo vigiado. No meio dos ramos via suas folhas sendo afastadas como se passassem vultos. Uma noite acordei após ouvir passos. À minha frente, com os braços cruzados, um gigantesco índio me olhava impassível. Mesmo com o coração aos pulos, abri os olhos e fingi não temê-lo e ficamos nos encarando por muito tempo. Tive certeza de que ele queria me dizer alguma coisa. Depois de um tempo, se virou, deu uns passos em direção ao rio e fazendo um risco na areia com os pés, sumiu na noite escura. Se quisesse me matar, eu já era.

O estranho continuou ouvindo muito admirado, pelo tanto que falava, pois o interlocutor havia-se proclamado um anacoreta.

Apontou um lugar perto do rio:

– Neste lugar, depois desse episódio, de um dia para outro, construí uma paliçada, com toras pontiagudas. No interior, uma casa reforçada de madeira, sem janelas, apenas respiradouros. Cavei um túnel que me permitiria escapar em caso de um cerco prolongado.

– E onde está a paliçada?

– Uma grande enchente a levou rio abaixo.

– Então havia índios por aqui?

– Eram de uma tribo distante, mas delimitavam territórios com receio de invasões de brancos. Foi nesta época que uns homens resolveram subir o rio para derrubar árvores e plantar café. Compraram dois barcos, que eu mesmo construí, encheram-nos de mantimentos e subiram o rio em oito pessoas. Estavam armados até os dentes. Dois dias depois, em uma cena que jamais poderei esquecer, apareceu o primeiro barco à deriva. Havia quatro tripulantes mortos a flechadas. Todavia, não era uma flecha para cada colono, e sim dezenas que perfuraram os pobres infelizes. No dia seguinte, o outro barco apareceu, mas, apesar de terem recebido os mesmos castigos, faltava um tripulante. Este homem nunca mais foi visto.

– Aceita mais vodca?

– Não, muito agradecido.

– Depois de enterrá-los, fiz orações cristãs por intermédio de uma mis...

– Uma?

– Cerimônia religiosa.

Nesse momento, o estranho confirmou, em pensamentos, que havia inverdades naquela história, todavia a verdade não era necessária para nenhum deles.

O europeu, muito esperto, percebeu no olhar do hóspede a dúvida gerada e completou:

– Há particularidades sobre os fatos que estou contando que prefiro omiti-las, certo?

Vendo o incômodo causado ao seu interlocutor, disse:

– Também não gosto de assuntos pessoais. E para nada serviriam as particularidades.

– Pois bem, com esses assassinatos meus temores pioraram. Se antes temia a noite, agora era indiferente. Parecia que a qualquer momento eu seria a próxima vítima.

Levantou-se e foi até a cozinha. Retornou com uns assados que exalavam um adorável odor. Cortou-os e serviu em dois pratos de madeiras.

Ao contrário do aspecto, ao comer, o estranho notou que mastigava com muita educação. Também observou que, antes de servir-se, fez umas orações de agradecimentos. Muita coisa passou por sua cabeça. Ficava cada vez mais confuso.

De tempos em tempos, enquanto se alimentava, voltava às narrativas como temendo não ter tempo necessário para terminá-las. Antes disso, olhava temeroso para certificar-se de que apenas ele, a indiazinha e o estranho estivessem por ali. E continuou:

– No dia 5 de setembro, um frio inesperado penetrou pela floresta. Durante a noite o termômetro abaixou para zero grau centígrados. Como estava acostumado às intempéries do clima e achando que para os nativos seria uma catástrofe, preparei-me para, antes do amanhecer, entrar na selva e tentar localizar a taba secundária dos silvícolas. Às quatro da manhã, sob uma espessa neblina, parti seguindo os rastros. Andei pela floresta petrificada pelo frio incomum. Nem o rio, nem a selva pareciam ter vida. Minha esperança era de que os índios, não acostumados, deveriam estar enfiados nas ocas. Não foi difícil achá-los. Como estavam por lá provisoriamente, as cabanas eram precárias e totalmente sem proteção contra o ar gelado que fazia naquela manhã. Aproximei-me cauteloso. Como possuíam apenas cobertura, os índios estavam deitados e muito próximos uns dos outros para se aquecerem. Dormiam profundamente. Se realmente pretendesse atacá-los o momento seria ideal. Mataria uns dez, mas teria que correr para escapar dos demais. Todavia, jamais isso me ocorreu. Fui até o centro da taba e sobre um toco coloquei minha faca. Este seria um sinal da vulnerabilidade, pois sem que percebessem, eu tinha andado pelos domínios deles.

– Você é corajoso.

– Não, nem tanto! Sou capcioso, pois sabia que os índios não suportariam o frio excessivo e reduziriam a guarda. – Perguntou se o visitante desejava mais alguma coisa e, pela negativa, fez sinal à pequena índia que estava a lado, sem proferir uma palavra sequer, para levar os pratos e talheres improvisados.

– Aconteceu que no mesmo dia chegaram ao Portinho alguns negros, recém-libertos ou fugitivos, que resolveram se estabelecer por aqui. Ganhei vizinhos e comecei a ter pequenos problemas com seus costumes. Mas foram eles que salvaram minha vida.

– Por que o salvaram?

– É simples. Fiquei sabendo por ela – apontou a pequena índia – que os silvícolas, como eu havia quebrado o trato, resolveram me atacar e pôr fogo em tudo o que havia construído, mas a superstição indígena me salvou.

– Por quê? – indagou curioso.

É fácil de entender. Quando vieram cumprir a missão, encontraram os negros e, como nunca os tinham visto antes, por sua cor, pensaram que poderiam à noite invadir seus acampamentos sem serem vistos e percebidos, pois se tornariam invisíveis na escuridão.

Aos poucos, o estranho notou que o rosto do europeu estava bem mais avermelhado e a garrafa de vodca abaixo da metade. Suas palavras já eram bem mais soltas e fáceis.

– O senhor já matou alguém?

Como se tivesse levado um soco inesperado, o hóspede, enquanto pensava se respondia sua impertinente pergunta, rodou a cigarrilha da direita para a esquerda da boca e comprimiu os olhos ao fixá-lo no olhar, formando dois pés de galinha em ambos os olhos. Como a resposta ainda estava sendo processada, o europeu disse, enchendo o copo do visitante:

– Ora, vamos! Se não quiser responder não precisa!

Finalmente, depois de um gole e de ter acendido a cigarrilha, como era seu costume, enfumaçou o europeu.

– Bem, acabo de sair de uma guerra, onde, só do lado inimigo, metade da população foi exterminada, e eu fiz meu papel de soldado.

– A pergunta, como você vai ver, tem fundamento. No meu país, muitas vezes, era chamado para assistir espiritualmente os que seriam executados e nunca cheguei à conclusão de por que se vendavam os que iriam morrer. Em minha opinião, este artifício é para ambos: os que assistem à execução, para não ficarem impressionados pois, sempre, as últimas expressões ficam indeléveis e todas as noites voltam; para o que vai morrer ajuda a ficar em paz com sua alma.

Como pouco a pouco as restrições eram banidas, principalmente para o dono do improvisado hotel, este lhe perguntou:

– Que cuidados tomaria para matar alguém?

– Caro amigo, devo dizer-lhe que se meu patrão pedisse para matar um inocente e se não for por legítima defesa, está fora de questão. Não seria capaz, apesar de ser esta minha profissão. Em primeiro lugar, vamos direcionar sua pergunta de uma maneira diferente. Como eu faria para pegar um assassino, certo?

– Sim, é mais justo!

– Em primeiro lugar, sem ser percebido, analisar todos os movimentos e costumes. As pessoas mais velhas são bem mais rotineiras que as mais novas. Colocam coisas sempre nos mesmos lugares e se sentam sempre na mesma cadeira e posição. Deve-se esperar o momento certo, e quando estiver só, agir. Uma detonação é barulhenta e denunciante, portanto, o enforcamento é indicado. Para a surpresa ser total, esperar que a vítima esteja entretida em um afazer, pois, certamente, sua guarda estará relaxada.

O visitante tornou a acender a cigarrilha e tomou outro gole da bebida. Olhou para o interlocutor que havia apoiado a cabeça nas mãos. Os cotovelos tinham base na tosca mesa de madeira e o olhava com muita atenção.

– Muitas vezes, em vez de matar diversas pessoas, um bom exemplo é mais que suficiente para os outros desistirem, sem ser necessária mais violência.

– Existe um modo bom de matar?

– Sim. Quando matarmos, deveremos fazer um serviço de profissional.

– Como assim?

– Matar com perícia para o menor sofrimento da vítima, caso contrário, sua longa agonia acaba nos matando também. Nos estertores da vida umas palavras cristãs e caridosas devem ser ditas. O momento deve ser respeitado para que não morram nos odiando.

– Dizer o quê?

– Calma, a morte não é má. Muitos dos seus entes queridos o estão esperando. Descanse em paz. Pense nos seus pais. Logo estará livre de qualquer dor ou sofrimento.

Satisfeito, o europeu despediu-se e chamou pela indiazinha que estava de cócoras atrás do fogão a lenha. Pegou em sua mão e calmamente, por exceção naquela noite, levou-a para dormir em seu quarto.

Antes que entrasse no aposento, o estranho lhe fez uma última pergunta:

– Por que finge ser surdo e mudo?

O europeu sorriu:

– Para ouvir, sem que saibam, o que falam de mim.

Dois dias depois, Estélio chegou ao Portinho e viu um homem, que nunca tinha visto antes, sentado em um banco tosco de madeira. Ao vê-lo, indagou:

– O senhor é Estélio? – como receasse a Justiça e desconhecidos, sem lhe dirigir o olhar, apontou para o atracadouro: – Está lá atrás – disse para despistar. Passou rapidamente pelo homem e se escondeu no improvisado hotel. De repente, em suas costas sentiu a presença do desconhecido. Fez menção de pegar uma arma quando a mão firme do estranho, como fosse uma prensa, imobilizou-a. Ele sorriu e disse:

– Não tenha receio! Sou apenas um mateiro à procura de trabalho. Meu nome é Antônio Mendes, vulgo Couro de Anta.

Estélio, desconfiado, ficou por um longo tempo a analisá-lo. Suas roupas, colete, botas e chapéu eram feitos de couro de anta. Estatura acima da média, bem claro, quase loiro, queixo quadrado tipo militar, falso magro e fisionomia impessoal. Quando retirou o esquisito chapéu notou que o homem tinha dois olhos de um azul aquoso, quase branco, como se eles não tivessem vida.

– Quem me indicou?

– O "Coiso".

– Mas o "Coiso" não fala!

– Não com vocês, mas comigo fala e muito!

O paulistano, com muita elegância, sentou-se à mesa e lhe apontou uma cadeira.

– Sente-se!

– Qual sua especialidade? – disse enquanto retirava da manga da camisa um lenço para espantar moscas imaginárias. O homem, que parecia não gostar de diálogos, para conseguir o que desejava, começou a falar monossílabos, mas com o tempo soltou-se. Pensou antes de responder e passou a fazer malabarismo com um toco de cigarrilha esquecida na boca.

– Matar! É muito difícil explicar, mas até eu me convenci desta triste realidade. Arrumou-se no banco desconfortável, colocou o chapéu, novamente, sobre os olhos, como temendo que os traísse, e continuou:

– Sempre fui atraído para afazeres que exigem vida de anacoretas. Não sou muito de falar e tenho dificuldades para me comunicar. Pelo meu jeito sou discriminado. Todos me temem e sou automaticamente isolado onde convivo. Servi meu país, na infantaria imperial, durante a guerra do Paraguai...

Estélio o ouvia com muita atenção. Tirou do bolso dois Havanas, pois se sentiu incomodado com o odor da cigarrilha e ofereceu ao estranho forasteiro.

– Continue, não é difícil falar.

Depois de uma longa baforada, sentindo-se mais à vontade, continuou:

– Enfim, onde houver confusão lá estarei. Querendo ou não sou atraído para esta espécie de vida, na qual a todo o momento posso matar ou ser morto. Não tenho família, apenas minha mãe, com quase 90 anos, que mora em Pirassununga e, como todos me evitam, se algo de ruim me acontecer, ninguém sentirá minha falta.

Estélio deu um sorriso tímido, passou o lenço nos lábios:

– O "Coiso" lhe contou minha vida?

– Não, apenas me disse que o senhor havia subido o rio e nenhum homem branco quis acompanhá-lo e que talvez tivesse problemas com os negros. Apenas isso!

Nesse exato momento, passando ao lado deles, o "Coiso" se dirigia ao pequeno estaleiro, onde permanecia a maior parte do tempo, e nem se dignou a olhá-los.

Estélio sorriu e falou em tom de troça:

– Tem certeza de que vocês bateram longos papos?

– E por muito tempo.

Estélio, com movimentos calmos e estudados, voltou a acender o charuto:

– Não posso entender como este anacoreta europeu falou com você, já que fingia ser surdo e mudo.

Mendes sorriu:

– Os anacoretas se entendem. E sabe por quê?

– Não faço a mínima ideia.

– Porque não lhe perguntei o nome, o país ou qual o crime que cometeu para estar neste fim de mundo, e por seu lado nem meu nome ele quis saber. Isto quer dizer que de tudo que falamos nada era pessoal.

Depois de muito tempo, Estélio sentiu que o tipo lhe agradara.

– Tudo bem! Seremos só dois brancos no meio dos colonos, certo? Onde estão suas coisas?

Apontou para uma mochila militar e falou:

– Apenas isto. Para minha atividade não preciso de muitos acessórios, basta uma carabina de precisão e uma pistola. Se precisar de roupas, mato uma bela anta.

O paulistano estranhou que ele não perguntasse a respeito dos honorários, e indagou:

– Quanto você quer ganhar?

Com ar de desdém, explicou:

– Não é justo dizer quanto valho. O tempo ou meu trabalho fixará meu salário, não é correto determiná-lo de antemão.

Para o paulistano aquelas palavras não foram totalmente suficientes para justificar a falta de interesse monetário, mas era uma pessoa que inspirava confiança. Foi aceito. Partiram para a fazenda no mesmo dia.

Depois de voltar da "Mata Verde", Jurandir foi para a cidade onde foi submetido a diversos pontos no rosto e, ainda todo inchado, voltou para procurar emprego no Portinho. No dia em que retornou chegaram ao local dois policiais. O lituano, temendo que estivessem à procura dele, tentou pôr atalhos na floresta que tão bem conhecia, e do mesmo modo como fazia para fiscalizar seus hóspedes, sem ser visto, ouvir o que eles queriam. E o que viu deixou-o muito preocupado, pois um dos policiais apontava para seu estaleiro particular. Como tinha alguma culpa no cartório, desapareceu na mata. Todavia não era o europeu que procuravam, e sim um mulato, do qual tinham a descrição, que matara, há meses, na estrada para Ribeirão Preto, em uma tentativa de assalto, um conhecido mascate da região. O nome do mulato era Jurandir. Desceram até o rio e perguntaram pelo assassino, contudo nenhum dos presentes o denunciou. Examinaram os homens e nenhum tinha as características apontadas. Os graves hematomas de Jurandir, dessa vez, o salvaram da prisão.

Na calada da noite, temendo pela volta dos policiais, o "Coiso" procurou pela índia. Foi ao tosco hotel, esparramou óleo combustível por todo o quarto e ateou fogo. Levou o que foi possível carregar em um dos seus barcos e, em companhia da menina índia, desceu o rio e nunca mais foi visto. Rapidamente, a madeira foi queimada clareando a floresta e a noite escura. Naquela noite todos os segredos do "Coiso" se perderam, mas não seu passado.

Estélio, só depois de muitos dias, voltou a Cristália para fazer compras, o que já era possível, pois um grande armazém chamado de Casa

Santos tinha aberto as portas para atender aos isolados fazendeiros da região. A ida a Ribeirão Preto seria motivada apenas por razões sentimentais. Toda vez que saía do acampamento, Balu ficava macambúzio, não comia e se isolava. Quando Estélio voltava, e sempre do mesmo modo, portando um pequeno sino, corria pelo acampamento, tocando-o para anunciar a volta do patrão. Esse e outros fatos se tornaram rotina na fazenda com o passar do tempo.

Couro de Anta, o novo empregado, por suas roupas e hábitos, chamou a atenção dos colonos. Estélio o havia convidado para sentar-se à mesa, na varanda de sua tenda, e ambos tomavam conhaque.

– O que realmente está acontecendo – argumentava o paulistano – é que não só o Brasil, mas também o mundo percebram que o café é indispensável aos costumes ocidentais, e sua procura e valorização tornaram esta região promissora.

Mendes olhava sorrateiro para as roupas do seu interlocutor e se perguntava como era possível alguém se vestir daquela maneira. Estélio, por sua vez, também reparou nos trajes do novo contratado e certamente os reprovou, pois neste aspecto divergiam, no entanto, na coragem e no destemor, eram muito parecidos.

Depois de servidos por Balu, continuou:

– As coisas por aqui mudam do dia para a noite. Por exemplo: há um mês, Cristália nada oferecia comercialmente – abrindo os braços em sinal de admiração, continuou: – Hoje tem um belo armazém, oficina, igreja... Em todos os cantos se veem alicerces de novas residências. E, graças a Deus, parece que já tem gente interessada em adquirir uma gleba que comprei para especulação, mas meu temor é que entre tanto progresso, também deverão aparecer pessoas aventureiras e escroques.

– Quem? – falou pela primeira vez o mateiro.

– Homens vindos de São Paulo, Minas e, talvez, do Brasil inteiro. A Justiça tem dado acolhida a invasores e me parece que a lei, neste país, foi feita exclusivamente para ajudar pessoas erradas. Por essa razão, eu o contratei.

Com sua calma habitual, Mendes acendeu o charuto que talvez o ajudasse na dificuldade que tinha de falar e perguntou:

– Quais são seus planos?

– Vamos construir dez casas, espalhadas por toda a minha gleba, para protegê-la de invasores.

– Acho muito razoável!

Antes de se retirar, como havia um boato de que Estélio, por ser um estudioso de serpentes, colocava-as em sua tenda para evitar visitas do alheio, o mateiro perguntou, sorrindo:

– Você ainda cria cobras em sua tenda?

Estélio utilizou o lenço para limpar os lábios, e respondeu com sua voz mesural:

– Descubra você mesmo!

As dez casas de madeira, em regime de mutirão, foram logo construídas. Mas o grande problema era, em sã consciência, alguém aceitar, mesmo sem fazer nada, morar solitariamente no meio do mato. Foi oferecido o dobro do salário aos trabalhadores, mas mesmo assim foi muito difícil conseguir os dez homens necessários. Uma coisa era viver na selva em grupo, e uma bem diferente viver sozinho no meio do desconhecido.

Um batelão, quinzenalmente, passava para levar-lhes mantimentos e todos estavam muito bem armados.

Estélio sentiu que a superstição poderia pôr tudo a perder, e os negros, por sua vez, acima de tudo, a respeitavam e temiam.

Os fatos começaram a acontecer. O Tonho, que desde o início trabalhava na fazenda, como sempre fazia ao término do trabalho, sentava-se em um tosco banco de madeira, passava as tardes pescando piaparas. Naquele dia, só quando foram dormir, os companheiros deram por sua falta. Com archotes e a todo pulmão chamavam por ele. A busca não teve sucesso. Todas as noites, no acampamento, antes de dormirem, os homens brincavam entre si e o estado de espírito era excelente, mas não naquela ocasião. Apenas diziam baixinho: "– A mãe-d'água o levou. Estas terras são amaldiçoadas, por isso os brancos não aceitaram trabalhar rio acima".

Como temiam, começaram a ouvir sons que antes não eram percebíveis. O temor, antes praticamente inexistente, contagiou todos os negros.

Estélio, pela manhã, para acabar com essas alucinações, com auxílio de Couro de Anta, varreu o leito do rio. Horas depois o mateiro apontou para uma grande cabeça, camuflada pela sua própria natureza, que se escondia embaixo de uma galhada.

– É das grandes! Vamos pegar cordas e foices.

O paulistano ficou vigiando a matinha, e quando Couro de Anta voltou, combinaram de limpar a sujeira onde o enorme animal estava escondido. Na primeira ceifada apareceu uma enorme sucuri. A boca os ameaçou, escancarando-se, mas de um pequeno buraco de sua cabeça jorrou um filete de sangue. O mateiro a atingiu mortalmente com um tiro de pistola. Com o auxílio de outros colonos, a grande cobra foi dependurada em uma árvore. Tinha dez metros de comprimento e na saliente barriga, parecendo estar prenha, delineava-se o corpo do pobre trabalhador desaparecido.

Dias depois, novos fatos teimaram em comprometer o moral do ex-escravos. Todos haviam tomado banho e esperavam para jantar quando, vindo a nado no perigoso rio, um dos homens da casa de guarda, a número 3, apareceu cambaleante e se esborrachou no gramado do acampamento. Todos o cercaram e ficaram penalizados com o estado físico do colono: um olho vazado durante sua enlouquecida fuga, o rosto em carne viva, ao bater em galhos, espinhos, e um braço com fratura exposta. Antes de o levarem para a vila mais próxima, depois de limpo e dos primeiros-socorros, o homem falou e, no seu rosto, o medo era predominante:

– São tantas as onças que muitas noites preciso fazer minhas necessidades na própria barraca – dava longos gemidos e continuava: – os mosquitos são tantos que não me permitem tomar banho, pois neste maldito rio eu não entro mais.

Parou de falar para tomar uma talagada de aguardente e continuou:

– Outro dia, para fugir dos insetos, entrei com meu corpo inteiro no rio e, se não estivesse com minha peixeira, eu já teria morrido, pois uma enorme cobra mordeu minha perna e tentou me arrastar para o fundo. Consegui cortar-lhe a cabeça.

Todos o olhavam com muita pena e sentiam um grande temor em ter que substituí-lo.

– Mas isto não é nada! – pôs a mão no rosto e continuou lastimando:

– Faz dez dias que não consigo dormir.

– Eu fiz seu rancho e tenho certeza de que ele é extremamente seguro – disse um dos colonos.

– Não! Não se trata de segurança e sim um grito humano horrível que toda noite sai da floresta.

– Grito? – perguntaram todos ao mesmo tempo.

Um deles abriu o braço para chamar a atenção:

– É uma alma penada! Eu também já ouvi.

Outro, aproveitando o ensejo:

– Vamos todos embora, enquanto há tempo! Esta floresta é maldita! São as almas dos bandeirantes que morreram aqui.

– E você viu? – perguntaram todos simultaneamente.

– Eu vi! Era branco, barba negra, magro como palito e parecia uma caveira.

– Você tem certeza de que o viu? – disse Estélio, que estava ao lado de Mendes, e acompanhava a narrativa.

– Sim, patrão! Mas quando eu ia firmar a vista ele sumiu no meio da mata.

Todos se voltaram interrogativos para o paulistano, que estufou o peito e determinou:

– Eu, somente eu, vou sozinho, por três dias, à casa número 3 e se lá existir um fantasma, uma alma penada ou uma onça de duas cabeças, eu os trarei para a Mata Verde – todos riram e o ambiente melhorou.

No dia seguinte, bem cedo, quando se preparava para partir, Balu trouxe-lhe uma parafernália de objetos. Ele recusou e só levou o que seus empregados haviam levado. Depois de subirem o rio, Estélio pulou do barco e, ao se despedir, levava apenas o que seu antecessor portava. Balu, sentado na proa, já entristecido pela separação, mentia com um falso sorriso que tudo iria correr bem.

Colocou os pés, posição em que sempre gostava de se compor, em uma árvore caída à margem e, com as mãos na cintura, peito para frente e olhar altivo, falou:

– Busquem-me daqui a três dias.

Quando ficou absolutamente só, notou que realmente o local não se parecia com o paraíso. A floresta era muito fechada e seu interior era muito escuro. Com pistola na cintura e uma carabina nas costas, foi penetrando na trilha que o levaria à solitária cabana. Necessitou de quatro tonéis de água de mina, que borbulhava ao lado da casa, para limpar a sujeira interna. Sua primeira recepção foi dos macacos que, nervosos com sua presença, lançavam-lhe pequenos frutos.

Sentou-se à porta e pensou no que havia dito o aterrorizado antigo morador. Para se safar das onças e assédios, procurou ao redor do barraco todo tipo de galhos e toras para fazer uma enorme fogueira. Seria acesa à noite para protegê-lo dos animais selvagens. Quanto aos mosquitos, até aquele momento, nenhum o havia incomodado, mas deveriam surgir na boca da noite. Como trouxera um véu para protegê-lo, utilizou o que fora deixado por seu antecessor, para vedar as janelas. Com o outro pedaço fez, sob o chapéu, uma proteção para o rosto. Como deveria pescar para arranjar alimentos e temia o ataque das enormes sucuris, amarrou uma corda à árvore próxima e a passou pela cintura, evitando que, eventualmente, as serpentes o levassem para a água. Ao lado, também para sua proteção, deixaria uma afiada faca que utilizaria se houvesse o insidioso ataque.

Precavido, andou pela mata, pescou, evitou os mosquitos que só o importunavam ao escurecer e, na fogueira, ao cair da noite, assou uma saborosa paca que havia abatido. Parecia que tudo ia às mil maravilhas. Deitou-se para um sono reparador.

Lá pela meia-noite, inexplicavelmente, começou a ouvir gritos. Gritos dilacerantes que mais pareciam uivos. Seu coração disparou; "índios" eram seu maior temor: ser flechado por silvícolas, escondidos na mata. E como seus homens, pelo medo, começou a ouvir o que antes não era audível: passos ao redor do barraco, barulho nas copas das árvores e urros das pintadas.

Apagou a lamparina, deixou o travesseiro na rede de dormir e estendeu o lençol sobre ela para parecer que lá estava e, no canto do rancho, com arma em punho, esperou pelos acontecimentos.

Quando conseguiu dormir um pouco, novos e terríveis gritos se ouviram pela floresta. "Se eram índios, por que não atacavam?" Tentou, no desespero, sair à procura do que o atormentava, mas, como a escuridão era total, receoso, voltou ao barraco. Aquela noite durou uma eternidade. Acordou com péssimo aspecto e duas enormes olheiras e pensou que, se não descobrisse a origem dos gritos, ficaria louco. Levantou-se, fez café, e paulatinamente seu astral melhorou, pois durante o dia a floresta era irradiante. Foi até a improvisada churrasqueira e as mãos começaram a tremer, pois alguém, não um animal, havia comido o restante que sobrara da paca. Procurou marcas de passos, mas nada encontrou. Olhou ao redor, ninguém estava por ali. Os pedaços de carne tinham sido delicadamente retirados. Este alguém, certamente, não pretendia matá-lo, roubá-lo ou coisa assim. Olhou para as janelas e portas, mas nada tinha sido forçado.

Para que o tempo passasse, inventou inúmeros trabalhos que poderiam, futuramente, ser úteis. Limpou o mato ao redor da mina e quando olhou para a floresta, a uns 50 metros de distância, imponente, sem um ar ameaçador, uma enorme pantera-negra o acompanhava com olhos azuis translúcidos. Naturalmente procurou pela pistola, mas estava no barraco. Não fez nenhum movimento brusco para não assustá-la, apenas esperou pelos acontecimentos, pois se corresse certamente o animal o pegaria. Assim como surgiu, pouco depois, havia desaparecido. O paulistano respirou profundamente e aquela bela fera não lhe saía da cabeça, era o animal mais formidável e que jamais vira. "Como podem matar uma pantera tão linda como esta?!"

Naquela tarde colocou em um toco de árvore, onde a onça havia estado, um enorme dourado, fruto de uma bem-sucedida pescaria. Quanto aos gritos, pensou em outra artimanha. Como não conseguiu caçar outra paca, pegou um naco de carne salgada e colocou para assar. Quando pronta, comeu um bom pedaço e deixou o resto para mais tarde. Fingiu ir deitar, arrumou a rede da mesma maneira anterior. Pulou, com a luz apagada, a janela e se acomodou em cima do telhado, esperando o parceiro de suas refeições.

Na calada da noite os gritos recomeçaram, mas já não o atemorizavam, pois se quisessem matá-lo já teriam feito. Deitado e mal acomodado, acordava quando ouvia a voz e dormia quando parava. Nisso, lá pelas tantas, percebeu passos que se anunciavam ao amassarem folhas secas. Eram passos cautelosos. Preparou o revólver e esperou. Era uma figura assustadora. Um homem maltrapilho, barbudo e magro como uma caveira, pegou a carne com as mãos, sentou-se e calmamente começou a comê-la. Estélio certificou-se de que não havia mais alguém e, de um pulo certeiro, caiu sobre ele. O homem não reagiu nem ficou surpreso com o inesperado ataque, pois parecia saber da sua presença. Afastou-o, delicadamente, e voltou a pegar a carne que havia caído ao chão. O paulistano, abestalhado, continuou olhando para o pobre homem que, com muito apetite, devorou sofregamente toda a carne. O fazendeiro, sem saber o que fazer, abriu a porta da casa, acendeu a luz e esperou pelo inesperado convidado. Os dois fitaram-se demoradamente. O desconhecido pegou a mão do fazendeiro e comparando com a dele, disse:

– Branco! Branco!

Seus olhos se encheram de lágrimas e chorou por muito tempo. Era um choro extremamente sentido e comovente. Durante o prolongado pranto, a todo momento pegava a mão de Estélio e, passando em seu próprio rosto, repetia:

– Branco! Branco!

Sem falar nada, deitou-se ao chão e, encolhido, dormiu profundamente.

Estélio sentiu um amargor no peito: "O que fazia, naquele fim de mundo, o cadavérico homem branco? Como conseguira sobreviver? Que agruras deveria ter passado! Se fosse um colono, quantos parentes havia perdido na selva?". Comovido, o paulistano pegou um cobertor e lhe cobriu o corpo macilento. Naquela noite, a floresta não ouviu seus lamentos.

Na quarta manhã o barco chegou. Alucinado, Balu saiu correndo atrás de Estélio, embrenhando-se na selva. Os remadores, preocupados, conservaram-se nos barcos.

– Será que o patrão está vivo? Por que não está nas margens como foi combinado?

Foi uma espera angustiante, pois os planos do paulistano também eram os seus e, se algo lhe acontecesse, afetaria também a eles. Depois de algum tempo, para surpresa de todos, em vez de surgirem dois homens que esperavam, apareceram três.

– Olhem! Estélio está trazendo outro homem! É branco e parece uma caveira ambulante. Balu segurava as mãos do patrão, largava, tornava a segurá-las, e era impressionante como sua fisionomia dizia mais do que seus lábios seriam capazes. O homem que os acompanhava protegia-se atrás do paulistano e, quando via pessoas com pele escura, ficava aterrorizado e dizia mostrando sua tez:

– Branco! Branco!

Seu nome, daquele dia em diante, passou a ser: Branco Louco.

Antes que entrassem nos barcos, Estélio viu que três arcabuzes apontavam para a trilha que acabaram de passar e, quando notou o alvo da mira, gritou:

– Não atirem!

Todos olharam para ele. Estélio sorriu e disse:

– Ela é nossa amiga!

Incrédulos, abaixaram as armas e começaram a remar. A 50 metros deles, no barranco, uma maravilhosa pantera-negra acompanhava serena os movimentos dos barqueiros, até sumirem na primeira curva do rio.

No jantar, como chovia copiosamente, os homens continuaram conversando sentados nos pesados bancos de madeira de lei.

– Nunca vi coisa igual! Primeiro, bateu no negro mais forte do acampamento. Segundo, descobriu uma gigantesca sucuri e terceiro, sozinho, voltou para a casa número 3 e trouxe, a tiracolo, a alma penada.

Um deles, que fazia um cigarro de palha, continuou os elogios:

– E se diz amigo de onça!

Todos riram e novamente a paz tinha desalojado o temor e posto por água abaixo a superstição que grassava na fazenda Mata Verde.

Branco Louco continuou no acampamento. Não se aproximava dos negros e só procurava a companhia do paulistano e do mateiro, assim mesmo, sem dizer uma palavra sequer. Apenas se alimentava de carne crua, rejeitando qualquer outro tipo de alimento. Tomava água do rio como fosse um animal e a coloração não lhe importava, fosse cristalina ou barrenta. Dormia sempre no mesmo lugar e rejeitava colchões, travesseiros e qualquer outro tipo de conforto. Volta e meia sumia. Passava dois ou três dias embrenhado na floresta e, naquelas noites, seus gritos, lamentosos, importunavam o sono dos colonos. E, assim como partia, ele voltava com grandes olheiras e visivelmente extenuado.

Passados alguns dias, o cozinheiro veio falar com Estélio:

– Patrão, o Branco Louco está roubando carne da despensa.

– Roubando carne? Ele não come quase nada!

Com insistência, prosseguiu a acusação:

– A princípio pensei estar ficando louco, pois sem ninguém por perto, a carne que prepararia para o jantar, a olhos vistos, diminuía de tamanho. Sabia que Branco Louco comia apenas carne crua, mas em pouca quantidade. E tornou a acontecer. Tive a pachorra de ficar de tocaia e o vi quando se apoderou de um grande pedaço e o escondeu sob sua camisa.

Couro de Anta, que acompanhava o que o cozinheiro dizia, falou:

– Não se preocupem, vou ficar de olho e o seguirei quando notar novamente o sumiço da carne.

Estélio, a cada dia que passava, gostava mais de Couro de Anta. Discreto, quase mudo, mas muito inteligente e corajoso, pensou em contratá-lo definitivamente.

– O tempo faz maravilhas! – exclamou Estélio. – Quem te via e quem te vê! – Balu tinha acabado de colocar à mesa, com todo o requinte, uma grande perdiz preparada ao vinho tinto. O odor era tentador e o arranjo da mesa impecável. Balu, ao entender os elogios, derretia-se todo. Realmente o refinamento adquirido pelo alegre e dedicado negro era de fazer inveja.

O paulistano estava abrindo a tenda para ir dormir, quando foi chamado por Antônio Mendes.

– É inacreditável!

– O que aconteceu?

– Sabe para quem o Branco Louco rouba a carne?

– Não faço a mínima ideia!

– Para a pantera-negra.

Achando a companhia adequada, Estélio o convidou para tomar um conhaque. Sentaram-se.

– Me comovi quando, de longe, o vi afagando o lindo animal, como se fosse um gatinho, cuja altura era a mesma do ombro do seu tratador.

– Por isso ele não morreu devorado na mata – disse o paulistano muito admirado.

– Como assim?

– A pantera o protegeu, afastando os predadores e repartia, como ele faz com ela, ela fazia com ele, seus alimentos. Troca de gentilezas.

Momentos depois, antes de dormir, Mendes cochichou ao patrão:

– A história deste homem, antes que morra, eu gostaria de saber e nos mínimos detalhes!

Depois daqueles dias, tudo correu favoravelmente. Chuvas abundantes, clima quente e milhares de pés de café, verde-garrafa, que aos poucos substituíam a selva anterior; menores em tamanho, mas de um verde tão intenso como as antigas árvores centenárias. O gigantesco trabalho enchia Estélio de esperança para um dia voltar a São Paulo e dizer à sua mãe:

– Venci!

Com o respeito e a disciplina vigorando na fazenda Mata Verde, parecia que todos os problemas estavam resolvidos, mas, certo tempo depois, o batelão que fazia as entregas dos suprimentos trouxe ao fazendeiro uma notícia alarmante: o guarda da última casa, a número 10, José Antônio, não tinha sido encontrado.

Estélio, muito preocupado:

– Não estaria na casa mais próxima?

– Fomos a todas elas e ninguém tem notícias de José Antônio.

– E a casa como está?

– Perfeita! Mas a arma, utensílios domésticos e roupas, nada foi encontrado.

Couro de Anta se aproximou e perguntou:

– Será que fugiu levando tudo com ele?

Estélio interveio:

– É um empregado exemplar, trabalhador e muito direito. Tenho minhas sinceras dúvidas.

Bateu nas costas do mateiro e disse:

– Vamos para lá?

Novamente voltaram à mata fechada. Desceram na praia e foram direto à casa e, como seus empregados haviam dito, tudo estava limpo e conservado, apenas todos os objetos e o guarda não se encontravam lá.

O mateiro, enquanto examinava, notou um buraco na madeira do barraco. Parecia tiro. Pegou um canivete, retirou a bala e a guardou no bolso. Resolveram entrar na floresta e não andaram muito quando ouviram barulho de machadadas. Era uma clareira recente, com as melhores árvores derrubadas e cuidadosamente dispostas para serem conservadas. O coração de Estélio bateu forte, novo problema poderia advir. Como o mateiro estava andando na frente, fez-lhe sinal para que não fizesse barulho enquanto se aproximavam.

Três homens brancos e fortes, parecendo irmãos pela semelhança fisionômica e física, trabalhavam absortos em seus afazeres. Ao centro, havia um precário acampamento com uma tabuleta onde se lia: Fazenda Capetinga. Não muito distante, uma estranha mulher lavava roupas em uma tina. Os três notaram a presença dos intrusos e, ignorando-os, continuaram os trabalhos. Estélio quase explodiu de ódio, mas Couro de Anta o aconselhou a ficar calmo.

Saíram do mato e calmamente se dirigiram para a tenda. Enquanto se movimentavam, todos fingiam que não tinham conhecimento de nada, como se nada vissem, mas os corações quase saíam pela boca. Estavam aproximadamente uns dez metros da casa quando, de forma inesperada, um homem com idade avançada, andando com muita dificuldade e braços abertos, com um simpático sorriso, veio recebê-los.

– Ora, ora, ora! Hoje é um dia de alegria para este velho e doente homem!

Esta amável recepção deixou o fazendeiro desconsertado, diminuindo as terríveis apreensões. Apenas Couro de Anta, cada vez mais, temia o futuro de tudo aquilo. Apresentou-se como Benevides Quinteiro e os três homens, seus filhos, sem lhes precisar o número exato.

Benevides falava muito baixo e delicadamente segurava, com muito afeto, as mãos dos apresentados, demorando a soltá-las. Foram convidados a entrar e, para o mateiro, as intenções eram mostrar o moderno armamento que possuíam, mas para o paulistano o anfitrião era realmente de uma delicadeza ímpar e, a todo momento, quando se referia a Estélio, tratava-o de filho.

Ao se acomodarem, o velho acionou por três vezes um sino, fazendo todos os filhos prestarem atenção, mas apenas a irmã se apresentou, e o restante deles continuou trabalhando. Ela chegou apressada e o pai, com um amável sorriso, disse:

– Não vai cumprimentar os visitantes?

Ela fez com as mãos um tímido aceno e abaixou o rosto. Tinha a feição de portuguesa e parecia que nunca se preocupava com a aparência, pois seu corpo e rosto tinham pelos em profusão e as roupas eram de um especial mau gosto.

– Linda – continuou seu amável pai –, vamos mostrar nossa hospitalidade mineira para nossos vizinhos paulistas. Traga nosso melhor queijo e a goiabada, broa e pão feitos em nossa humilde casa. Não é sempre que recebemos visitas e, quando acontecem, me fazem imensamente feliz.

Parecia ser um homem muito doente. Mancava terrivelmente e tinha todos os dedos tortos por uma grave artrite. A toda hora que falava na falecida esposa, levantava-se e tirava o chapéu. Uma grande imagem de santa, rodeada de pequenas velas, fazia crer que era um homem muito religioso, mas sua principal característica era a maneira como falava:

calmo, muito baixo e parecia impregnar de paz quem o ouvia. Estélio comeu e até bebeu. Couro de Anta, por sua vez, não provou nada do que lhe foi oferecido. Ele, que não tirava os olhos dos homens que trabalhavam, ficou, por trocarem as cores das camisas a toda hora, não sabendo precisar quantos eram. Isso o deixou muito preocupado.

Benevides disse ser de Capetinga e sua vida praticamente se acabara quando sua esposa faleceu de tifo. Só não estourou os miolos porque sua vida não lhe pertencia, e sim aos seus queridos filhos. Eles nunca iam à vila e trabalhavam de sol a sol, apenas guardando, como Deus mandava, domingos e feriados. Mas, com nenhum motivo aparente, eles e seus produtos eram boicotados em Capetinga. E para falar a verdade, não eram, infelizmente, benquistos.

– Resolvemos procurar um novo Eldorado e desejo, de coração, só ter amigos nos meus vizinhos.

Dizendo isso, pegou carinhosamente a mão de Estélio, afagando-a.

O paulistano se ajeitou no desconfortável banco de madeira e falou:

– Também para mim é muita satisfação tê-lo como vizinho, todavia, este lugar foi adquirido por mim, do senhor Luiz Fernando Junqueira. Faço questão de lhe mostrar os documentos.

Uma tristeza profunda apareceu no rosto do mineiro:

– Meu filho! – tomou-lhe novamente a mão. Juro por minha Idalina, que Deus a tenha, que jamais tive intenção de magoar ou aborrecê-lo, apenas consultei os registros oficiais e nada havia ainda sido sacramentado e ninguém reclamava pela sua posse.

Estélio titubeou pensando que realmente isso poderia ter acontecido, pois tudo era muito moroso àquela época, e tentou compreender.

Benevides continuou:

– Meus dias estão contados, mas não me assusto se assim for o meu destino, pois estarei ao lado de quem mais amei em minha vida. Colocou as mãos tortuosas no rosto, como tivesse sentido as próprias palavras.

Estélio olhou para Couro de Anta, como se procurasse amparo para o que pretendia dizer:

– Senhor Benevides, gostaria de lhe oferecer uma soma em dinheiro, para recompensar o trabalho de seus filhos, e pedir-lhe que procure outras glebas, mas, muito honestamente, gostaria que fôssemos vizinhos.

A proposta foi aceita e o dinheiro seria entregue o mais rápido possível, juntamente com uma via da documentação da fazenda Mata Verde.

Depois de uma demorada despedida, sem a presença dos filhos, que inexplicavelmente desapareceram na floresta, eles voltaram para o barco.

Andavam em silêncio no meio da mata fechada e, quando Estélio ia falar alguma coisa, o mateiro disfarçando fez-lhe um sinal para calar-se.

– Eu vi alguém passando pelos ramos – disse a meia-boca –, estão nos seguindo!

Couro de Anta arrastou o fazendeiro pela mata até achar uma trilha camuflada, acompanhando a principal, que por ser mata fechada não permitia que fossem vistos. Foram pelo caminho secundário, com as armas engatilhadas, até a praia e nada encontraram.

Ao chegarem perguntaram:

– Vocês viram alguém?

– Não, desde que saíram por aqui não apareceu ninguém.

Subiram no barco e foram embora. Estélio realmente temia o que não via. Seu temor era morrer emboscado, por tiro, flechas ou qualquer arma sorrateira. Quanto aos inimigos visíveis, esses, não temia. Depois de muito tempo, vendo que já estavam longe, Couro de Anta respirou aliviado:

– O perigo já passou!

O fazendeiro o censurou:

– Quando você cisma com alguma coisa, ninguém a tira de sua cabeça.

O mateiro passou a cigarrilha apagada do canto esquerdo para o direito, cravou os olhos no seu patrão e retirou do bolso um pedaço de chumbo jogando-o em seu encontro.

– O que é isto?

– A bala que estava presa na madeira da casa de Luiz Antônio não é um projétil de nossos armamentos, e sim de carabinas que sobravam no acampamento do senhor Benevides. Não foi bala perdida.

Estélio deu de ombros, pois não podia acreditar que aquele doce ancião que exalava bondade pudesse ser capaz daquelas coisas e, ademais, o trato estava selado e confirmado.

No dia seguinte, um barco subiu levando uma soma em dinheiro e umas vias de documentos. Depois de acertado, como ficou combinado, eles pegariam suas mulas e pertences sumindo pela mata adentro. Seus dois empregados, a conselho de Couro de Anta, deveriam fingir descer o rio, mas voltariam à noite, escondidos, para confirmar se realmente eles haviam partido.

Os dias subsequentes foram muito bons para o fazendeiro. Aproveitou a pequena trégua e foi para Crístália e, posteriormente, para Ribeirão Preto.

Para seu espanto, a vila de Cristália, em muito pouco tempo, desenvolvera-se. O comércio tornou-se pujante, diversas novas casas, a toque de caixa, estavam sendo erigidas e fazendas de café se multiplicavam a olhos vistos. Era uma excelente notícia, pois a fazenda que comprara se tornara cobiçada por diversos fazendeiros. Com a ajuda do filho do senhor Weber, vendeu a propriedade por um preço dez vezes superior ao que havia pago. Naquela tarde, ao chegar à casa Santos, viu uma senhora vestida de preto, montada em um cavalo árabe, acompanhada de um gigantesco negro que também montava outro da mesma casta, ambos os animais eram de uma beleza única.

– Madame! – disse em uma reverência. Ela lhe agradeceu em francês castiço. Os olhos de Estélio brilharam e como há muito não falava o idioma gaulês, acompanhou-a ao armazém, em uma animada conversação.

– Diana Souza Campos.

– Estélio Pereira Lima.

Os dois pioneiros, por motivos diversos, ficaram se conhecendo e ambos eram, até então, baluartes do progresso da pequena vila.

Ao montar novamente, antes de voltar à fazenda Floresta, ela olhou para seu acompanhante, que se chamava Jerônimo, e disse: – Homem bonito!

Animado com o dinheiro que deveria receber, comprou um terreno, mais alto que os outros, pois estava em cima de uma pequena colina, em um lugar privilegiado que, certamente, faria sobressair a casa que pretendia construir.

Foi à residência do senhor Luiz Fernando Junqueira e pediu a mão da bela Amélia para que, em tempo oportuno, se tornasse sua esposa. A alta sociedade passou a admirar não só a beleza do casal, mas também a fidalguia de comportamento e elegância importadas de Paris. Depois de muitos dias, coisa que dificilmente fazia, voltou à fazenda Mata Verde.

Balu, que não saía do atracadouro, quando viu o barco do patrão chegando, saiu tocando o sino anunciando a volta. Estélio, como gostava de fazer, colocava o pé direito na proa do barco, mãos nos quadris, peito para frente, chapéu com a aba presa e botas impecáveis; isso tudo dava um certo cerimonial ao seu regresso.

– O fidalgo está chegando! – diziam todos os colonos, que, já agora, sentiam sua falta quando não estava entre eles. Havia alegria em seus empregados ao recebê-lo de volta. A fazenda Mata Verde não era a mesma sem sua esnobe figura.

Logo que chegou, a primeira pessoa que o recebeu foi Balu e este, em clima de festa, levou sua bagagem para a tenda. Jamais Estélio falava de sua segunda vida: noivado, negócios ou qualquer outro assunto pessoal, como se sua vida só existisse nos limites da fazenda Mata Verde.

Todavia, nem bem havia chegado e já um balde de água fria lhe foi despejado.

– Fomos fazer entregas de mantimentos e novamente, agora a casa número 7, a mais distante, não tinha ninguém.

– Outra vez! – exclamou desolado.

– Tudo havia sido levado; apenas achamos, no canto da casa, esta moeda.

– É libra esterlina. Dinheiro que paguei ao senhor Benevides.

E tem mais! Na entrada da gleba, havia uma tabuleta onde estava escrito: Fazenda "Capetinga".

O rosto de Estélio ficou enrubescido e sua mão começou a tremer. Ia, em estado nervoso, dar ordens para que todos, armados, fossem até lá, quando na porta, muito sereno, Couro de Anta falou:

– Calma! Muita calma! Vamos tomar um conhaque para discutir o assunto.

Sem falar, os dois se sentaram. O paulistano estava deveras emocionado e com muito ódio, mas nem por isso o mateiro se aproveitou para dizer que tivera razão desde o primeiro instante.

– O que está pensando fazer, patrão?

– Não costumo deixar nada para o amanhã e você sabe disso.

Couro de Anta, com muita calma, acendeu a cigarrilha e fixando o olhar no paulistano, deixando aparecer os pés de galinha em ambos os olhos, dissertou com muita competência:

– É o que eles desejam. O senhor ficou sabendo deste caso agora e já quer agir? Já estão preparados, há dias, para este esperado confronto. Levantou-se, pegou de sua adaga, ante a admiração do seu interlocutor, e disse: – A vingança se come fria – cortou um pedaço de carne que havia sobrado do almoço e a mastigou demoradamente.

– O que faremos então?

– Eles nunca deverão saber o que vamos fazer. Se fizermos o previsível, não teremos êxito. Vamos mandar dois homens espertos, na calada da noite, pôr fogo na casa número 7.

– Pôr fogo, por quê?

Para darmos a impressão de que nós não a usaremos mais, nem eles! É um sinal de que entregamos os pontos. A calma será nossa mestra e a casa, nosso cavalo de Troia incendiado.

Naquela noite Couro de Anta perambulou, como um zumbi, pelo acampamento sem conseguir dormir, ruminando pensamentos: "Tenho medo dos que planejam as coisas. Desde o início, como nunca acreditei em milagres, percebi a falsidade daquele homem. Como poderia uma pessoa, aparentemente tão boa, ser assim hostilizada e boicotada? Acredito que quando algum vizinho tivesse a propriedade incendiada, ele, Benevides, era a primeira pessoa a socorrê-lo, mas, aposto minha vida, que foram os meninos que a incendiaram. Falso e velhaco e as mãos dos filhos instrumentos de sua mente demoníaca. Talvez ele mesmo acreditasse ser um santo". Tomou café que estava em cima do fogão a lenha e acendeu outro cigarro. O acampamento só era patrulhado pelos cachorros, mas todos dormiam com as armas ao lado das camas. O silêncio era absoluto.

"Meu Deus! – continuou pensando. – Sempre fui só, mas juro que gosto deste almofadinha, que sabe ser valente na hora necessária e não quando dança, toma refeições, nem no modo de se vestir. Todavia, basta precisar, torna-se um excelente soldado. Sempre vivi sozinho porque minha profissão, que na verdade é de matador, não pode dar futuro para ninguém, inclusive a mim mesmo: o futuro para mim não existe. O certo seria ir embora. Já fui útil fazendo jus ao meu pagamento, mas agora sinto que esta missão que devo realizar sozinho é por demais perigosa. Minha guerra, pela primeira vez, será contra homens experientes e calculistas." Depois de muito pensar, resolveu partir na calada da noite. Foi para o quarto para arrumar suas coisas e, para sua surpresa, sentado, na cama, estava Estélio.

– Também não consigo dormir! Vamos fumar charutos e tomar conhaque, talvez o sono venha mais tarde.

Naquela noite mudou o plano.

Quase 21 dias depois, Couro de Anta foi à tenda de Estélio.

– Vim despedir-me! Está na hora e suas defesas, agora, devem estar mais relaxadas.

Estélio levantou-se de um pulo e disse com muita convicção:

– Vou com você!

– Absolutamente! Quanto mais pessoas, pior. Devo demorar bastante, pois quero estudar a situação, para depois tomar a medida certa. Para falar a verdade, devo atirar no cérebro para que as mãos dos seus demônios fiquem sem comando. Deseje-me boa sorte, companheiro!

Já ia saindo, quando voltou e disse:

– Estava me esquecendo! Se não voltar em dez dias, pegue o meu dinheiro e mande, com as poucas roupas que tenho, para este endereço. É minha mãe. Estélio o pegou e ficou por um tempo vendo o companheiro sumir na noite escura.

Enquanto, novamente, arrumava a tralha para a perigosa missão, os pensamentos eram remoídos: "Minha vida sempre foi uma solene mentira. Certo de que não sou de muito falar, mas gostaria de ouvir, participar de amizades. Minha profissão e meu modo de ser sempre me isolaram. Quando eu surgia em uma roda de pessoas, todos me olhavam de forma diferente: a dona morte encomendada chegou. A sisudez, adquirida por minha maldita atividade, virou minha característica. Maldita solidão! Mas eu tenho sentimento e nunca gostei de fazer mal às pessoas. Quando meus serviços eram solicitados, se fossem injustos, por melhor que me remunerassem, não aceitava".

Sentou-se na cama, e como já estava acostumado a não dormir antes de um empreendimento perigoso, continuou o restropecto de sua vida solitária. "Gostei de duas pessoas em toda minha vida: a primeira delas, em minha preferência, era um aristocrata carioca que foi meu capitão e meu comandante na guerra do Paraguai. Sua farda impecável e sua voz com sotaque típico da capital, mesmo dando ordens de terríveis consequências, o faziam como alguém que, com toda gentileza, pedisse um rotineiro e delicado favor: era o capitão Meira Júnior." Tomado por recordações, aos poucos, Couro de Anta trocou o apelido pelo verdadeiro nome, que usava, em campanha, nas terras paraguaias: cabo Mendes. E começou a recordar aqueles tempos difíceis: "Estávamos cansados da morte, doenças e de uma guerra que parecia não acabar, e nossa marinha, acredite se quiser, com medo de danificar a esquadra imperial, não recuava nem avançava. O marasmo decisório tornou-se mais cômico quando, proveniente da capital, fomos apresentados para o novo comandante. A primeira vez que o vimos, parecia o próprio imperador em pessoa. Sua farda era impecável, suas botas bem engraxadas e os botões de seu dólmã quase nos cegavam quando iluminados pelo sol escaldante. O contraste com nossos uniformes mal-cuidados, calçados que não suportavam nem meia sola e nossa aparência de trogloditas era tão discrepante que uma onda de risos, por onde passava empertigado e excessivamente militar, correu entre os subordinados. Ignorando o fato, o oficial continuou a revista como se nada houvesse acontecido. Fez questão de examinar nossas armas, que eram essenciais à nossa vida, e quanto ao restante, parecia não dar a mínima importância. A tenda militar era nova, bem cuidada e se distinguia do resto do acampamento."

Ainda rememorando, continuou: "Meu primeiro contato com o capitão Meira Júnior aconteceu poucos dias depois de sua posse, como oficial superior.

– Cabo Mendes!

– Sim, senhor!

– Venha à minha barraca às 20 horas".

Quando entrou, o capitão escrevia um relatório e o mandou sentar. A tenda estava azulada pela fumaça do seu charuto e sem tirar os olhos do que escrevia falou:

– Procure, amanhã, cavalos, bois ou animais de grande porte, mortos em combate e traga-me quantas bexigas puder trazer. Mas não podem estar perfuradas, pois as usaremos para uma missão muito especial.

À tarde, depois de procurar em lugares de batalhas recentes, conseguiu seu intento. Foi à procura do oficial e ele, imediatamente, começou a montar uma maca aquática, tendo duas bexigas de animais mortos em cada lado, fazendo o papel de câmaras de ar para flutuar.

– Que mal lhe pergunte, qual será a finalidade?

– Para navegar, coberto de aguapés, até o acampamento paraguaio.

Como o cabo o olhava muito surpreso, continuou:

– Logicamente à noite.

Depois de certificar-se de que não iria afundar, Meira Júnior explicou que eram ordens superiores, pois deveriam ver quantos canhões possuíam os inimigos, penetrando em suas defesas, sem ser descobertos.

– Se apronte em meia hora e venha sem o uniforme.

Antes que o incrédulo cabo fosse embora, jogou-lhe um charuto havana e disse sorrindo:

– Não fume agora, espere que na volta você comemorará, com ele, o êxito da missão.

Couro de Anta recordou o ódio que guardou do pedante oficial, que lhe dando uma missão suicida, ofereceu-lhe um cigarro que provavelmente não iria fumar, dada a periculosidade da expedição. Praguejou contra o afeminado superior com os colegas de farda e, blasfemando, foi à sua procura.

Quando chegou à tenda, para seu espanto, viu o capitão com um moderno calção de banho, que nunca tinha visto antes, à sua espera.

– O senhor também vai?

– Só dou ordens quando posso cumpri-las – disse secamente.

Pular em uma baía, afluente do Rio Paraguai, às 20 horas, sem nenhuma claridade, com inimigos a poucos metros de distância, mais piranhas, cobras, jacarés... só dois loucos.

No início, cabo Mendes teve medo de ser comido por piranhas ou devorado por famintos jacarés, que estavam a poucos centímetros de distância, mas ao olhar seu superior que, indiferente, fazia mover a maca flutuante, perdeu o medo e passou a confiar cegamente no oficial. A missão foi um extraordinário sucesso; sorrateiramente e rastejando no brejo, contaram todas as peças da artilharia inimiga.

Como havia uma pausa nas batalhas, e o estado físico dos soldados o incomodava, o capitão marcou uma marcha para avaliação física. Com nossas mochilas carregadas de pesos, partimos, mas ao contrário do que esperávamos, o oficial por nós já predestinado como palhaço do regimento foi à frente carregando exatamente o que levávamos. Nos rostos dos homens um sorriso de sarcasmo quanto à disposição desse oficial em conseguir nos acompanhar, pois, apesar de nossa má aparência, éramos soldados acostumados a grandes esforços. Por ironia todos queriam forçar a marcha, para ver até onde poderia suportar. Como o capitão Meira mantinha os passos a uma movimentação adequada para grandes percursos, não se importava com seus soldados que, a todo o momento, forçavam a caminhada, deixando-o para trás. Todavia, do mesmo modo que começou a marcha de 20 quilômetros, terminou-a sem alterá-la. No término, ele estava bem à frente de seus extenuados soldados. Sua postura, empertigada, em nenhum momento foi modificada. Com o peito para a frente, olhava o que restara de seus militares, em uma silenciosa reprimenda.

Sua principal característica era a postura de voz de suas ordens. Mendes nunca tinha visto oficiais que não gritassem. O capitão jamais utilizava a explosão de voz, como arte de comando. A sua tonalidade era invariável. Para pedir o cantil ou dar uma ordem, o tom era o mesmo.

No terceiro dia, depois de soar o clarim, foi um dos primeiros a esperar seus homens. Sua barba, de tão bem-feita, apresentava uma tonalidade azulada. Seu fino bigode parecia aparado para um magnífico baile na Ilha Fiscal. Depois de muito tempo, a massa disforme começou a se aglomerar. Sem ordem e sem disciplina, chegava lentamente e com grande abraso. O capitão, que deveria ter pedido a todos os deuses da guerra para lhe dar paciência, apenas andava de um lado para o outro. Os últimos chegaram com atraso de no mínimo meia hora.

– Hoje ele explode! – comentavam com ironia os soldados.

Mas o capitão apenas começou escolhendo os que lhe davam atenção, como cabo Mendes, e o restante, simplesmente, dispensava. À tarde, ele e o cabo começaram a distribuir material de higiene e só chamaram os que, naturalmente, se portavam com dignidade militar. No quarto dia a espera foi menor. Alguns o procuraram para pedir o que não tinham recebido. Finalmente, no quinto dia, dois terços dos soldados estavam barbeados ou com as barbas aparadas. Passaram a lavar os uniformes e pouco a pouco, sem recriminar ou reclamar, o capitão conseguiu ser respeitado pela tropa. Mas, não foi no acampamento que os conquistou em definitivo e, sim, no campo de batalha.

"Só dou ordens quando posso cumpri-las." Em todas as lutas ele era o primeiro a avançar, mas com inteligência e muita cautela: "Não preparei meus homens para morrerem e sim para viver e vencerem". Na hora ou no calor da luta ou quando acabava, jamais chamava a atenção deles, mas, no outro dia, durante a revista, sem se alterar, mostrava sua postura:

– Soldado Felipe, um passo a frente! – Meu contingente é um relógio suíço. A valentia, cara de mau, explosões irracionais, depois da arma de fogo, são totalmente inúteis. Só a disciplina e a irmandade formam um bom exército. Sendo assim, peço que deixe meu comando e procure outro regimento, caso contrário, faremos seu julgamento por não acatar as ordens dadas em batalha.

E foram vários expurgos, todavia se formava, aos poucos, um batalhão que seria o orgulho do general e o temor dos paraguaios.

Sua tropa foi realmente testada em uma batalha que marcaria época, a batalha dos retângulos. Naquele dia, bem cedo, os dois exércitos se posicionaram para a iminente refrega. O capitão, com auxílio de binóculo, notou que a formação dos paraguaios estava diferente. Pela aparência de seus oficiais, julgou que talvez fossem ingleses, visto que, por baixo do pano, os britânicos eram pró-Solano Lopes. Eles formavam uma espécie de retângulo, nos quais os homens ficavam em três posições: em pé, ajoelhados e deitados. Certamente o poder de fogo seria violento, mas acreditando nos seus homens, ordenou o ataque. Como sempre fazia, tomou a dianteira ao iniciar a luta. Os brasileiros tinham recebido ordens para ir ao encontro do inimigo, mas antes deveriam parar, ajoelhar e atirar, e depois enfrentá-los à baioneta.

No início, com a parada que os adversários não esperavam, subsequentemente os tiros causaram certo reboliço nas formações, porém, quando avançaram, um fogo maciço fez estrago nos nacionais. Capitão Meira, notando que seria um massacre, ordenou que se retirassem.

Nas fileiras inimigas, apenas regozijo. Jogavam os quepes para o alto e gritavam:

– Covardes! Covardes!

O capitão Meira Júnior, que por pouco não foi crivado de balas, reuniu os comandados. Andou em círculos pensando o que poderia fazer, e para ganhar tempo, pediu aos adversários para retirar os mortos e feridos.

Pensou, pensou e disse:

– Vocês notaram como eles agem?

Todos o olharam.

– Um, dois, três, quatro, cinco: fogo!

– Como? – perguntou Mendes.

– Eles contam até cinco que é o tempo necessário para recarregarem as armas, formando praticamente um fogo contínuo e avassalador. Vocês também notaram que nunca alteram suas posições?

– É verdade! – disseram todos.

– Pois bem! Vamos atacar pelos flancos, e se mudarem de posição, poderemos atrasá-los ou mesmo atrapalhá-los na formação. E lembrem-se de abaixarem quando chegarem ao número cinco.

A tropa do capitão, para evitar o fogo compacto e direcionado, deveria atacar bem pulverizada e só se levantar do número um ao quinto. E assim foi feito.

– Um, dois, três, quatro, cinco: Fogo! – todos já estavam abaixados.

Nesse momento os brasileiros aproveitavam a pequena trégua, de cinco segundos, avançando e atirando. O efeito foi surpreendente, pois o flanco ficou livre dos tiros e a contagem imunizava os infantes. Os paraguaios olhavam aterrorizados para seus oficiais estrangeiros que, por incrível que pareça, continuavam irredutíveis nas contagens, mesmo tendo percebido a artimanha inimiga. Nunca se viu tanta disciplina ou formação tão impecável, pois a cada contagem tinham menos soldados paraguaios nas fileiras.

Capitão Meira Junior gritou o cessar-fogo e também os paraguaios, que se entregaram, não acreditando o que havia acontecido. Nenhum oficial estrangeiro sobreviveu.

A notícia da inacreditável vitória esparramou-se pelo pantanal e, como piada, os brasileiros diziam que os retângulos não deram certo, porque os paraguaios não sabiam contar até cinco.

Dias depois, quando o amável general brasileiro leu o relatório da batalha dos retângulos, perguntou admirado:

– Quem é este oficial?

Como ninguém o conhecia, ele falou:

– Muito interessante!

Suas lembranças cessaram e ele voltou ao que estava fazendo para acabar, de uma vez por todas, com as invasões de posseiros.

Além do capitão Meira Junior, sua mais recente amizade tinha sido Estélio Pereira Lima, ao qual se sentiu obrigado a ajudar no impasse. Continuou pensando: "Sempre apregoei: nunca demonstre o que você realmente quer e o modo real que você é. Os dois eram iguais. Não demonstravam ser valentes e corajosos no modo de falar, vestir e agir, todavia, na hora certa eles foram os melhores que eu conheci".

Pegou a pistola de duas balas, cabo de marfim, seu mais querido pertence e, demoradamente, azeitou-a. Experimentou os gatilhos, limpou os canos e, com um pano, tipo flanela, ficou por muito tempo polindo-a. No cabo de sua arma havia um nome e um brasão das Forças Armadas do Paraguai.

Cantil, carabina, bota, paletó e chapéu em um tom verde para ser incorporado à cor da floresta: tudo era arrumado com muito esmero, como se estivesse protelando a partida. Ele, desta vez, diferentemente de todas as outras que enfrentara, não estava confiante, pois lutaria com profissionais.

Mais uma vez pensou que, em vez de subir o rio à procura da morte, poderia descê-lo e sumir à procura de uma nova vida. Ele já se sentia velho e cansado, mas depois de tanto tempo seu nome era lenda. Riu com descaso: "Lenda como assassino fiel". Título que talvez ninguém reivindicasse.

Como sempre fazia antes de uma missão, não dormiu. Vagarosamente, item por item, foi levado para a diminuta canoa. Antes de partir, foi tomar mais um café, cujo bule, na sobra de alguma brasa, conservava-se quente em cima do fogão de lenha.

Noite escura, rio e mata silenciosa. Nenhum movimento denunciava vida, apenas quase silenciosas e planejadas remadas o impeliam para onde temia ir. Uma chuva constante começou a cair, mas os trovões e relâmpagos não a anunciaram. Sua roupa molhou-se e o corpo estranhamente começou a tremer. Colocou as mãos na testa e viu que a temperatura subira. Uma tosse, intermitente, começou a fazer-lhe companhia. Apesar de estar remando, sentiu muito frio e pensou: "Estou mesmo ficando velho!"

Antes do amanhecer parou na margem contrária à que Benevides deveria estar. Escolheu, com esmero, um lugar que não denunciasse onde deixaria o barco escondido, arrumando e disfarçando-o com folhas e ramos. Sua vida, desse momento em diante, dependeria desses cuidados. Deveria fazer como os animais, dormir durante o dia e atacar à noite. A camuflagem seria a noite escura e sem lua, por isso aquela data fora a escolhida.

Subiu em uma árvore, bem escondida entre as outras, que proporcionasse a visão do rio e da mata. Em seus galhos estendeu uma rede, feita de couro trançado, e esperou o tempo passar: sua protetora seria a Santa Calma. Como tinha tempo, passou cola na camisa de manga comprida e a camuflou com folhas de "esfínulas" que, por muitos dias, conservavam sua frescura e o verdor. Fez o mesmo na carabina, chapéu e bota. Preparou o véu esverdeado para se proteger da visão adversária e dos terríveis mosquitos.

Até a chegada da noite, não ouviu, muito menos viu uma alma sequer; apenas um faminto pintado, sempre embaixo da mesma galhada, volta e meia, dando rabanadas na água para tomar impulso e abocanhar mais um peixe, quebrava a terrível monotonia. Comeu alguma bolacha e, ao cortar a carne salgada, desconfiou de sua qualidade. Como sua alimentação estava baseada em seu consumo, teria que abater algum animal para compensar a falta. Como não podia atirar, teria de armar uma arapuca.

Escureceu. Novamente começou a chover e sua tosse não lhe dava trégua. Ignorando a saúde, pegou novamente o barco e colocou seus apetrechos. Como chovia e estava escuro, a noite e o barulho das goteiras favoreciam sua incursão. Em vez de subir no barco, para não ser alvo de disparos, com uma corda atada ao corpo, atravessou o rio a nado, levando a tiracolo o pequeno bote. Novamente o escondeu, trocou as roupas molhadas pela camuflada e sumiu na floresta fechada. Ia pé ante pé, evitando cortar a mata, pois poderia, não só pelo barulho, indicar o caminho a seus inimigos. No início temeu pela escuridão, mas aos poucos, como dotado de ultrapoderes, começou a enxergar. Vez ou outra, um animal assustado saía em disparada e o bater acelerado de seu coração o fazia temer que seus adversários o ouvissem.

Não existiam trilhas aparentes que poderiam levá-lo a caçá-los. Mas, perto da margem, em lugar protegido pelas ramas, havia um estaleiro com um pequeno banco e três forquilhas para apoiar a carabina. Suas marcas eram bem recentes. "Meu Deus, eles não deixam sinal por onde andam. São profissionais!" – pensou.

Depois, olhando com mais apuro, notou uma corda pela qual passavam sem deixar marcas no chão da mata. Seguiu a corda, depois outra e depois sim, uma pequena trilha. Percebeu que onde pisavam, ao lado, havia muitas folhas que eram jogadas em cima da pegada para disfarçá-la. Também encontrou falsos espinhais, que se não fossem criteriosamente observados, não seria percebida, ao lado, uma pequena passagem, sem a qual o trajeto seria inviável. Seguiu cauteloso a trilha, pois fora dela era difícil ver alguém cruzá-la: era rodeada por mata fechada.

Bem mais tarde, passou pela casa que tinham mandado incendiar. Até aquele ponto não havia sinal de derrubada de árvores. Sentiu, de repente, que alguém o olhava. Pegou a pistola e se virou. Um grande cervo embrenhou-se na mata e, mais uma vez, seu coração disparou. O silêncio e a escuridão o deixavam extremamente nervoso e inseguro. Continuou, vagarosamente, seguindo a trilha dos posseiros. Tinha parado, momentaneamente, quando ouviu um ronco que deveria ser de algum animal selvagem. Percebeu que vinha de uma frondosa árvore. Apontou a arma e pôde ver um par de botinas e uma mão que saíam de um tablado afixado a ela. Esperou um tiro, mas o ronco continuou. O vigia estava dormindo e seria fácil matá-lo, mas difícil seria conseguir fugir. Todos os detalhes ele teria que prever. Deveria, se não fosse morto antes, apenas abater um para que os outros esparramassem a notícia. Com os olhos e a arma apontados para o sentinela, foi saindo sem fazer barulho, para procurar um lugar que servisse de esconderijo. Já estava amanhecendo.

Procurou um lugar fechado e uma árvore que lhe desse uma boa visão e, ao mesmo tempo, o protegesse entre seus ramos. Armou a rede, sentiu seu estômago doer de fome e comeu biscoito. Mas, seu organismo precisava de alimento mais substancioso. Sua tosse lhe havia dado uma pequena trégua e, quando amanheceu, os olhos cansados por não ter dormido negaram-se a assistir ao portentoso nascer de um novo dia que, por ironia, poderia ser o seu último.

Ao acordar, o sol já estava alto. Um raio de luz, passando pelas folhagens, dava calor ao seu corpo febril. Assustado, olhou ao redor. O que viu era inacreditável. Pegou o pequeno, mas eficiente binóculo, presente do capitão Meira Júnior, e perscrutou com muito vagar o que seus olhos já tinham visto. A seus pés um verdadeiro fortim tinha sido construído. Sua paliçada era de resistente madeira pontiaguda, que os protegeriam de um ataque. Uma torre mais alta servia de guarda, todavia, por seu binóculo, pôde reparar que se tratava de um boneco e sua arma era fictícia. No centro, uma casa fortemente construída e, ao seu lado, uma mina de água. À sua volta, com mato bem aparado, um descampado para evitar ataques de surpresas. "São profissionais!" – repetiu em pensamento.

Notou também, fora do fortim, um acumulado de terra. A terra, certamente, provinha de um túnel que saía de dentro da casa, como uma saída de emergência para algum lugar por ali perto. Lembrou-se da grande árvore, a maior de todas, que proporcionava uma visão panorâmica até o rio, e onde a sentinela estava dormindo. Notou que um fio unia a árvore à casa do fortim, servindo para se comunicarem.

Ouviu-se um barulho, mais além, onde certamente trabalhavam os filhos de Benevides. Colocou o binóculo preso em um galho da árvore e divisou a filha, que diferentemente do irmão, não dormia e agarrava a carabina como se estivesse de guarda. Sua barriga doeu novamente, e procurou, no alforje, alguma coisa para comer, mas a umidade havia estragado seus biscoitos. Mendes estava morrendo de fome. Vasculhou as árvores ao redor e não encontrou nenhum fruto. Tomou água para dirimir o apetite. Tinha uma sede diferente do normal, e aí percebeu que realmente estava com muita febre.

Certo tempo depois, a porta do fortim se abriu e Benevides, para surpresa do mateiro, andava normalmente e sua mão também segurava uma pesada carabina.

– Você nunca me enganou, velho safado! – disse baixinho para si mesmo, feliz pelo que já sabia de antemão.

Mas o suplício começou mais ou menos às 13 horas daquela tarde. Francisco, o filho mais novo, trazia nas mãos uma leitoa de aproximadamente uns oito quilos e foi saudado pelo pai.

– Vou fazê-la à pururuca, com um toque bem mineiro!

A boca do mateiro encheu-se de água. E, como estava faminto, deixou de lado os cuidados a serem preservados para acompanhar um lauto banquete que se delineava. Linda abandonou o posto de sentinela para o outro irmão e foi ajudar a preparar o pequeno suíno.

Couro de Anta novamente, para mitigar a fome, procurou o cantil, mas já estava vazio. Agora eram dois suplícios: a fome e a sede.

Calmamente, Francisco preparou uma madeira dura para fazer a brasa que, para ser apropriada, deveria não fazer chamas e sim um calor de eficiência paulatina, que não queimasse, em demasia, a carne delicada da leitoa. Acima, sobre duas forquilhas, um espeto que a transpassaria, em uma distância premeditada, para o seu preparo. Deveria girar sobre si mesma por um longo tempo até ficar completamente dourada.

Absorto nos acontecimentos tentadores, o binóculo do mateiro trazia, aparentemente, o que desejava, ao alcance de suas mãos trêmulas de fome, mesmo que a uma distância superior a 70 metros. Para aumentar o infortúnio, o vento que soprava em sua direção passava pela leitoa e vinha para seu lado, impregnando suas narinas com um odor provocante. Tentou se distrair, mudar a atenção, mas o cheiro inebriante era cada vez mais algoz.

Linda trouxe mandiocas e começou a preparálas. Retirou a casca cor de terra e uma raiz branca, muito branca, foi cortada e frita até tornar-se dourada e aparentemente crocante.

Os olhos do faminto mateiro, com o andamento da preparação dos pratos que iriam constituir o almoço, quase saíam de órbita: "Mandioca frita de aperitivo! Aposto que deve estralar ao se mastigar!" – calculou.

Enquanto a leitoa dourava, indiferente, a poucos metros de distância, Benevides lia, sentado em uma cadeira de balanço, uma grossa Bíblia. Apenas um deles fazia a guarda, mas como o tempo passara, não mais tomavam os cuidados dos dias anteriores.

Francisco trouxe um pequeno tonel e o colocou sobre a mesa. Visto de longe parecia aguardente e pelo modo que a sorvia, deveria ser de primeira qualidade. Enquanto isso, Linda amassava goiabas vermelhas, bem maduras, para preparar um suco. O irmão mais velho chegou da mina e lhe trouxe uma água transparente e fresca. Mendes passou a língua na sua ressequida boca: – Eles querem acabar comigo!

Depois de coadas as goiabas, o suco foi misturado à água e ao açúcar. Grandes copos foram abastecidos. Um prato de mandiocas foi servido e, ao comer, por parecerem crocantes, o mateiro imaginava o ruído gostoso ao saboreá-las, ruído que, pela distância, não poderia ouvir, mas com o qual só podia sonhar.

Quanto mais demorava o prato principal, mais os dois irmãos bebiam. O riso ficou fácil e fez aos poucos algumas mentiras desaparecerem. Linda, enquanto preparava um tutu de feijão, foi perturbada pelo mais velho, que a agarrou por trás, excitado pelo álcool. Ela o empurrou, praguejou e foi ao encontro de Francisco abraçando-o. Houve um princípio de desentendimento e, por incrível que pareça, o pai, indiferente, continuava lendo a Bíblia. Vendo aquilo, Mendes pensou: "Não são todos irmãos. Certamente era uma mulher que deveria ser a amante de todos eles. Apenas tinha preferência pelo mais novo". Cada vez mais surpreso o faminto espião descobria, a todo o momento, mais uma podridão naqueles homens. "Família de loucos!"

A visão estava cada vez mais alucinante. A leitoa, toda marrom caramelado, quase o fazia se entregar, e quando girava sobre si mesma, tornava-se mais sedutora e cheirosa. Era uma visão infernal.

Nisso o velho Benevides foi chamado. Não havia bebido e muito menos beliscado. Separou, em um ritual, a própria gordura da leitoa, e jogou-a sobre o suíno fazendo pururucar. Não podendo resistir, pegou novamente o binóculo e confirmou: sua pele avermelhada estava crocante e pururucada. A fragância exalada se multiplicou. Não havia dinheiro no sertão paulista capaz de comprá-la.

O primeiro pedaço foi servido ao pai dos meninos. Vagarosa e educadamente se servia acompanhado de grandes goles do suco avermelhado de goiabas. Mas assim não fizeram os dois filhos que, cortando suculentos pedaços, primeiro retiravam a pele tostada para saborearem com estalidos, extremamente saborosos. Depois abriam as brancas carnes, que ainda soltavam fumaça e um odor dos deuses, carregaram no limão galego, misturaram ao tutu fumegante e comeram gulosamente, até escorrer lateralmente de suas bocas uma indelicada gordura.

– É demais para esse pobre mortal! – exclamou o faminto espectador que não tinha a mínima chance de ser convidado para o inusitado banquete.

Depois de um pequeno descanso, o velho levantou-se da cadeira e chamou Francisco que, em uma rede, ao lado de Linda, descansava. Os dois abriram a grossa porta do fortim e, cada um levando uma vara de taquara e dois samburás, foram calmamente em direção ao piscoso rio.

Couro de Anta desceu da árvore e, com cautela, acompanhou pai e filho, que por precaução andavam em uma terceira trilha, visto que, pelas pegadas, perceberam que ela tinha sido descoberta. Jamais usavam a trilha principal. A secundária foi trocada por outra, na qual era impossível, por causa da espessa vegetação, ver quem a utilizava.

Mendes desceu da árvore para segui-los e notou que a sentinela, depois do saboroso almoço, dormia a sono solto. Mais à vontade, guardando distância, acompanhou os pescadores.

Iam parando pelo caminho. Na primeira vez arrumaram umas folhas, certamente sobre alguma armadilha. Depois, examinaram um cordão de couro e verificaram algum objeto escondido na vegetação. Tudo na trilha principal. Quase antes de chegar ao rio, Francisco apontou para alguma coisa no alto de uma árvore.

Couro de Anta, vindo logo atrás, verificou onde haviam esparramado folhas e estas escondiam um buraco, com cerca de dois metros de profundidade, repleto de bambus pontiagudos. Uma cotia, mesmo que transpassada, ainda mexia as pernas, agonizando aos poucos, vítima da pérfida armadilha. Parou no cordão e o acompanhou. Se alguém nele tropeçasse, acionaria o gatilho de uma carabina escondida na vegetação. Olhou para o alto e viu também um macaco, preso pelos pés, já morto, que balançava ao vento. Mendes conhecia este tipo de bugio que, por ser muito barulhento, anunciaria certamente a passagem de quem quer que fosse, mas por estar preso há dias, sem água e comida, estava em estado de putrefação. Percorrido o caminho, virou as costas e voltou. A fome o atormentava de tal maneira que o corpo parecia doente e fraco. Seus olhos brilharam quando, no caminho de volta, avistou uma suculenta colmeia. Seu coração bateu forte e o estômago ardeu provocativamente. Faltava pouco para escurecer e poderia derrubá-la na penumbra da noite e se fartar de mel. Assim foi feito, e algumas picadas o atingiram, mas foi um bom preço pelo saboroso mel, que o fez recuperar as combalidas forças. O favo era dourado. Meteu na boca e, com sofreguidão, lambuzou-se com o doce manjar. Aos poucos se sentiu muito disposto e parecia que até o persistente estado febril havia dado uma trégua. No outro dia a rotina não foi diferente, apenas não tinha mais fome, pois sobravam favos.

Às cinco horas da tarde do dia seguinte, Benevides, como de hábito, arrumou seus apetrechos: uma taquara, samburá e embrulhado à mesa, em guardanapo, o lanche que Linda, sempre no mesmo horário, lhe deixava pronto. Ao contrário dos filhos que pareciam verdadeiros trogloditas, Benevides cuidava muito de sua aparência. Barbeava-se todos os dias e suas roupas, mesmo simples, eram limpas e passadas. Tocou no sino duas badaladas e não demorou para Francisco, que portava uma foice, aparecer. Como já sabia o motivo do badalar, falou:

– Pai, hoje eu não posso ir, meu trabalho está muito atrasado.

Benevides deu de ombros e saiu rumo ao rio. Passou pela sentinela e lhe abanou a mão e este fez um sinal de que tudo estava bem. Pensou: "Parece que a ferida cicatrizou. Não virão mais nos incomodar, pois, afinal de contas, estas terras, verdadeiramente, não têm dono".

Enquanto caminhava, olhou para o fim de tarde e a achou portentosa. Neste momento um pernilongo mordeu-lhe o pescoço mas, no lugar de reclamar do ardido, sorriu, e lembrou o que o velho pai dizia: "Só há peixe quando tem mosquito". Continuou pensando enquanto andava: "Linda foi um achado. Seria a satisfação sexual dos meus meninos, todavia, alguma coisa deu errada, pois ela apenas aceitou um: Francisco. E gosto mais dele, que é o mais fiel de todos os outros. Que se masturbem!".

Ao chegar ao pesqueiro, olhou para a cor da água, mediu com a mão a temperatura do rio e exclamou:

– Melhor que isso, só dois disso!

Sentou-se no seu lugar favorito, não sem antes colocar um lenço para não sujar as calças, e lançou ao rio um pouco de quirela. Pouco depois, afoitos lambaris começaram a pular, em profusão. Tudo levava a crer que aquela tarde seria de bons e grandes peixes. Colocou o samburá ao lado e, em cima o lanche, que só seria comido depois do primeiro troféu. Desenrolou cuidadosamente a linha da vara e pegando um miolo de pão fresco molhou-o, e fez uma massa cinza como isca. À sua frente um grande salmonídio riscou a água, com seu lombo dourado, à cata dos lambaris de rabos vermelhos. Colocou a isca e, em movimentos repetitivos, jogava-a rio acima e descia acompanhando o movimento sereno das águas para os peixes se confundirem com alimentos que desciam na água corrente.

Depois de inúmeras tentativas, a ponta de sua vara denunciou uma cutucada, que foi seguida por uma precisa fisgada. A linha começou a cantar e, evitando dar ponta de vara, a fez mais flexível para que o peixe não escapasse.

O coração disparou. Era um peixe malcriado e violento. Sua finada esposa sempre lhe dizia que seu coração batia muito mais quando pegava um peixe, que quando fazia amor com ela. Era uma luta bem equilibrada: a violência da piapara, sua tática para se enrolar na tranqueira e, em seguida, quebrar a linha, contra a flexibilidade de uma vara de bambu. Se der ponta de vara, perde o peixe, ou se enroscar, a linha terá que ser seccionada. A luta só apresentaria um vencedor: o pescador ou a linda piapara de quase três quilos e, como a força bruta não resolveria, o vencedor teria que ser o mais habilidoso.

Enquanto brigava com o peixe, Benevides dizia sussurrando:

– Vem, minha querida, vem com o papai! Juro que não lhe farei mal.

Sistematicamente o fato e as palavras, nessa hora, sempre eram iguais e nem todas as vezes o homem vencia.

Benevides percebeu que alguém vinha vindo às suas costas. Com um sorriso de satisfação, sem olhar para trás, pediu que o esperasse tirar, naquela teimosa empreitada, o belo troféu. Quando a piapara, exausta, pranchou entregue e ia ver quem havia chegado, sentiu um fio de couro enlaçar-se em seu pescoço. Pensou ser brincadeira de seus truculentos filhos, mas, quando conseguiu olhar para trás, percebeu que era Couro de Anta, o homem que ele notou não ter acreditado em uma só palavra que dissera a Estélio.

As mãos fortes do mateiro davam poucas chances ao distraído pescador. Sentiu-se sufocado e sua visão começou a turvar-se e, com o peixe aprisionado, não pôde emitir sons pedindo socorro. Ato contínuo, começou, como bailarino fosse, a balançar as pernas, bem curtas, a uma velocidade inacreditável. "Mas você não era deficiente?" – pensava Mendes. Seus pés batiam na água formando espuma, levantando areia e esparramando barro nos pelejadores. Seu rosto estava cada vez mais roxo e uma gosma saía de sua boca gorda. Começou a mexer, também, os braços com força e agilidade, e suas mãos, em desespero, tentavam libertá-lo de seu agressor. "Mas você não tinha artrite?" – pensava Couro de Anta.

Como suas pernas eram pequenas e os seus braços curtos, a imagem do homem que já não mais se movimentava era ridícula. Os sapatos soltaram-se dos pés e o rosto estava cor de amora madura, olhos esbugalhados, com afluentes de rios vermelhos imaginários, como estivessem se dirigindo ao estuário de sua córnea.

Couro de Anta, profissional da morte, sabia que havia um final da vida e começo da morte e, essa hora, ele sabia respeitar. Pensou em dizer que ele tinha certeza de que haviam matado o guarda, José Luís Antônio, mas, como seus movimentos já estavam calmos, falou com voz serena e mansa:

– Calma, lembre-se de que sua esposa o espera.

O suor escorria do rosto de Mendes e pingava na face do moribundo, mas já não o incomodava mais.

– Calma! Prometo não fazer mal aos seus filhos, principalmente ao Francisco. Juro por Deus!

Como por milagre, se ouvia ou não o que dizia, o rosto congestionado de Benevides relaxou e, finalmente, aceitou o destino. Couro de Anta sabia respeitar os que morriam, pois, afinal, era perito no que sempre fazia. Com o homem nos braços continuou, por muito tempo, acalmando-o com palavras, em tom suave e caridoso, até ter absoluta certeza de que já não mais ouvia.

– Descanse! Você terá paz, muita paz. Abrace a esposa querida.

Depois de um determinado tempo, encostou, com muita delicadeza, sua cabeça na areia e olhou o sanduíche que o guardanapo escondia. Faminto, abriu-o com sofreguidão: um grande pedaço, muito branco, de queijo Minas e, no seu interior, goiabada cascão. Os olhos brilharam ante tão providencial alimento, e enfiou na boca, quase tudo, e de uma só vez.

– Hum! Manjar dos deuses! – disse com a boca cheia.

Uma hora mais tarde, Francisco, angustiado com a demora do pai disse:

– Linda, veja se já vem vindo?!

Ela respondeu um lacônico não e continuou o trabalho, como se não tivesse nada a ver com isso.

Francisco, impaciente, chamou pelo irmão mais velho e disse:

– Vamos até o rio.

– Calma, Chico! Já aconteceu antes. Deve estar pegando muito peixe, é só isso!

O predileto do pai, em pensamentos, se martirizava: "por que não o acompanhei? Nunca eu deveria ter deixado que fosse sozinho!".

Pegou a carabina e saiu alucinado até o pesqueiro. Notou que o irmão vinha logo atrás e também estava armado. Quando o retardatário estava a poucos metros do rio, viu o irmão caçula, como um louco, correndo ao seu encontro.

– Meu pai! Ai meu Deus, eu sou culpado!

O mais velho abraçou Francisco e tentou consolá-lo:

– Calma, calma, vamos ver!

– Olha aqui! – disse mostrando o pesqueiro sem marcas de anormalidade.

Pararam para examinar melhor e não acharam marcas de sangue.

– Cobra também não foi, pois não tem marcas. Começaram a gritar pelo pai e o fizeram até o escurecer. Vendo o perigo que corriam, por estarem expostos ao provável inimigo oculto, resolveram, com muita sensatez, voltar ao fortim.

Linda foi para a guarda na alta árvore, e os três irmãos, agora sem o "cérebro" do grupo, estavam em total desespero. Acenderam as quatro fogueiras, em torno da casa, para maior visibilidade em caso de um ataque.

– Cale a boca! Pelo amor de Deus! Cale a boca! – diziam para Francisco que não parava de lamentar por ter deixado o pai ir sozinho.

Foi uma noite aterradora. O tempo não passava e a angústia da ausência paterna não os deixava dormir. Linda olhava para o fortim e, ouvindo o que falavam, pensava: "Graças a Deus esta loucura vai acabar. Isto não é vida de um ser humano. Francisco e eu partiremos e seremos felizes sem seus anormais irmãos. Este é um lugar amaldiçoado".

Não havia clareado quando, utilizando tochas, iniciaram uma busca frenética pela floresta em direção ao rio. Esperaram clarear para chegarem à praia. Dois subiram às árvores e Francisco deveria se expor para que pudessem localizar os possíveis adversários e repeli-los com tiros certeiros. Mas nada. Nem o pai nem qualquer outra pessoa.

– Vamos descer o rio.

Pegaram o barco, que estava escondido no mato, e com um remando e os outros dois com armas em punho, desceram, corações a galope, o perigoso rio. Por ironia, agora os três eram as caças de inimigos invisíveis. Qualquer barulho de aves, peixes e animais atrairia a mira das carabinas.

Naquela fatídica manhã havia muita neblina, a visão era prejudicada e o curso de água, que em dias de sol era bonito e exuberante, parecia tétrico. Na terceira curva do rio, este se tornou mais estreito e por essa razão mais perigoso. O barulho das remadas espantou um bando de garças, muito brancas, que ao levantarem voo assustaram os já apavorados irmãos, os quais, ao seguirem a revoada das aves, notaram que suas grandes asas abriam a cortina da neblina que esfumaçava o rio, ocasionando o surgimento de uma visão aterradora: preso em cima de uma grande árvore, parecia suspenso no céu, rodeado de nuvens do nevoeiro, no meio do rio, qual espantalho, o corpo do velho pai. Preso por uma corda que passava pelas axilas, fazia-o girar sobre si mesmo, ora em sentido horário, ora ao contrário. Sob sua camisa e manga, um galho fazia seus braços ficarem sempre abertos. Em seu pescoço estava presa uma placa que eles mesmos haviam feito: "Fazenda Capetinga".

Um grito uníssono se esparramou pela floresta:

– Não! Não!

Alucinado, Francisco remou, com muita força, para o local da macabra visão. Seu irmão, mais velho e experiente, percebeu que era exatamente essa reação que alguém desejava e tentou impedir o desespero:

– Para o barranco! Para o barranco!

Mas o filho dileto não ouvia a razão e, desprezando as consequências, continuou remando. Ouviu-se um disparo que ressoou pela floresta silenciosa ecoando por suas galerias. O remo caiu de sua mão, que foi atingida por uma bala. Novo disparo com destino ignorado e ainda outro sem precisão.

Couro de Anta havia amarrado fios nos gatilhos de armas fixadas, em lugares diferentes, e ao detonar, a distância, dava a impressão de que eram muitos os atiradores.

Descontrolados tentavam, com auxílio das mãos, remarem rumo ao barranco, para se esconderem na mata.

Mendes mirou novamente e atingiu o piso do barco, abrindo um buraco que formava um pequeno chafariz. Fez mais um, mais outro. O barco parecia esguichar e se enchia de água. Mal os irmãos conseguiram chegar à terra firme, o bote afundou. "Chega de sangue! Vocês serão mais úteis vivos que mortos. Digam a todo mundo que não devem invadir a Mata Verde"– pensou Couro de Anta.

Quando voltaram, muito tempo depois, ao fortim, estava metade carbonizado. Na pressa em partir para um destino ainda ignorado e não sabido, deixaram muitas coisas para trás. Ao lado do pequeno forte, parcialmente queimado, um carregado pé de goiabas vermelhas que, dias depois, matou a fome do faminto mateiro.

O corpo ainda ficou por vários dias girando sobre si mesmo. Alguma boa alma o retirara da árvore e dera-lhe um enterro cristão e metade de sua cruz mortuária, por pura ironia, era feita de uma tábua de madeira com a inscrição: Fazenda Capetinga.

Praticamente sua missão parecia cumprida, pois os sinais de uma retirada inesperada eram evidentes, mas, como era um bom profissional, Mendes resolveu ficar de tocaia, por mais aquela noite, no mesmo lugar que estivera antes e aí, sim, regressar à fazenda Mata Verde. Com sua pistola engatilhada revirou o que sobrara do fortim parcialmente carbonizado. Como estava entardecendo, olhou para o pequeno tonel de aguardente e teve a tentação de tomá-la, mas o perigo de estar envenenada o fez evitá-la. Sobraram também alguns alimentos, mas preferiu deixá-los, temendo alguma maldade. Apenas se esbaldou com as deliciosas goiabas e a água muito fresca da mina.

Antes de subir à árvore, um trovão anunciou uma tempestade. Havia muita umidade e o calor era insuportável. Pegou algum agasalho, deixado para trás, e subiu antes que o aguaceiro despencasse. Mal se instalou e o mundo veio abaixo. Depois de muita chuva, Couro de Anta notou que o vento já não era norte e tinha tornado-se sul. Uma frente fria prometia castigá-lo durante a ronda noturna. Consequentemente, a tosse voltou, as mãos começaram a tremer e a febre retornou. Seria uma noite infernal no desconforto de uma rede presa nos galhos da árvore. O tonel de cachaça era uma tentação. Com o retorno da gripe a bebida era o mais indicado para ajudá-lo a se aquecer. Cautelosamente, desceu e encheu o cantil com aguardente. Mesmo sabendo que ela diminuiria sua guarda, resolveu tomar o precioso líquido. Deu de ombros: "Que será, será!".

A deliciosa pinga desceu como um licor do Olimpo. A doce bebida fez aflorar recordações e, pensando na morte de Benevides, lembrou-se de outra da qual também fora o carrasco. Ao relembrar-se da guerra, sentia o cheiro de pólvora e sangue, como também de duas batalhas que participara sob o comando do capitão Meira Júnior que, reunido com seus oficiais, sempre com seu uniforme e botas impecáveis, dizia: "Todos os espanhóis, descendentes e mestiços, adoram duas palavras: covardes e machos. A explosão de sentimentos, depois da arma de fogo, é perigosa, mas a disciplina e o sangue frio sempre ganham dos valentes. Amanhã, vocês que confiam em mim, deverão seguir minhas ordens, se quiserem vencer". Foi ao quadro-negro e começou a expor seus planos de combate.

Mal havia clareado, a movimentação dos soldados estava a todo vapor. O local, uma campina cujo acesso era uma estrada, na densa floresta, que se afunilava na saída e na entrada daquele campo de batalha. Dissera então o capitão Meira Júnior: "Quem vai à frente, como combinamos ontem, será o batalhão dos negros".

Couro de Anta e seus soldados, deveriam ficar escondidos na mata. Quando o batalhão passou, todos começaram a rir, pois por ordens superiores haviam colocado massa de tomate nas costas das fardas dos ex-escravos.

– Ele é louco! – dizia um gaúcho ao seu lado. – Os negros estão nesta guerra apenas pela alforria e no primeiro tiro saem em disparada e normalmente causam um terrível efeito dominó.

Cabo Mendes apenas resmungou entre os dentes:

– Faça o que mandamos e esqueça o restante! – Os soldados negros, em ordem, seguiam para enfrentar uma formação militar inimiga com um número bem maior de contingente.

– Vai ser um massacre! comentavam os soldados, que estranhamente não acompanhavam o ataque, apenas estavam escondidos no meio do mato.

À frente dos negros sempre ele, empertigado e reluzente, parecendo, a distância, um soldadinho de chumbo: capitão Meira Júnior.

Como a colina era esburacada, não seria usada a cavalaria.

Antes da batalha, como sempre acontecia, um silêncio pressagiador da morte. A formação era rija e até bonita, e lá iam impassíveis os que iriam morrer.

O oficial paraguaio, depois de ter perscrutado com seu binóculo a formação dos aliados, exclamou admirado:

– Estão em número menor e são soldados pretos.

O sol, indiferente à mortandade que adviria, amanhecia no leste. O perfume da mata, depois da chuva da noite anterior, invadia a colina que, por causa da claridade matinal, estava dourada.

– Bela manhã para se morrer ! – comentavam.

Conforme a distância diminuía, a garganta dos soldados tornava-se seca e o "tum, tum, tum" dos corações parecia surdos militares que marcavam o compasso da marcha.

Metade dos soldados brasileiros estava escondida nas matas e assistia, de camarote, a uma batalha que ficaria para a história.

As bandeiras eram içadas e as armas, principalmente espadas, refletiam a luz solar. A vida humana, por ser uma só, naquele momento, não valia um tostão furado. A poucos metros do terrível encontro, como sempre faziam quase todos eles, tanto brasileiros como paraguaios encenavam o nome do Padre, e Deus, como era imparcial, não poderia ajudar a nenhum dos lados.

Os soldados que não iam na primeira fila apenas olhavam os da frente como um escudo perecível. O temor do chumbo que lhes poderia arrancar um braço, perna ou mesmo a vida era, neste momento, aterrador. Mesmo frio, o suor escorria e a mão tremia quase tornando impossível acionar o gatilho das armas, tanto que não viam a hora de ouvir: "Atenção! Atacar!".

O inimigo parado, em lugar mais seguro, esperava. Estavam a uns 50 metros, em disparada, quando, inesperadamente, o capitão gritou:

– Ajoelhem! Tiro à vontade!

Os paraguaios, que aguardavam um ataque corpo a corpo, não esperavam a parada brusca, a genuflexão e um fogo inesperado. Nas fileiras dos paraguaios abriram-se clareiras e, pegos de surpresa, demoraram em assimilar a contraordem de seu oficial, que tentava estabilizar as formações.

– Preparar! Fogo!

No lado brasileiro, inexplicavelmente, depois dos disparos, pelo menos um terço da tropa atacante foi ao chão. Até o inimigo sentiu que a precisão dos tiros suplantava a expectativa e se tornava um verdadeiro milagre.

Houve um prolongado silêncio e o capitão, sentindo o desastre em suas fileiras, gritou:

– Recuar! Recuar!

O inimigo não contando com o presente celestial – a boa pontaria de seus soldados e a precoce ordem de retirada – ficou animado e corajoso.

– Baioneta! Calar baioneta! – gritou o oficial. – Peguem os covardes! Covardes, macacos covardes!

Com o capitão à frente, o restante dos negros em desatada correria, deixando tudo para trás, dirigiu-se para a afunilada estrada que cortava a floresta, com o inimigo nos calcanhares. Quando o sargento paraguaio olhou para a mata, que praticamente os cercava, percebeu o embuste e, horrorizado, gritou para seus homens:

– Emboscada! Protejam-se!

Saindo da vegetação ou abrindo seus ramos, centenas de soldados aliados que os esperavam abriram fogo. O cheiro de sangue e pólvora encheu o mato e a colina. As perdas foram assustadoras, mas o pior estava por vir. Os que escaparam tentaram voltar para suas posições iniciais de combate na colina, fugindo da aproximidade da mata onde foram emboscados, mas encontraram os negros que se fizeram de atingidos, na primeira descarga, esperando-os, em posição serrada, obstruindo a retirada. O milagre da pontaria paraguaia tinha sido um embuste. A massa de tomate nas costas dos soldados negros era para parecer que tinham sido atingidos e, na realidade, poucos tinham sido.

Quando o general leu o relatório da batalha exclamou:

– Genial, não muito correto, mas simplesmente genial!

Olhou para o major e completou:

– A massa de tomate imitando sangue foi um belo artifício. Quero saber que escola militar o capitão estudou e sua descendência militar. Preciso conhecê-lo pessoalmente.

Na solidão os pensamentos fluíam. Lembrando enquanto esganava o velho, Couro de Anta recordou outro caso muito semelhante, mas que aconteceu durante a guerra. O estranho é que fatos ocorridos na hora em que se mata alguém nunca mais serão esquecidos. Ficam indeléveis nos nossos sonhos e devaneios. A memória, como castigo, deixa incrustada no cérebro os mínimos detalhes. O suplício do assassino está na repetição teatral em uma sequência cotidiana. O rosto da vítima nunca será esquecido.

A bela vitória do capitão Meira Júnior repercutiu não só no lado aliado como também no de seus adversários: "É um oficial frio, sem escrúpulos, pois não segue a rotina das batalhas. É um covarde que teve sorte", diziam os paraguaios. Para seu superior, o major Estanislao de Freitas, para quem a vida de seus subordinados não merecia consideração e só a vitória, sem medir o preço, era relevante, este subalterno nas suas atitudes; vinha denegrir, entre seus soldados, sua imagem de comandante. Por este motivo, quando apareciam ocasiões de extremos sacrifícios, as passava para o invejado capitão Meira Júnior.

Dias depois, uma nova missão lhe foi atribuída. Uma colina, previamente limpa ao seu redor, tendo na sua parte mais alta, como muralha, rochas que protegiam os seus soldados e uma pesada artilharia, impedia qualquer acesso às outras forças que ficavam na retaguarda. capitão Meira, com muita calma, começou a estudar a fortaleza que recebera como penitência. "Quais as armas? Qual o alcance delas?"

Ordenou que sua cavalaria, com auxílio de bandeirolas, em um ataque fictício, aquilatasse o alcance e poder de fogo, determinando a zona perigosa fincando-as ao solo. Sua primeira atitude foi cercar a colina: ninguém subia, ninguém descia.

À noite, na cantina, expôs parte de seu plano:

– Não faremos ataque direto, por enquanto. Temos que saber: qual a quantidade de seus víveres, água e por quanto tempo sobreviveriam no elevado. Mas se Maomé não vai à montanha, a montanha vai até Maomé. Sendo assim, como nos custaria muito sacrifício, não atacarei. Para que pagar tão caro por uma colina cheia de pedras?

– Mas, o que faremos? – perguntaram os subalternos.

– É simples. Vão dormir, amanhã eu falo. Não temos a mínima pressa, o problema é dos paraguaios.

No dia seguinte, tudo foi preparado para o ataque que não viria. O capitão mandou fazer com couro de gado uns enormes canhões que apenas enganariam os paraguaios e deveriam ficar passando de um lado para o outro para parecerem bem numerosos. A movimentação dos soldados deveria, também, ser muito intensa como se estivessem se preparando para um ataque para a próxima madrugada. Os cavalos eram dispostos de viés para aparentarem maior número. Enfim, à tarde, tudo indicava que o dia seguinte seria o dia D.

Muitas nuvens negras e o calor prenunciavam uma chuva pesada. Quando choveu, não se enxergava um palmo diante do nariz. Todos usufruíam da fresca chuva, quando foram chamados às ordens pelo capitão:

– Aprontar para o ataque! Todos em forma! A natureza veio nos dar uma mão!

Os soldados aliados nunca esperavam esta ordem no meio da noite, mas pensavam também que "muito menos os paraguaios".

– Vamos atacar a colina? – perguntavam.

– Deixem a colina de lado. Vamos passar ao lado e atacar a retaguarda inimiga.

– Retaguarda! Meu Deus, que bela ideia! Eles nunca esperariam esse ataque!

– Rápido, aproveitem a chuva e passem pela colina sem serem vistos. A surpresa é essencial!

Chovia a cântaros. Cabo Mendes e os soldados passaram ao lado da colina e entraram na retaguarda inimiga, que jamais esperaria um ataque antes de enfrentar a fortaleza. Durante esta operação nenhuma palavra foi dita em voz alta para não despertar os soldados, ocasionando uma surpresa inacreditável nas hostes inimigas. Durante o ataque, o cabo rodeou uma pequena floresta para atacar o flanco inimigo. A chuva, infelizmente, tinha dado trégua e, quando ia dar ordens aos seus soldados, um oficial paraguaio, sem que esperasse, veio ao seu encontro, portando uma baioneta. Ele, com muita agilidade, como toureasse um boi, desviou-se fazendo o soldado enterrar sua lâmina em uma grossa árvore. Como o oficial não conseguia, dada a força com que espetara, retirá-la da árvore, Mendes pulou em suas costas e o segurou firmemente, mas o jovem tenente, usando apenas uma mão, sacou de uma faca, mas, por sua posição, tornou-se mais perigosa ao portador que a seu adversário. O brasileiro segurou sua mão juvenil e, com extremo esforço, começou a empurrar a lâmina contra o peito do inimigo. O que poderia demorar um ou dois minutos parecia não ter fim. A faca já rasgava a túnica do paraguaio. A presença da morte deixa o assassino e a vítima com muita intimidade. Seu rosto suado encostava-se à face ainda imberbe do jovem oficial. No rosto, a marca de uma barba muito bem cortada, deixando na face uma tonalidade azulada. O fino bigode era muito bem aparado.

A força despendida chegava paulatinamente ao extremo: respiração ofegante e tentativa de golpes de corpo desesperados para se livrar da morte. Mas até a resistência à morte tem um limite. Ouviu-se um longo suspiro e, com violência, o cabo enterrou a lâmina no peito do jovem oficial.

Mendes olhou para o homem caído ao seu lado com uma faca entrando em seu dólmã. O uniforme impecavelmente novo cheirava a naftalina. A textura do tecido de sua farda era do mais fino tecido. "Seria sua primeira batalha?", pensava pesaroso o brasileiro. "Não tem mais de 18 anos! Ele é apenas uma criança! Meu Deus, eu matei uma criança."

Sentiu, misturado ao cheiro da morte, uma fragrância suave de colônia francesa que exalava da farda do elegante oficial. À medida que perdia a jovem vida, não havia mais ódio entre eles. Os rostos às vezes se tocavam, e o brasileiro segurava a mão dele, mas sem apertá-la, apenas como conforto. O engraçado era que, se entrincheirados, eles se queriam matar, mas naquele trágico momento tornavam-se íntimos, muito íntimos, como se a morte os tornasse parentes de sangue.

– Me dá um cigarro, soldado...

– Mendes – respondeu. – Cabo Mendes.

O cabo preparou um e o acendeu, passando para o homem que morria.

– E você, como se chama?

Entre tremores e, às vezes, acometido pela respiração ofegante, respondeu:

– Tenente Juan Carlos Santa Maria.

Em uma forte tragada deixou momentaneamente seu rosto azulado pela fumaça.

– Sabe, cabo, sou casado e tenho um pequeno filho de 5 anos. Mendes, você sabe o que um filho nesta idade é capaz de nos fazer?

– Não, tenente, nunca tive filhos – falou apoiando a cabeça do ferido para lhe dar mais conforto.

– É a coisa mais abençoada que um homem pode desejar na vida. Quando chego a minha casa, que tem um bem cuidado gramado em frente, saindo da varanda, em grande velocidade, meu pequeno filho de braços abertos vem ao meu encontro dizendo: Papai! Meu papai!

Sentiu-se momentaneamente mal e parou de falar. A lâmina certamente deveria ter seccionado artérias, mas não atingira o coração. Seria uma morte lenta, e o cabo tocado por este infortúnio controlava, como podia, seus sentimentos, fazendo-o, também, morrer aos poucos.

Tornou-se novamente lúcido:

– Cabo!

– Sim, estou aqui!

– Não me deixe só! – Fique comigo.

– Não! Não Juan, jamais faria isso. Estou aqui.

– Minha mulher chama-se Consuelo Velasques Santa Maria. E como moribundos não mentem, eu lhe digo: é a mulher mais bela de Assunção.

Momentaneamente parava, tomava fôlego para continuar falando das pessoas, que aos poucos não mais lhe pertenceriam.

– Você irá conhecê-la, cabo.

Seu rosto juvenil, a cada momento, se tornava mais pálido e por ironia mais suave.

– Mas, tudo isto não teria valor se, para conquistá-lá, não me tivesse custado metade de minha curta existência; amo-a desde os 7 anos de idade. Só que havia um grande muro entre nossas casas e nossas vidas.

– Que muro, tenente? – perguntou o brasileiro. – Você quer um pouco de água?

– Por favor, mas só posso tomar um pequeno gole. Era um muro quase inexpugnável – continuou com dificuldades –, seus pais eram riquíssimos, mas eu, apesar de família tradicional e respeitada, era pobre. Nós éramos vizinhos, só que a minha casa vivia às sombras da opulência da casa dela. Mas, como todo muro tem uma brecha, eu sentava em uma pequena cadeira e ela do outro lado, e nos comunicávamos por um vão. Muitas vezes não falávamos, apenas nos olhávamos e nossos olhos diziam o que as palavras não conseguiam, pois um olhar ou uma expressão estão em um plano superior nas comunicações. E muitas vezes, seu pai em estado colérico gritava: Consuelo, vá já para casa!

Pelos estampidos provenientes do oeste, era possível prever que uma dura batalha se travava e o cabo percebeu que a vitória o favorecia.

– Cabo, você está aí? Não me deixe morrer só.

– Prometo não abandoná-lo.

Como um grande silêncio pairou entre eles, Mendes falou:

– Juan, por Deus, você me perdoa?

Demorou a responder e, quando o fez, foi com muita nobreza.

– Era eu ou você. Fui eu que ataquei, todavia minha arma ficou presa na árvore. Sou soldado como você e a morte é muito explícita em nosso contrato de trabalho, faz parte da aposentadoria que nunca poderemos usar – remexeu-se e um pouco de sangue marcou, como batom mal distribuído, o canto de seu lábio direito.

– Cabo, olha...

– O que foi, Juan?

– Muito obrigado por ficar comigo.

Às vezes o tenente ficava alguns minutos em silêncio parecendo que o suplício de acompanhar aquele calvário tinha terminado, mas sua mão novamente apertava a mão do cabo Mendes.

– Cabo, você conhece casos de pessoas que eram de uma alegria ímpar e que viviam como se aquele dia fosse o último e todos diziam: "Elas sabiam de sua curta existência, por isso viviam assim". Mas eu não sabia que iria morrer. E por isso não convivi o suficiente com meu pequeno filho – parou momentaneamente, para tomar fôlego, e continuou: – Nem a primeira comunhão ele fez. Tenho tantas histórias para lhe contar e, quanto a Consuelo, muito amor para lhe dar.

Olhou para Mendes, com muita tristeza, e completou:

– Vou lhe pedir um grande favor: peça a Consuelo para colocar um porta-retrato no criado-mudo de meu filho, para ele se lembrar de que morri pela nossa pátria. E diga a ela que nosso amor foi tão grande e, apesar de sua exiguidade, foi mais que suficiente.

Silêncio. Silêncio angustiante. Ao longe, o troar dos canhões cada vez era mais para o oeste, sinal evidente de que os aliados tinham quebrado a linha inimiga.

"Inimigos", riu com muita ironia o cabo Mendes. "Mas o tenente não é meu inimigo. Afinal, quem são nossos inimigos, senão nós mesmos!", pensava. "Basta um diálogo, um perigo maior passado em sua companhia e percebemos que não temos inimigos em outras pessoas. Sabe por quê? Porque quando sabemos que os nossos rivais têm sofrimentos e tristezas nós nos apiedamos deles. Todos nós somos muito fracos e sofredores, para que alguém sinta ódio de e, se conversarmos e contarmos nossa vida, eles também ficarão penalizados. Deixem que todos contem a história de suas vidas para nunca mais haver guerras."

Nisso, inesperadamente, o tenente voltou a falar:

– Não temo nem nunca temi a morte. A dor é o que menos se sente em um momento como este. Para pessoas que nada têm em suas vidas, é fácil morrer, pois a morte não será lamentada. Mas não é o meu caso, pois temo pelo que poderá acontecer com eles e não estarei aí para ajudá-los. Cabo Mendes?

– Estou aqui!

– Abra meu dólmã e retire uma corrente com uma medalha. Essa corrente sem a complementação que está no pescoço de Consuelo não significa nada, mas, ao juntá-las, representa muito para nós dois. Quero, como último pedido, que você a entregue, antes que caia em mãos indevidas. O endereço é Rua Constituição, 179, Assunção. Pelo que estou ouvindo, vocês logo estarão lá.

Cabo Mendes abriu o uniforme e novamente sentiu a fragrância de uma colônia francesa que, pelo momento, tinha o maior fixador aromático da Terra, visto que este aroma jamais o abandonaria. Retirou a corrente e a medalha.

– Promete!

O brasileiro olhou para a lembrança fatal e pensou: "É uma cruel vingança branca. É minha morte em pequenas doses letais, sabiamente administradas para que minha agonia prossiga por muitos e muitos anos. Afinal, cada um mata como pode e usando as próprias armas".

– Promete! – insistiu o paraguaio.

– Prometo. Mas, afinal, o que você quer fazer comigo? – pegou a adaga que o ferira e lhe entregou: – Mate-me agora que é menos doloroso.

Com dificuldades replicou:

– Porque você também é responsável.

Tomou mais um pequeno gole de água e, quando voltou a falar, o fez muito débil:

– Pegue meu coldre e uma pistola francesa de madrepérola e fique com eles.

– Por que para mim? Esta arma deve ser entregue para que no futuro seu filho a use.

– Não, é para você! Quero apenas uma promessa.

– Qual?

– Não a use contra meus irmãos.

Silêncio.

Cabo Mendes olhou para o rosto do oficial e viu que não só seus olhos estavam semicerrados como também a boca. O brasileiro lembrou-se de uma estátua mortuária de Jesus Cristo, somente exposta na Semana Santa, que, por coincidência, tinha as mesmas características do tenente Juan. A diferença era que o moribundo estava com a cabeça repousada em suas pernas.

Pouco tempo depois, voltando do ataque inesperado que colocou em fuga os adversários, seis homens pararam quando viram um oficial paraguaio, em traje de gala, com todos os seus apetrechos, deitado com a cabeça levemente levantada, como se dormisse e, a seu lado, como se o guardasse, um dos seus.

– É o cabo Mendes!

– Cabo, o que aconteceu? – todos correram até ele e, para espanto geral, o duro militar chorava.

O sargento Alvarez olhou para o relógio, que marcava 4h30 da manhã, e falou:

– Vá pegar água quente para meu tererê. Não deixe que o capitão veja o fogo.

As ordens eram para não se acender qualquer tipo de fogueira, mas como a água apresentava um estranho odor, a sua e de alguns soldados eram fervidas. A noite deveria ter sido de repouso, pois naquela manhã, com toda certeza, sofreriam um ataque dos aliados, mas ele e seus subordinados não conseguiram pregar os olhos. Diversos homens estavam com disenteria hemorrágica e, como defender uma colina, se os soldados mal conseguem permanecer em pé? Mas as ordens eram inequívocas: até o último homem!

A imagem do dia ainda estava pintada na memória. Cavalaria, canhões de longo alcance, soldados em quantidade muitas vezes superior à deles e o péssimo estado físico de seus soldados. A noite correu serena. Nem um disparo ou relincho de cavalos. Ele havia colocado soldados avançados para que, se necessário, alertassem a colina. Tinham feito fogueiras, pois se o ataque fosse noturno, elas seriam acesas. Mas mesmo com proteção, depois do aguaceiro que caíra sobre eles, talvez o fogo não se propagasse.

Quando o primeiro borrão pálido surgiu no leste, todos os paraguaios ocupavam seus lugares. Pouco falavam e a maioria rezava em silêncio.

O capitão apareceu das sombras e deu as ordens:

– Este pequeno e bravo país está orando e, dependendo dos nossos esforços, sendo assim, só sairemos daqui com a vitória ou mortos. Por isso, tomem café, pois, provavelmente, almoçaremos no inferno!

– Daqui mortos! – gritaram todos.

Ouviu-se o barulho de armas sendo engatilhadas e preparadas; fora isso, ninguém falava. Conforme surgia a claridade do novo dia, o coração batia mais forte e as mãos e as pernas tremiam nervosas. Todos olhavam para o local em que as forças brasileiras estavam. Pouco ainda dava para se ver. Foi clareando, clareando e um "oh", generalizado, foi ouvido por toda colina. Precisamente às 5 horas da manhã os sitiados assistiram, boquiabertos, não a um ataque maciço, mas a uma procissão de soldados, trazendo, em suas mãos, bandeiras paraguaias, e uma gama de espólios de guerra, que passavam ao lado, sem dar a mínima atenção ao forte improvisado. Por mais que tentassem, por estarem fora de alcance, as balas não os atingiriam.

No lado aliado foram dadas ordens para que deixassem passar mensageiros, já que as novas não eram boas para os paraguaios.

A notícia do total isolamento da colina só não agradou o coronel Estanislao de Freitas, mas o general se opôs a que os apressassem. Mais uma vez o capitão Meira Júnior foi o centro dos comentários. Com todos os feitos, seus soldados o amavam e o respeitavam. O batalhão tornou-se uma lenda. Indiferente a tudo, o oficial ordenou:

– A batalha deverá ser noturna. Dois terços dos homens passarão a noite acordados e só dormirão durante o dia.

– Mas ficaremos insones e abestalhados!

– Só os primeiros dias, depois nos acostumaremos.

E assim foi feito. À noite, a colina estava fortemente cercada; apenas por estratégia, na parte leste, os soldados ficavam escondidos na mata e, se houvesse incursão, certamente, lá seria o caminho. Todavia, camuflado e escondido lá estava o grosso da tropa.

– Quantos dias ainda terão com água e alimento?

– Temos que capturar pelo menos dois paraguaios – dizia o capitão indo de barraca a barraca e prometendo um mês no Rio de Janeiro para quem lhe trouxesse dois inimigos capturados na colina.

Com a retaguarda inimiga bem resguardada, o jeito era esperar, mas não sem antes apresentar números teatrais. Os soldados aliados, ante um sol abrasador, banhavam-se em grandes tinas. Leitões eram assados em varetas, que era sistematicamente giradas sobre si mesmas e, logicamente, o lado escolhido era o que tivesse vento favorável às narinas dos sitiados.

Os dias se passavam e os bravos paraguaios apenas cantavam. Passavam o dia inteiro cantando para demonstrar que o moral estava alto. Com a demora em resolver a situação, a vitória inicial parecia tornar-se uma derrota. O major perdeu a paciência:

– Ou toma a colina ou colocarei meu exército para fazê-lo!

Desesperado, o capitão implorou por mais 48 horas. A contragosto, foi aceito, mas apenas 48 horas.

No penúltimo dia, ao amanhecer, três soldados averiguadores foram presos. O terceiro não aguentou os ferimentos e morreu. Todo o acampamento brasileiro acompanhou a passagem dos dois pobres soldados. Estavam muito magros e sedentos, mas não tinham permissão para oferecer o precioso líquido a eles. Irradiando alegria, o capitão mandou chamar o cabo Mendes.

– Vou deixar em suas mãos o brio do nosso batalhão, faça-os confessar, custe o que custar. Eu não sou muito bom para este tipo de serviço.

O cabo foi, com seus subalternos, em um lugar de mata fechada, levando os dois assustados prisioneiros. As horas se passaram e só não mataram os heroicos soldados porque a morte deles não resolveria o impasse. Deles não se ouvia nem uma única palavra. Ofereceram-lhes leitões, limonadas e frutas, mas não aceitaram falar sobre a situação da colina: estado moral, mantimentos e munições.

Cabo Mendes, sem outra alternativa, adiantou-se e, pegando o mais gordo pelo braço, levou-o para outro canto da mata e disse ao sair:

– Dois não são necessários, basta um só para falar.

Logo depois se ouviu um tiro, mais um, e depois silêncio. Voltou onde estava o outro prisioneiro e disse:

– Reze!

O homem corajosamente ajoelhou, rezou e gritou:

– Viva o Paraguai!

Arrastaram-no para o outro lado da mata e, quando passou pelo amigo ensanguentado, caído em decúbito dorsal, falou em voz bem alta:

– Meu Deus! Assassinos!

Foi lhe entregue uma pá e o cabo gritou:

– Cova para dois!

O homem ajoelhou, olhou para o brasileiro e disse:

– O que quer saber? Não tem mais comida, água, apenas armamento. A disenteria já matou dezenas...

Depois dos mínimos detalhes, ofereceram dois pratos de comida e duas jarras de limonada. Ao seu lado, sem roupa, surgiu o gordinho com a boca cheia de pano, mas sem nenhum arranhão. Tudo tinha sido uma bela encenação.

Já não havia mais dúvidas, depois de se saber a situação do inimigo e a pressão do major Freitas, o ataque era iminente. Formou-se um cinturão de soldados, cavalaria e canhões ao redor da colina. Agora ninguém brincava, todos estavam sérios e calados. Aquela noite certamente seria a última para muitos deles.

No alto da colina, do lado paraguaio, como o número de soldados doentes aumentava sem parar, o doutor Guzman chamou pelo sargento:

– Você mandou emissário pedindo remédios?

O sargento, como esta pergunta lhe era feita a todo o momento, respondeu:

– Sim, doutor, mas não se iluda, não temos mais retaguarda.

Aparecendo das sombras, subitamente, o capitão comandante, que andava com muitas dificuldades:

– O derrotismo só nos prejudica. Da próxima vez vou mandar prendê-lo!

Doutor Guzman, vendo o nervosismo reinante, pensou: "Prender o sargento Alvarez? O nosso melhor homem! O capitão perdeu a razão. Vou passar maus momentos por causa disso".

O oficial disse um bom-dia inaudível ao cirurgião e perguntou:

– Como estamos?

Doutor Guzman esperou um pouco porque, talvez, não precisasse lhe responder o óbvio. Vendo que o número de pacientes era cada vez maior, por educação, pegou o braço do oficial e o levou para fora do improvisado hospital.

– É cólera.

– Cólera?!

– Sim, é cólera! E sabe por quê? Sabe!?

– Não – respondeu o capitão, sentindo-se acuado pelo rigor do médico.

– Porque eu disse um milhão de vezes para ferver a água! – dizendo isso, seu rosto se tornou vermelho como um pimentão.

– Mas como você sabe, militarmente, não era aconselhável. Nós temos ordens que devem ser seguidas e tem mais: a água era de mina e muito pura.

– Mas os tonéis foram desinfetados como eu pedi?

– Caro doutor, eu trato da parte militar e o senhor, da médica. Dedique-se às suas atividades, por favor – e saiu batendo as botas.

O médico virou para o sargento Alvarez e disse confidente:

– Eles não conseguem nem limpar o traseiro, como conseguirão segurar uma arma? – o sargento bateu-lhe continência e, muito sério, saiu da enfermaria.

Ao meio-dia, com sol a pino e um calor de 45 graus, poucos soldados conseguiam andar pela colina. Um odor de morte e fezes impregnava o acampamento. Covas eram abertas com extremo sacrifício, pois o terreno era rochoso e só se ouvia o barulho do metal das pás e enxadas sobre as duras pedras. O médico, vendo a inutilidade de tudo, foi falar ao capitão.

Bateu palma e não houve resposta. Adentrou e viu o oficial sentado na cama com as mãos na testa. Ao ver o médico, disse:

– Também estou com cólera – disse resignado.

O médico, em vez de explodir, apenas apiedou-se: – Deixe-me ver. – Como poderia ser psicológico, apesar dos vários sintomas, anunciou: – Não é nada grave!

O oficial mandou-o sentar e, como um homem comum, confessou: – Estou acabado! – cobriu o rosto com as mãos, ficando quieto por longo tempo.

O médico respeitou o tempo pedido e esperou.

– Sou um fracassado militar – olhou bem nos olhos do confidente. – Escolhi o lugar. Armei-o com que o nosso exército tem de melhor. Peguei os melhores homens e minha estratégia foi um redundante fracasso.

Aquela humildade inesperada tocou profundamente o doutor Guzman.

– Mas, capitão, o senhor não tem vencedores humanos.

– Como assim?

– O cólera é força do Demônio e seu antagonista, se nós nos rendermos, não poderá se vangloriar de uma vitória militar, apenas a doença nos pôs fora de combate e, ademais, o troar dos canhões brasileiros soam a oeste. Nós estamos terrivelmente sós.

O capitão levantou-se com muita dificuldade e disse peremptório:

– O senhor, doutor, e seus doentes estão autorizados a abandonar a colina. Quanto a mim e aos homens voluntários, já que vamos morrer de uma maneira ou de outra, seremos enterrados, com glórias, mas aqui.

Com auxílio do médico foi até o centro do acampamento e mandou chamar todos os seus soldados em condições de combate. Quando todos que conseguiram andar se apresentaram, ele falou:

– Doutor Guzman e seus pacientes estão autorizados a partir em busca de recursos.

Todos entreolharam-se, espantados, com a inesperada decisão.

– Eu ficarei. Devo muito ao meu querido país.

Como faltava-lhe força, esperou para continuar.

– Os que quiserem ficar comigo e com seu país serão bem-vindos. O restante pode partir. Não guardarei nenhum rancor.

O sargento Alvarez deu um passo à frente, bateu continência e disse com toda energia:

– Ficarei com meu comandante. Minha vida é ainda muito pouco para doá-la ao meu Paraguai.

Muitos, quase a totalidade, deram um passo à frente e alguns, só neste movimento, caíram de joelhos por falta de forças. Era um exército de mortos-vivos, mas mesmo assim, por incrível que pareça, não derrotados.

Na manhã do dia seguinte, quando clareou, um formidável contingente de soldados aliados, cavalaria e artilharia esperavam para a ordem final. O capitão Meira Júnior, que passara a noite anterior preparando a batalha, adiantou-se, como sempre o fazia, e, colocando as luvas, preparou-se para a palavra de ordem quando, descendo a colina, paramédicos traziam macas com soldados. O capitão, surpreendido, empertigou-se e trocou continências com o médico que comandava o triste cortejo:

– Oficial, peço a ajuda dos seus médicos, por questões humanitárias, aos meus pacientes.

Com um sorriso nos lábios, o capitão falou:

– Tudo o que me for possível! Mas que mal os aflige?

O médico demorou em responder:

– Cólera.

Meira Júnior quase deu um passo para trás, mas contendo-se:

– Chamem os médicos disponíveis!

Fizeram uma reunião e todos os médicos foram chamados para atendê-los. Enquanto isso, os soldados impacientes esperavam as ordens de ataque.

Depois de tudo resolvido, doutor Guzman agradeceu e se despediu.

– Mas aonde o senhor vai?

– Prometi que ficaria com eles até o fim e não posso quebrar meu compromisso – disse resolutamente e se pôs a andar, quando o oficial o segurou pelo braço.

– Por questões humanitárias, não militares, diga-me, se for possível, como estão os outros?

O médico pensou se poderia falar o que desejava, mas a ideologia de sua nobre profissão foi mais coerente:

– Todos doentes.

O capitão notou como fora difícil para o nobre médico dizer aquelas palavras tão sensatas, todavia, tão fora da ética militar, que passou a ter-lhe uma real estima e admiração. Fez ao doutor sinal para que esperasse. Andou em círculos, como era de costume, enquanto pensava, olhou as feras que estavam prontas para atacar os doentes e heroicos paraguaios e disse com muita nobreza:

– Eu subo com o senhor.

Um ar de incredulidade tomou conta de todos que o ouviram. Um zum-zum percorreu as fileiras dos combatentes que juravam nunca ter ouvido falar uma coisa semelhante.

– Está louco! – disse o médico não acreditando no que acabara de ouvir. – Não posso garantir como reagirão os soldados. E se o matarem?

Meira Júnior sorriu e disse displicente:

– Na vida, uma bela ação tem mais duração que minha mera existência. Se acontecer, assumo os riscos, aconteceu.

E lá foi colina acima. Uma venda negra tinha sido colocada no oficial brasileiro, para não ter conhecimento dos armamentos e técnicas inimigas.

– Nosso capitão é totalmente louco! – diziam os soldados.

– Não, ele não é louco; é um homem de muita coragem – disse Couro de Anta, antes de se preparar para a missão da qual Meira Júnior o encarregara minutos atrás.

Com os olhos vendados, segurando nas costas do médico, começou a subir a colina. Todos os soldados, de ambos os lados, olhavam o inusitado. As tropas brasileiras, perfiladas e disciplinadas, esperavam os acontecimentos e temiam pela sua vida. Por outro lado, os paraguaios como faziam metodicamente, só que a cada dia mais lentamente, cantavam músicas patrióticas.

Com a perda provisória da visão, por causa da venda, em seus pensamentos se instalara um calvário: no caso de sua morte, ou caso contrário, na subida repentina como um grande oficial estrategista. Também por causa da falta de visão, seu olfato, com mais sensibilidade, ao chegar ao topo da colina, sentiu um cheiro de morte e de fezes. Quando lhe tiraram a venda, o sol deixou-o momentaneamente privado da visão. Aos poucos, muito vagarosamente, o retrato do que o cercava tomava forma e cores. À sua frente, com o corpo trêmulo e feições doentias, um capitão se esforçava para manter uma posição digna de um oficial, sem mostrar qualquer tipo de fraqueza. Ao redor, os soldados, tentando demonstrar eficiência física, mantinham-se em posição de sentido.

Duas cadeiras, com seus respectivos guarda-sóis, esperavam pelos oficiais. Meira Júnior, já recomposto, olhou demoradamente para o sargento Alvarez e disse-lhe sorrindo:

– Já o vi antes em combate e admirei sua coragem e seu heroísmo.

O sargento bateu-lhe continência e disse, também sorrindo: – Ainda bem que não foi contra o senhor – todos sorriram e um pouco de bom humor se espalhou no pesado ambiente.

Quando se sentaram, o oficial brasileiro apontou para o meio do caminho entre as tropas e a colina e disse:

– Quatro soldados estão trazendo tinas de água fresca, com sua autorização.

Percebeu-se que a ansiedade mexia na expressão dos paraguaios. Automaticamente, molharam seus lábios secos e rachados pela febre.

– Permita-me?

– Por favor, mande-os subir.

Entre eles, estava o cabo Mendes que, muito solidário, postou-se ao lado do seu capitão. A água fresca e translúcida deixava os soldados em delírios, mas como o oficial não dera autorização, ninguém ousou beber. O militar paraguaio, ajeitando-se na cadeira, olhou para seu oponente e lhe disse com voz cansada:

– Sinto, pela circunstância, não poder dar-lhe boas-vindas.

– No seu caso e nessa circunstância, eu, também, lhe diria as mesmas palavras.

O capitão tirou dois charutos e lhe ofereceu um. Quando o paraguaio foi acender o charuto, sua mão o traiu e não conseguiu por causa dos tremores. O fato o deixou muito constrangido e foi socorrido pelo sargento Alvarez. Recomposto e fingindo normalidade, depois de uma longa tragada, suas palavras saíram cercadas de nuvens azuladas de um bom tabaco Havana.

– Mas, qual o motivo inusitado de sua visita, meu caro capitão?

– Quero oferecer a todos vocês atendimentos médicos – disse com muita naturalidade.

Fingindo indiferença, o oficial respondeu: – Não estou como o senhor está vendo, cem por cento, mas tenho muita disposição para defender a colina. Afinal, serão vocês os atacantes, e nós os que a defenderemos e, certamente, despenderemos muito menos esforços.

– Caro oficial comandante, o que o senhor e seus homens já fizeram é o suficiente para serem proclamados como heróis. Por exemplo: doutor Guzman queria voltar para ajudá-los, mesmo sabendo da saúde da tropa. Em minha opinião, tudo tem um limite, e não me apraz combater soldados com saúde combalida.

– Combalida? Quem lhe disse combalida? Ainda temos muito vigor...

– Perdoe-me, mas meus homens, por motivos humanitários, se por mim forem comandados, não atacarão a colina. Jamais poderíamos fazer esse ataque. Minha formação cristã jamais me autorizaria.

Levantou-se e disse convicto:

– Não é meu costume fazer mártires. Se este é seu desejo, que o faça com suas próprias mãos. Não atacarei seus soldados, mas manterei, por obrigação militar, o cerco.

Dizendo isso, educadamente, estendeu sua mão para se despedir.

– Doutor Guzman!

– Estou aqui, senhor!

– Pegue quando quiser e o que quiser em medicamentos para vocês. Deixarei uma autorização com meu departamento médico – disse o capitão Meira Júnior e se virou para descer a colina.

Os paraguaios olhavam admirados para tão nobre adversário. Alvarez bateu-lhe continência com muita mesura. Foi nesse preciso momento que o oficial paraguaio falou:

– Capitão Meira!

O brasileiro se voltou.

– Dê-me duas horas para a resposta.

– Esperarei.

Como ninguém tinha tomado água, antes de descer, pediu um copo e tomou por duas vezes seguidas. Os soldados olharam para o oficial e este, com um aceno de cabeça, deu autorização. Pareciam crianças felizes depois de matarem o que lhes estava matando: a terrível sede febril.

Ao contrário da vinda, o oficial adversário, com muita elegância, permitiu que voltasse sem a venda. Capitão Meira comentou com cabo Mendes: – Eles querem que eu veja o poder de suas armas. Desceu lentamente e, quando seus soldados o receberam, o fizeram com muita festa.

O sol era escaldante. Os brasileiros, agora bem mais calmos, mantinham-se em forma. O suor escorria para dentro de seus uniformes. Tinham sido as duas horas mais longas e nervosas que os soldados aliados haviam aquentado por toda a guerra. Exatamente às 11h22, em cima da colina, apareceu uma bandeira e, para alegria geral, era uma grande bandeira branca. Era o sargento Alvarez, talvez, um dos poucos que ainda gozava de boa saúde.

– Capitão Meira, meu comandante, Miguel de Castella, pede para nossa rendição duas reverências: primeira, autorização para a destruição da maioria dos nossos armamentos; segunda, solicita assistência médica para os doentes de cólera.

Posteriormente, ouviram-se grandes explosões enquanto uma fila de macilentos soldados, com muita dificuldade, descia a íngreme colina. Capitão Meira Júnior foi pessoalmente receber o comandante. Bateram continência e o paraguaio lhe ofereceu a espada.

Com um gesto de rejeição ele falou:

– Conserve-a com o senhor.

Os dois oficiais, lado a lado, caminhavam para a enfermaria e notaram que à medida que os enfermos chegavam, por causa da doença, faziam os brasileiros se afastarem, temendo contaminações. Observando o momento, o capitão dos aliados disse:

– Veja como meus homens temem seus soldados.

Miguel de Castella riu, como não fazia há muitos dias, e aceitou apoiar-se no braço direito do elegante capitão Eduardo Meira Júnior que, sem dar um só tiro, conquistou uma colina fortemente armada. Naquela mesma noite, como sempre fazia, depois de uma vitória, mandou chamar o cabo Mendes, que já estava ansioso para o encontro costumeiro. Sentaram-se ao lado da mesa. Tomaram conhaque e fumaram longos charutos.

Capitão Meira, imitando Napoleão Bonaparte, disse:

– O charuto é necessário na derrota e indispensável na vitória. – No rosto do oficial havia uma aura de alegria pelas duas vitórias: a tomada da colina e o ataque mortal à retaguarda inimiga, todavia, a todo o momento, queixava-se de uma terrível dor no lado direito do ventre, mas como a bebida descia bem, a conversa continuou:

– Capitão, diversas pessoas perguntam-me onde o senhor conseguiu essa estratégia militar insuperável. Fez algum curso na Europa?

– O oficial riu gostosamente e começou a contar-lhe sua desconhecida biografia.

– Na verdade, cabo Mendes, minha família é aristocrática e eu sempre fui um vagabundo. Entrei, muito novo, na escola para oficiais do Império com um único e exclusivo motivo: a farda. Como sempre, as mulheres achavam-me de ótima aparência, mas foi depois de começar a usá-la que minhas conquistas estouraram. Na escola, muitos dos professores me desconheciam, pois raríssimas vezes frequentava as aulas. Nada sabia do que ensinavam, mas quanto às belas raparigas da nobreza, sem dúvida, as conhecia profundamente – disse sorrindo com malícia.

O cabo olhou para o oficial e teve absoluta certeza de que não mentia. Rosto bem-feito, cabelos fartos e sedosos e, acima de tudo, uma postura, como havia dito anteriormente: aristocrática. Era um sedutor.

– Certa feita – continuou depois de tragar o charuto e molhar a ponta no licor – conheci na confeitaria Colombo, frequentada pela alta sociedade carioca, uma baronesa de beleza singular. Antonieta Augusta. Foi uma paixão à primeira vista, só que havia um grande problema: era casada com um graduado oficial de sua majestade – tirou do bolso um pequeno binóculo de ouro e disse: – Presente da mulher mais linda que já vi.

Ofereceu mais licor ao subordinado, passou os dedos no fino bigode e continuou deixando aparecer um semblante nunca antes visto por seu interlocutor: parecia extremamente apaixonado. Tentando disfarçar aquele momento de fraqueza, mudou novamente para sua natural fisionomia e prosseguiu:

– Como você deve saber, para a maioria das jovens senhoras da elite carioca, naquela época, trair o esposo importante com oficial mais jovem fazia parte da rotina social, e comigo não foi diferente. Passamos a nos ver quase todas as semanas e nossas vidas, quando separadas, pareciam um inferno e, a cada novo encontro, havia troca alucinada de confissões insustentáveis. Foi o melhor momento de minha vida, pois a impossibilidade de concretizar esse relacionamento adúltero, como um fruto proibido, tornava-o eterno enquanto durasse. Cada momento poderia ser o derradeiro e, por isso, era por demais alucinante. Como, por estar apaixonado, parei de sair com as outras, um ciúme doentio as fez, de uma maneira que nunca fiquei sabendo, que o marido ficasse a par do nosso caso.

– E daí?

– E como era de se esperar, nosso caso não poderia durar para sempre. Uma bela noite, que jamais esquecerei, fui ansioso a um baile na Ilha Fiscal onde poderia vê-la. Como estava com o esposo, o meu prazer era olhá-los dançando e ouvir meus colegas, ao lado, sem saber do nosso relacionamento, sussurrarem:

– É a mulher mais linda do baile! – Eu pensava: "E modéstia parte, era mesmo". E, com um sorriso maroto, no canto dos lábios, dizia para mim mesmo: hoje à tarde, esta linda mulher e eu, rolamos em uma branca cama de linho irlandês. Mas, não aguentando a injusta distância, Antonieta fez uma ousada incursão no campo inimigo e encontrou-me na sacada que dava para o canal. Foi o beijo mais demorado de minha vida. Seus olhos, durante o abraço, encheram-se de lágrimas como previssem que algo de ruim pudesse acontecer. Seria impossível parar não fosse uma mão, como uma garra, segurar meu ombro e rispidamente dizer:

– Amanhã, às oito, no campo de honra. Leve um padrinho.

As luvas deixaram marcas avermelhadas em meu ombro. Felizmente ninguém assistiu à desfeita, o coronel apenas pegou no braço da esposa e os dois desapareceram. Lembro-me perfeitamente de que a orquestra real tocava a Valsa Triste de Sibelius.

– Duelo? – exclamou Mendes.

– Sim, duelo! E o pior é que além de não saber nada da arte militar, eu mal sabia usar uma arma. Passei o tempo que me sobrou, com auxílio de um colega, aprendendo a atirar e, para minha surpresa, tinha a mão firme e ótima pontaria. Na hora combinada, lá estava para enfrentar meu desafeto e, por incrível que pareça, no momento que poderia ser temido por mim, uma faceta desconhecida, portei-me como um verdadeiro soldado e com muito sangue-frio. A contagem foi feita e apertamos os gatilhos, todavia a arma do coronel emperrou. O meu petardo jogou-o de costas e, no seu ombro direito, o vermelho escuro tingiu sua camisa branca.

– Você o matou?

– Não, mas o impossibilitei para a vida militar. A confusão começou depois disso. Fui acusado de ter atirado em um oficial cuja arma havia emperrado. Mas, em um duelo, como vou poder saber que a pistola do desafeto havia emperrado? Meus argumentos não poderiam justificar o que não queriam ouvir. Para que o pior não ocorresse, chegamos a um acordo. Somente seria perdoado se partisse imediatamente, como soldado raso, para o fronte paraguaio. Todavia, como minha família tinha projeção, consegui engajar-me investido como oficial, apesar de não saber absolutamente nada da arte militar.

– Mas, conte-me, capitão, como o senhor conseguiu todas estas façanhas militares?

– Você fala estratégia?

– Sim, estratégia. Como aprendeu?

Colocando a mão sobre a barriga, por causa da dor, levantou-se e disse sorrindo:

– Porque não sou e nunca fui um soldado.

– Como não é soldado?

– Apenas utilizei a farda para conquistar mulheres. E para falar a verdade, meu desconhecimento tornou-me um estrategista, porque a maioria dos oficiais sempre estuda as mesmas estratégias e por isso sempre age da mesma maneira. São totalmente bitolados fazendo, com ou por isso previsíveis, suas constantes artimanhas bélicas. Como não as conheço, ajo sempre de surpresa, confundindo meus adversários.

Nesse momento, cabo Mendes não conteve uma explosão de gargalhadas que se esparramaram pelas tendas vizinhas. Na verdade, além de ser muito cômico, era uma grande verdade.

– Pensando bem, hoje tive duas derrotas.

– Como, meu capitão!?

– Hoje recebi uma carta de Antonieta Augusta. Está grávida e não sabe quem realmente é o pai. Assim, resolveu mudar de vida para se dedicar inteiramente ao filho. Ela diz na missiva que espera de todo coração que o filho seja meu, pois ele será sua última recordação. É o fim.

– Mas e a segunda derrota?

– Ora, a da batalha da Colina Tererê!

– Mas nós vencemos os paraguaios sem um único tiro!

– Vamos ser mais modestos...

– Por quê?

– Porque não fomos nós que os vencemos.

– Então quem os venceu?

– Ora, cabo Mendes, o coronel Cólera!

Enquanto isso, não muito longe dali, no alto comando aliado, o bem-humorado general brasileiro, depois de ler os relatórios que automaticamente eram escritos em português e espanhol, sorriu:

– Finalmente, depois de a Marinha Imperial resolver subir o Rio Paraguai, as coisas melhoraram a olhos vistos. Os paraguaios estão cada vez mais a oeste e Assunção está prestes a cair.

– Mas, também devemos dar graças – continuou um oficial argentino – ao ataque embaixo de chuva e de absoluta surpresa, passando pela Colina Tererê, à retaguarda inimiga.

– Colina Tererê? – perguntou o coronel Estanislao de Freitas. Por quê?

O oficial argentino sorriu:

– Como você deve saber, nós argentinos e os gaúchos brasileiros tomamos chá-mate escaldante, já os paraguaios o tomam com água fria, que é chamado de tererê. O que debilitou os soldados da colina foi o cólera, pois não ferviam a água, ocasionando a doença. Por essa razão, Colina Tererê, sem água quente. Entendeu?

O general brasileiro sentou-se, convidando os outros oficiais a fazerem o mesmo, antes de servir um café brasileiro bem forte e quente.

– O capitão Meira Júnior, por incrível que pareça, um solene desconhecido, tem uma estratégia militar de gênio.

– É verdade – disseram todos, menos o coronel De Freitas percebia que a fama de seu subordinado tornava-se uma lenda.

O general continuou falando com admiração:

– Tomou a colina, com muito bom senso, sem atacar os debilitados entrincheirados.

– Permita-me, general – disse o coronel De Freitas –, na minha opinião eu tomaria assim mesmo a Colina para mostrar que não foram as debilidades a causa da derrota e sim a força aliada...

– Não vejo desta maneira – cortou o oficial argentino. – Há ocasiões em que a pretensa vitória não existe ou nunca será conquistada. Vejamos: se vencêssemos os inimigos com cólera, nada teríamos feito por merecer, pois estavam combalidos. Todavia, se nos custassem vidas preciosas, o vencedor, mesmo saindo de suas privilegiadas posições, seriam os heroicos paraguaios. São situações nas quais não conseguiríamos glórias e sim possíveis desagradáveis situações, pois, sem querer, poderíamos fazê-los heróis.

O general olhou demoradamente para seu colega portenho e confirmou:

– Sem dúvida! Uma situação que só tínhamos a perder, mas ignorar aquela fortaleza e atacar a retaguarda inimiga foi uma bela estratégia.

– Coronel De Freitas!

– Vá atrás do capitão Meira Júnior, pessoalmente, e o traga à nossa presença. Precisamos conhecê-lo e também suas estratégias. Vou promovê-lo! Prepare os papéis e uma medalha de mérito.

As notícias para os aliados eram boas. O fronte, dia a dia, se aproximava da capital. O batalhão estava vivendo um período de pouca turbulência, como se fosse uma recompensa direta pelo brilhante feito na Colina. Cabo Mendes estava deitado em seu catre quando foi chamado para ver o capitão Meira Júnior. Pediu licença e entrou na tenda elegante do astuto oficial. Com sua tez amarelada e tendo um médico ao lado, o capitão tentou brincar:

– Já imaginou perder minha última batalha para uma apendicite?

Cabo Mendes riu e consertou:

– General! Apendicite! Não deixa de ser um belo nome!

O capitão, um pouco nervoso, foi direto ao assunto:

– Cabo, amanhã de madrugada, devo ser operado. Leve minha caixa de Havanas e se eu não perder a batalha, você me devolve.

Cabo Mendes sentiu-se constrangido com a brincadeira que lhe transmitia um terrível mau agouro.

– O senhor é invencível. Amanhã fumaremos juntos. Vou deixá-la onde está.

Levantando a cabeça, falou autoritário:

– Não! Leve-a, é uma ordem!

Mendes fingiu que a pegara e a escondeu em um lugar onde não poderia vê-la.

Os poucos dias que se seguiram foram angustiantes, pois o capitão, em vez de melhorar, estava cada minuto pior. O capitão tinha uma infecção generalizada. A tristeza e o silêncio dominaram os velhos soldados. Todos faziam ronda na enfermaria do acampamento.

Às 17 horas do segundo dia, o médico que fizera a operação saiu da enfermaria e foi à tenda do capitão para pegar uma caixa de charutos. O doutor estava sério e caminhava muito lentamente, como se temesse não portar boas notícias.

– Cabo Mendes!

– Sim, doutor! Estou aqui.

O médico lhe entregou a caixa de charutos e foi embora sem dizer uma palavra.

Cabo Mendes pegou-a, sentou-se em sua cama e viu que sua vida, sua guerra não valiam mais nada. O mundo tinha acabado e uma pequena caixa de madeira enterrava sua alegria, juntamente com sete charutos e um binóculo.

No dia seguinte, no funeral do capitão Meira Júnior que, por ironia do destino, havia recebido uma medalha e uma promoção a oficial superior, foi a última vez que o cabo usou o uniforme completo. A perda foi sentida por todos os soldados. Na hora da salva de tiros, as lágrimas marcavam diversos rostos dos experimentados militares.

O novo capitão foi tratado com imensa apatia, o pior de todos os sentimentos. Antes de partirem para Assunção, a capital, pela manhã, cabo Mendes foi dar adeus ao seu oficial. O bonito gramado, muito verde, em virtude das chuvas constantes da época, já ameaçava cobrir o solitário túmulo, pois naquele lugar por, sua perícia, nenhum soldado tinha morrido ou sido enterrado, apenas ele, vencido por uma vulgar apendicite.

A chegada a Assunção foi rápida. Algumas escaramuças atrapalharam o trajeto dos soldados aliados, mas quando chegaram a Marinha havia tomado, com suas bandeiras verdes, o maior porto do Rio Paraguai. Foi dado um dia de folga para que se continuasse o avanço final sobre o restante das forças paraguaias.

A capital parecia não ter vida. Metade da população do pequeno país tinha perecido, cerca de 500 mil pessoas, deixando a população minguada. Se havia tristeza e angústia, para o restante de seus habitantes, elas foram responsáveis pela nostalgia que dominou os sentimentos de cabo Mendes. Já não era mais um soldado. Marchava por marchar, mas a bandeira que levava não tinha mais cor ou forma, simplesmente nada significava. Era apenas um morto-vivo que acompanhava uma marcha que não tinha mais andor ou divindade, apenas não podia parar de andar.

Na desolada capital, parou em diversos bares, nos quais faltava tudo e, por não aceitar companhia, permanecia solitário e apenas dialogava com as lembranças. Resolveu andar pela cidade praticamente abandonada quando, sem que desejasse, viu uma placa indicativa: Rua Constituição. Pegou a medalha no bolso de seu uniforme que lhe causou grande desconforto e pensou: "Vou jogá-la no jardim e estarei com minha consciência tranquila".

Andou vagarosamente e, por milagre, a residência número 172 estava bem conservada. Parou em frente da casa e viu um menino correndo em sua direção. Por não conhecê-lo, parou a uma distância considerável e ficou interrogativamente a olhá-lo. Esta visão, lembrando o que o pai contara sobre a criança, o fez sentir-se terrivelmente mal. Apoiou-se sobre o gradil da entrada esperando sentir-se melhor.

– Está passando bem? – disse uma voz muito feminina.

Mendes olhou para o lado e viu, com uma tesoura para podar roseiras, uma linda mulher vestida de luto. O vestido realçava sua cor de mármore e seus cabelos eram tingidos de mais negro. O nariz era pequeno e bem-feito, seus lábios vermelhos e convidativos.

– Não, senhora! Estou bem.

Olhou para a pequena criança e foi como que visse o pai dela, pois conhecia de perto aquelas feições mesmo que agraciadas pelos toques delicados da mãe.

– Senhora Consuelo Santa Maria?

– Sim! – disse graciosamente e com discreto e tímido sorriso.

– Vim lhe entregar isto...

Estendeu a mão e, depois de entregar-lhe um pequeno embrulho, saiu apressado pela rua solitária.

Consuelo olhou a medalha e tudo transformou-se em sua delicada fisionomia: incredulidade, expectativa, uma grande dor e uma curiosidade mortal. Desvairada, abriu o portão e saiu apressada ao encontro do homem que fugia. O filho tentou acompanhá-la, mas ela ordenou que voltasse para a casa. Sem que ninguém dissesse qualquer coisa, o pequeno, em sua consciência, sabia que se tratava de algo sobre seu ausente pai. Inexplicavelmente caiu em pranto comovedor.

Cabo Mendes fugia do que seria insuportável aguentar, mas as pequenas mãos de Consuelo seguraram firmemente seu dólmã, fazendo-o parar. Ele a olhou e viu um rosto lindo e bem jovem que lhe implorava a chave do cofre da recordação, que lhe contasse qualquer coisa, mesmo que insignificante, do seu grande amor. Seus olhos, muito expressivos, pediam quaisquer palavras mesmo que fossem pérfidas mentiras, mas que falasse alguma coisa.

Segurou sua mão e disse baixinho:

– Homem de Deus, fale comigo. Você é a última ponte que me leva à vida que perdi. Seja meu caminho!

Mendes lembrou-se das palavras de seu marido: "Cabo, fique comigo, não me deixe só". Olhou para ela e teve vontade de abraçá-la e tentar ser útil em alguma coisa. Ou simplesmente chorar ao seu lado e, no final, estourar os miolos, se isso fizesse voltar a vida de Juan.

– Eu assisti à sua morte – disse laconicamente.

– Você é brasileiro?

– Sou.

Ela pôs as mãos sobre o rosto.

– Meu Deus!

Ele olhou o filho, que era tão pequeno e chorava sem parar, e resolveu dizer o que pensara falar naquele dia terrível, e o faria como se fosse possível cicatrizar a chaga enorme que a dilacerava.

Então, falou muito calmamente, para que ela o entendesse:

– Ele amava vocês, mas muito sabiamente pediu que procurasse outro homem, que fosse bom como ele, para viverem uma nova vida, uma existência que não fosse marcada pela dor e pela guerra. Alguém que ajude a criar o lindo filho de vocês.

Ela não esperava ouvir isso. Necessitava explodir seu sofrido coração com palavras mais românticas e saudosas. Não era o futuro que queria ouvir e sim o passado próximo que roubara sua felicidade. Ela sabia quais seriam as palavras de seu marido e especialmente as últimas.

Jamais aceitaria a proposta de outra pessoa tomar sua família. E para falar a verdade, sentir no fundo de seu coração aquela dor maldita fazia parte do grande amor que tinha por ele; quando sentia essa dor, ela recebia uma transfusão que não a deixava morrer mais rápido.

Ela sentou-se no meio-fio e continuou olhando para ele como fosse um mentiroso.

– Diga-me, realmente, o que meu marido disse, apenas a verdade, pois só eu saberei se é realmente verdadeiro o que vai dizer.

– Que você deveria arranjar um grande amor e ser muito feliz.

– Que mais!?

– Para você colocar, no criado-mudo do menino, a bandeira paraguaia, para lembrá-lo de que foi por ela que ele morreu.

Consuelo olhou para ele depois de ouvi-lo e, como por milagre, suas expressões mudaram radicalmente. Não era mais a doce Consuelo que o replicou. Seu modo de se expressar, antes carregado de sentimentos, também mudou.

– Deixe-me dizer-lhe umas palavras, cabo. Olhou nos seus olhos e, subtraindo-se de qualquer feminilidade, começou:

– Nossa raça, a hispânica, fala com o coração, e assim como não podemos controlar suas pulsações, às vezes, nossas palavras sem qualquer filtro que as contenha, fluem sinceras, talvez sinceras demais. Nesses casos passamos a agir como crianças, mas com toda a sinceridade e arroubo que lhes são características. Não somos como os ingleses que, em qualquer momento de suas exaltações, têm suas reações pré-arquitetadas, nem como os franceses que dizem palavras mesuradas para justificar o que fazem com estupidez proposital. Nós, hispânicos, temos milhares de defeitos, mas exprimimos nossos sentimentos com pureza e sinceridade, nenhuma raça pode nos taxar de falsidades. O amor verdadeiro, cabo Mendes, não pensa jamais no futuro ou em suas consequências, ele é vivido com intensidade. E tenho certeza de que Deus, por nos ter feito assim, nos compreende e nos perdoa. Ele nos entende e nós nos entendemos, mas só a nós mesmos. Eu lhe pedi que dissesse o que meu marido lhe falou, em seus últimos minutos, mas era apenas para o senhor repetir suas palavras que, eu, de antemão, já estava farta de saber. Sabe por quê? Porque eu sei, sem o senhor frisar, o que ele lhe disse. Conhecendo-o como o conhecia, já sabia de antemão quais seriam suas últimas palavras, não as que o senhor me falou. O amor, cabo, nos concede um sexto sentido, só compreendido por aqueles que amam verdadeiramente. Quanto ao futuro, ao perdermos um grande amor constituído por duas partes, com o desaparecimento de uma delas, o porvir não tem mais sentido. Talvez continue a viver, mas meus pés sempre se apoiarão no passado, quando nós éramos felizes. O amor é diferente de tudo, me refiro ao verdadeiro, uma vez perdido não se tem alternativas para seu retorno ou novos sentimentos, pois o sentimento era só aquele que se perdeu. O amor a que me refiro nunca será singular, o amor é plural. Se restar um só, jamais terá futuro para o singular, pois ele é indivisível. Jamais pelo conselho que nos deu procuraria espontaneamente outra pessoa, pois nunca seria igual, mas apenas faria lamentar cada vez mais sua falta e ridicularizar o pretenso substituto. Somos assim mesmo!

Foi categórica e emendou: – Quanto aos lusos e seus descendentes não sei julgar, pois os desconheço, mas pelo pouco que soube, suponho que seus sentimentos são mais simples, menos amorosos e menos passionais. Mas, diferentemente, nós agarramos com unhas e dentes o que sentimos, como se nosso corpo fosse de vidro transparente e não impedisse ver o que nos vai à alma. Nossa música, por exemplo, é explosiva, arrebatadora, colorida e sanguinolenta, como uma rosa vermelha; já a lusa é um eterno lamento daqueles que partiram além-mar ou além de seus corações. Muitas vezes eu gostaria que não fosse sempre assim, mas é da nossa própria natureza e nada podemos fazer.

Quando casada, mesmo antes, fui sempre tratada com poesias, galanteios e mesuras de um *gentleman*. Nossos dias, graças ao bom Deus, foram vividos como se fossem os últimos, e o senhor vem me dizer para procurar outro homem, continuando a vida, olhando para a segurança que ele poderia supostamente oferecer a mim e a meu filho, mas não há mais futuro! Compreenda que o senhor não matou só o capitão Santa Maria, mesmo não desejando, me desculpe, o senhor também igualmente me matou. Vocês, estrangeiros, jamais poderão entender os hispânicos. Você já amou em sua vida? Só sentirá o que estou lhe dizendo se amar verdadeiramente.

Consuelo arrumou o lindo cabelo, que por causa do vento intenso atrapalhava sua visão e continuou a rezar aquele terço interminável:

– Eu até posso, com o tempo, perdoá-lo, mas com certeza absoluta, meu filho jamais. No seu criado-mudo, não será a fotografia do seu pai ou a bandeira do nosso país que ele colocará, mas sem dúvida a fotografia, mesmo inexistente, de quem matou seu ente querido. Nós somos assim. Para nós o ódio é tão próximo do amor que apenas uma diáfana cortina os separa. Sabe por quê? Porque os dois sentimentos são puros e verdadeiros. O ódio e o amor não amadurecem com o tempo, simplesmente explodem. A paixão é para nós inata e o ódio, conosco, nunca fermenta, pois será sempre repentino, nunca se destila ou fermenta. Não arquitetamos nada, tudo em nós é espontâneo – deu uma longa pausa, respirou fundo e perguntou quase não querendo saber a verdade da resposta:

– Foi o senhor quem o matou, não foi?

– Não, realmente não fui eu e sabe por quê? Porque na guerra todos morrem indistintamente, só que para alguns ela é mais lenta, mas muito mais dolorosa. Melhor teria sido uma morte fulminante e eu não estaria aqui, sofrendo como sofro agora a seu lado.

Mudando de postura, ela enxugou as lágrimas e se tornou mais bela do que nunca:

– Estas suas últimas palavras, mesmo mentindo, foram verdadeiras; quanto ao restante, tenta consolar o que jamais terá consolo, pois viverei o futuro sem jamais tirar os pés do passado; quando alguma pessoa tão especial como ele morre, morremos junto.

Enquanto falava, Mendes notou que sua agitação e seu tom de voz não a deixaram menos bela. Teve ânsia de abraçá-la, mas não sentiu apoio na razão. Sabia que as palavras dela, como as dele, não eram totalmente verdadeiras.

Consuelo saiu e pegou a mão do pequeno filho que, sem entender o que falavam, por puro instinto, inexplicável, continuou mirando-o com muito rancor. O cabo a olhou pela última vez. Ela, para dizer adeus, falou mais calmamente:

– Perdão, cabo, o senhor é um bom homem, mas nós somos assim. É da nossa própria natureza – pegou a mão do filho, que ainda soluçava, e sumiu pelo jardim desmazelado.

Enquanto andava, cabo Mendes passou por uma fila de soldados brasileiros que estavam marchando para o *front*. Alguns o reconheceram e gritaram seu nome:

– Cabo Mendes! Vem conosco, cabo!

Ele fingiu desconhecê-los e, abaixando a cabeça, foi direto para o cais à procura de um barco que o levasse de volta ao Brasil. Naquela tarde, quando embarcou, o cabo Mendes tinha se transformado em desertor. Duas semanas mais tarde houve a rendição total e, por não encontrá-lo, sua promoção a sargento foi revogada.

Quando Couro de Anta acordou no dia seguinte, constatou que nada fora mexido, e agora, com certeza absoluta da fuga dos invasores, poderia voltar à fazenda Mata Verde. Estélio jamais esqueceu o sacrifício despendido pelo seu braço direito.

Posteriormente à invasão e aos rumores que se espalharam, nunca mais a propriedade teve problemas semelhantes. Com o tempo, outras fazendas foram surgindo e seus limites eram sempre respeitados: "Lembrem-se do que aconteceu na Mata Verde".

A obediência, disciplina e hierarquia entre os colonos tornaram-se motivo de orgulho para o paulistano e tudo corria muito bem.

Os cafezais tomavam conta de 90% da fazenda e, como a terra era excelente, o preço do café ficava cada vez mais caro, e por todas essas razões, as grandes somas convergiram para ele, tornando-o um dos homens mais ricos da região. Quando visitava sua noiva e aparecia em lugares públicos, era motivo das mais diversas especulações.

"É um barão? Um conde? É estrangeiro?"

Por ser parcimonioso em expor-se, por motivos óbvios, sua presença em qualquer evento era muito exaltada. Os gerentes de banco, com as altas somas em nome da propriedade, e a incógnita de tão aristocrata fazendeiro, tudo faziam para dele se aproximar. Diversas tentativas, para visitá-lo na fazenda, eram automaticamente barradas no Portinho, pois os remadores, que viviam às suas expensas, se negavam a levá-los sem autorização prévia, que era muito rara. Estélio temia a justiça e não gostava de encontros em sua propriedade.

A sua casa em Cristália era motivo de orgulho municipal, pois Ribeirão Preto não tinha uma propriedade assim. Realmente era de muito bom gosto e, por sua localização, mais elevada, sobressaía-se, na acepção da palavra, de todas as outras. Depois de certificar-se de que era realmente um vencedor, o paulistano precisava, antes do seu casamento, cumprir uma promessa solene: buscar o abraço que sua mãe lhe ficara devendo.

Tudo se fazia para agradá-lo: a recém-inaugurada ferrovia, graças às suas safras generosas, e o seu dinheiro gasto em fretes, às vezes com toda a composição a seu serviço. Um dia, ao pagar suas despesas com a companhia, recebeu uma grata surpresa:

– Gostaríamos de oferecer-lhe, para suas viagens, um vagão particular, sem ônus, em seu nome. Aceitaria?

– Não carece...

– É praxe e nos daria imensa satisfação.

– Tudo bem! Mas não em meu nome.

– Mas, por quê?

– Realmente não me agrada – quando estava se levantando para ir embora, houve outra insistência:

– E em nome de sua fazenda?

– Ótimo, não me importaria.

– Mas seria salutar uma referência em seu nome!

– Muito bem, então coloquem: Fidalgo Mata Verde.

Todos riram e disseram:

– É uma boa referência e também não é coincidência.

Apesar de toda essa atenção, não era Cristália, São Paulo ou Ribeirão Preto que o seduziam. A sedução era quando estava enfiado no mato, que aos poucos cedia lugar ao mais extenso cafezal da região ou quiçá de todo nordeste do estado. Dificilmente esquentava cadeira na cidade.

– Arrumem minha mala, partirei pela manhã! – estas palavras eram pronunciadas, sem variações, no fim do segundo dia na cidade. Esta ânsia louca de partir dilacerava o coração da sua noiva Amélia. Nunca o perdoou por trocá-la pela Mata Verde, o que no início era um modo de fugir, pórem, mais tarde, era sua própria opção.

À tardinha, acompanhado por Balu, percorria sistematicamente os diversos setores de sua bem cuidada fazenda. Levava um anotador no qual, o que não estava certo, era escrito e repassado ao responsável. Seu aio levava limonada, um banco desmontável e um grande guarda-sol. À noite, depois de um demorado banho quente, trajando roupas ao alcance de um evento social de primeira linhagem, muitas vezes, sem que ninguém percebesse seus trajes, em sua varanda permanecia tomando aperitivos e, quando Balu acendia as velas, iniciava um delicioso e requintado jantar.

A mudez do seu aio vinha a calhar, pois como não gostava de falar, passava, muitas vezes, um dia inteiro sem pronunciar uma palavra sequer. Talvez quando ia à cidade, hospedando-se na casa de sua noiva, a etiqueta exigia que ele participasse de conversas e atividades da residência e isso o incomodava. A obrigatoriedade inicial de sua reclusão, quem sabe, com o passar do tempo o tenha deixado um anacoreta.

Logo depois da volta de Couro de Anta, a única novidade, no acampamento, foi a inesperada morte do solitário Branco Louco. Seu corpo foi achado deitado no cimento, em decúbito dorsal, como costumava dormir. Com sua morte, grande segredo ficou insondável. Para espanto de todos, a pantera-negra que era sistematicamente alimentada por Branco Louco, depois do seu falecimento, retornava periodicamente, ao lado da floresta à espera de seu alimentador. Penalizado, Estélio ia ao seu encalço e passou a alimentá-la. O tempo fez do bonito animal a mascote da fazenda Mata Verde. Todos, no início, ficavam à espreita para assistir ao encontro da pantera e de seu patrão. Passou a ser uma lenda da propriedade.

Um tempo antes de seu casamento, não querendo poupar o que lhe sobrava, prometeu a Amélia Junqueira a maior festa de todos os tempos. Os convites para a cerimônia passavam de muitas centenas. Todavia, antes do casamento, depois de muitos anos, seu maior desejo era visitar sua mãe. Esta promessa não saía dos seus pensamentos. Para isso se arrumou como um lorde. Haveria à sua disposição um vagão especial para voltar ao lugar de onde havia sido banido. Foi para Ribeirão Preto e hospedou-se no melhor alojamento da cidade. Dirigiu-se à estação em um grande coche e, como sempre fora uma atração, não só por sua beleza física mas também pela incógnita que era sua vida particular, cumprimentava todas as damas que encontrava pelo trajeto e estas não lhe poupavam elogios.

– É o fidalgo?

– É o homem dos sonhos de qualquer mulher!

– Cada dia mais lindo e charmoso!

No seu grande vagão, pelo que sentia naquela situação, não caberia certamente mais ninguém. Estava orgulhoso de si mesmo e se sentia, apesar dos percalços, um homem privilegiado. O passado era apenas passado, agora vivia uma nova era que seu trabalho lhe proporcionara.

Um garçom impecavelmente trajado apresentou-se:

– Se for de seu agrado, gostaria de servi-lo por todo o trajeto.

Mesa com champanhe francês, frutas estrangeiras e uma caixa de Havanas, seu charuto predileto. Acendeu um, tomou uma taça da espumante e abriu o jornal da cidade.

"Quem será o homem mais rico do nordeste de São Paulo? Tudo é uma incógnita, porém dois acontecimentos poderão determiná-lo: primeiro, vai se casar com a mulher mais linda da sociedade e, segundo, sua fortuna já deve ser a maior do município, fazendo jus ao apelido de fidalgo."

Nesse momento percebeu: – "Meu Deus! Sou notícia!"

A realidade o assombrou, pois estava na corda bamba. Poderia ser descoberto e preso. Mandou, apesar do calor, fechar a janelas de seu vagão especial, e o que prometia ser sua maior satisfação pessoal tornou-se um terrível pesadelo. O elegante vagão era uma perigosa gaiola de ouro.

Bateram à porta do vagão.

– Não estou para ninguém! – disse muito nervoso. Um repórter, mesmo sem ser atendido, solicitava uma entrevista.

Mandou fazer silêncio e esperou que o trem se movimentasse.

Quando finalmente o comboio partiu, sentindo-se aliviado, ficou por entre as cortinas de sua janela acompanhando milhares de pés de café. Durante sua chegada, há algum tempo, não existia nada disso. O estado de São Paulo tinha, em muito pouco tempo, se tornado uma potência econômica de primeira linha. Isso o deixava orgulhoso, pois participara ativamente para o resultado alentador.

Durante a viagem, sentiu-se só e convidou o garçom que se chamava Antônio para que bebesse com ele.

– Sinto muito, senhor?...

– Fidalgo – disse Estélio temeroso omitindo seu nome real.

– Mas não seria profissional de minha parte.

– Seu objetivo não é servir? – perguntou Estélio enchendo sua taça.

– Sem dúvidas.

– Então me sirva como companhia.

O objetivo do paulistano era um só: obter informações que não soubesse. Esperou pela segunda taça quando o constrangido Antônio, aos poucos, deu lugar a uma pessoa descontraída.

– O que falam de mim?

– Em que sentido?

– Profissional.

– O melhor possível. Dizem que o senhor suplantou, em pés de café, o coronel Schimidt.

– E pessoalmente?

Ouviu-se um silêncio constrangedor.

Estélio passou-lhe um charuto, que a cada vez que tragava o deixava bem tonto e o serviu de mais um champanhe. Esperou que com o tempo soltasse a língua.

– E minha fazenda?

– Dizem que é um paraíso guardado a sete chaves. Ninguém entra, ninguém sai. Apenas contratam negros e que o senhor...

– Vamos lá, homem!

– Que o senhor não gosta de brancos para o trabalho rural e, dizem também, que briga por cem homens. O senhor é chamado de anjo da morte.

– Tolice.

Como o champanhe corria, Antônio já se sentia muito à vontade, pois como Estélio fazia, também colocou os pés sobre um pufe e retirou a gravata borboleta para ficar mais à vontade.

– Bem, também falam que o senhor é efeminado.

Um rubor subiu em seu rosto e a fisionomia de Estélio se alterou drasticamente.

– Mas – continuou o alegre garçom – eles falam isso por ciúmes. Porque todas as mulheres querem se casar com o senhor.

Quando o trem chegou a São Paulo, um grupo de repórteres, de diversos periódicos, cercou o vagão especial. Entre eles, as perguntas sem respostas:

– O senhor é o homem mais rico do interior?

– Qual sua cidade natal?

– Quantos milhares de pés de café plantou?

– Qual o sobrenome de sua família, senhor fidalgo?

– O senhor é tímido, modesto ou um foragido?

Todos tinham perguntas e, ansiosos, aguardavam que a porta do vagão especial se abrisse para um ataque em massa. A curiosidade era tanta que, inescrupulosamente, abriram a porta entrando, sem ser convidados, para a esperada entrevista e, para surpresa geral, deitado no sofá, sem sapatos, um homem de blazer branco dormia profundamente. Todos caíram repentinamente sobre o solitário passageiro.

– Conceda-nos uma entrevista. Apenas uma!

O viajante abriu os olhos e admirado perguntou:

– Que entrevista?

– Sobre sua riqueza – disse um dos repórteres.

– Minha riqueza! Bem, tenho uma casa, na Vila Tibério, com dois quartos.

Todos riram até não mais poder.

– Quem é o senhor, afinal de contas?

– Meu nome é Antônio Oliveira, garçom oficial da diretoria da ferrovia.

Naquele mesmo momento, bem distante dali, Estélio tinha alugado um trole em Jundiaí e se dirigia para a Avenida Paulista. Quando desceu da condução, uma tristeza se abateu sobre ele. Cercada de casas imponentes e bem cuidadas, a de seus pais parecia um casebre. No lugar do jardim havia mato, a pintura por fazer e sem uma placa, pois não era necessário dizer que a decadência era visível, portanto, melhor esconder seus donos.

Subiu pelo jardim e tocou a campainha. Como não a atendiam, pois estava quebrada, bateu forte diversas vezes. Finalmente a porta se abriu. Reinaldo, muito magro, arcado pela idade avançada, mesmo com a roupa puída, vestia-se com muito esmero. Todavia, sua voz permanecia sempre a mesma: era imutável.

– A quem devo anunciar?

Estélio continuou parado esperando que o velho o reconhecesse, mas não conseguiu.

– Sou eu, Reinaldo!

Pela voz, o velho o reconheceu.

Deixou as coisas na sala e saiu procurando:

– Mãe, onde a senhora está?

A porta do andar superior, que dava para o quarto da mãe, se abriu e ela, conservando, ainda, parte de sua natural beleza, bem-vestida, como se o esperasse, desceu calmamente a escada. Mesmo desejando subir correndo a escadaria para abraçá-la, com muita prudência esperou a longa via-sacra. Faltando um degrau, tirou a mão do corrimão e com muita emoção, como se tivesse pensado nisso, todas as noites, desde que o filho havia partido, falou com a voz emocionada:

– Você venceu! Bendita paciência que há anos me fez esperar por você. Sem você não vivi, e a cada porta que se abria eu o via entrar, mas você, meu querido filho, demorou tanto para chegar!

Desceu mais um degrau e, antes de acolhê-lo nos braços, repetiu:

– Você venceu, nossa honra está salva!

Assistindo a tudo, portando uma bengala, o que restara de seu imponente pai veio lentamente ao seu encontro.

– Fui muito severo com você!

Estélio largou sua mãe e tão emotivo, como nunca se deixou ver anteriormente, disse:

– Não fale assim, pai! Nunca mais fale assim. É honra, pai. A honra não tem pai, não tem filho, é simplesmente honra. Se eu errei, paguei por isso e posso voltar à nossa casa, pois a tenho novamente comigo.

Na hora do jantar, por nunca ter ouvido antes, estranhou sua mãe falar:

– Ninguém, nenhum serviçal fará o jantar em homenagem ao meu filho. Este prazer será apenas meu!

Sentado na biblioteca, tomando um conhaque do ano de sua partida, sentiu seu coração apertado. As poltronas estavam com os tecidos puídos, tapetes rotos por tanto tempo de uso e, nas paredes, dos quadros valiosos de sua família, apenas restaram umas marcas mais claras, que os quadros tinham preservado com o tempo. Sabia perfeitamente que não havia mais serviçais, empregados, jardineiros ou qualquer outra pessoa, a não ser o senhor Reinaldo, todavia este não era mais remunerado, pois há muitos anos passara a ser membro honorário da família Pereira Lima. O dinheiro há muito tempo se acabara.

Por todos os motivos que havia observado, Estélio passou a noite em claro. Pela madrugada, dirigiu-se ao seu quarto, pegou uma pequena maleta, na qual sua mãe lhe mandara o dinheiro da herança, e não só com a mesma quantia, como também em libras esterlinas, deixou-a em uma parte bem visível da biblioteca. Em cima, um pequeno bilhete:

"Mãe, não vou precisar mais do dinheiro. Use-o, pois, afinal, era mesmo de seu pai!".

Quando, sem avisar e sem dar adeus, saiu de sua casa, havia em seu rosto uma expressão de alegria por ter cumprido o dever. Durante o trajeto para a cidade, observando as coisas que chamavam a sua atenção, ele pensava orgulhoso:

"Tudo isto eu posso comprar! Estou rico! Meu Deus, estou rico! Rico!"

Como por todo tempo estivera enfiado no meio da selva, não chegou a pensar o que seu trabalho poderia lhe compensar, e ao ver as grandes novidades daqueles dias, conscientizou-se de que agora poderia se dar ao luxo de comprar tudo que desejasse. Como tinha horário marcado com o bufê mais sofisticado da capital, foi contratar a maior festa de casamento da qual o interior participaria: seu casamento. Escolheu em detalhes tudo que havia de melhor e requintado. Todos os garçons seriam paulistanos. Pagou antecipado. Ato contínuo, foi ao melhor alfaiate e encomendou diversos ternos, sob medida, pois sua vida, daquele momento em diante, seria dedicada à vida social. Já estava na hora de deixar o enclausuramento da fazenda e mudar-se para a cidade. Com a bela Amélia, modificaria os hábitos e costumes.

Antes de retornar, observou que, em muito pouco tempo, a cidade de São Paulo fora invadida por milhares de europeus e asiáticos. Em todos os lugares por onde andava, as diversas línguas davam-lhe a sensação de estar em uma torre de Babel. Mas foram os alegres italianos que mais lhe chamaram a atenção, pois em pouquíssimo tempo tinham feito da capital paulista a nova Roma. Notou que não foram eles que se adaptaram à metrópole, mas a cidade que se adaptara aos alegres imigrantes. Pensou Estélio, "Grande união, bandeirantes e italianos farão um estado mais forte e poderoso do que o restante do Brasil".

Aquela sua obsessão pela autoclausura inexplicavelmente foi dando lugar a uma ansiedade de aproveitar o momento grandioso que vivia. Quando chegou a Ribeirão Preto, ao hospedar-se no hotel, e inquirido sobre quanto tempo deveria permanecer, respondeu:

– Por um longo tempo.

Foi à casa de Amélia e esta, como uma colegial, cheia de graça e excitação, levou-o para ver os convites, escritos em letras góticas por um artista da cidade. Eram para 800 pessoas e seriam entregues no dia seguinte.

Para comemorar, o teatro da cidade apresentaria, naquela noite, um maravilhoso coral florentino, e o melhor lugar, o mais bem posicionado no camarote, foi destinado ao bonito casal.

Como morariam em Cristália, em companhia do senhor Zequinha, foram ver um palacete, ao lado da praça Sete de Setembro, para servir de segunda residência do casal. O negócio foi fechado.

Estélio estava descobrindo o que o dinheiro lhe concedia, pois antes nem se dava ao luxo de pensar que tudo aquilo, um dia, seria plenamente possível.

Passou a tarde na casa de Amélia dizendo para acompanhá-lo à estação, onde uma agradável surpresa esperaria por ela. No horário marcado, por coincidência, um vagão com dois lindos e sofisticados coches ingleses chamavam a atenção dos que lá estavam.

– Este é para você – disse Estélio apontando para um conversível creme, de assentos e interior branco. – O azul-marinho é o meu.

Formou-se um aglomerado de pessoas e muitas delas jamais tinham visto coisas semelhantes. Mas foi a expressão de felicidade no rosto de sua noiva sua maior retribuição. Ao se aproximar do veículo, notou que havia um penetra em seu carro e já ia se aborrecer quando, abrindo, com dificuldade, a porta do veículo saiu dele, nada mais, nada menos, que o senhor Reinaldo em carne e osso.

– Senhor Reinaldo!

Colocando as mãos nas costas dele, como se tentasse ajeitar a coluna no devido lugar, depois da longa e incômoda viagem, disse:

– Sabia que era o melhor lugar para encontrá-lo – falou pausadamente o antigo empregado da família.

– Mas o que faz aqui? Aconteceu alguma coisa?

– Preciso falar-lhe e com muita urgência. A sós!

O paulistano pensou em apresentar a noiva ao fiel escudeiro, mas suas preocupações o fizeram esquecer das boas maneiras.

Como o velho andava com dificuldades, pareceu demorar uma eternidade até chegarem a um banco de madeira da estrada de ferro e saber o que ele poderia fazer pelo pobre Reinaldo.

Sentaram-se.

– Em primeiro lugar, sua mãe lhe mandou agradecer o belo gesto, que por sinal chegou em magnífica hora!

– Mas pelo amor de Deus, homem! O que o traz até aqui? Por que não passou um telegrama? O senhor não está mais na idade para tantos sacrifícios.

– Você é o filho que nunca tive.

Um sentimento aflorou no rosto de Estélio, mas a curiosidade o suplantou.

O velho retirou, com dificuldades, uma carta do bolso interno de seu costume escuro de listas brancas e a entregou:

– Lei-a e depois a destrua.

Era uma carta de sua mãe:

"Querido filho, como ainda temos na política pessoas que nos querem bem, fomos informados de que antes da prescrição da sua pena, sua prisão se tornou uma prioridade para o secretário da Justiça. Uma boa recompensa será dada a um delator que ajude a encarcerá-lo. Como você, com a graça de Deus, pela sua beleza e fortuna, que meritoriamente adquiriu, chama muita atenção, suma novamente e espere por novas notícias. Não há mal que sempre dure, nem bem que nunca acabe".

O olhar de Estélio vagou para coisa alguma e sentiu que toda cor, todo som e movimento transformarem-se em inércia, e a cor cinza, de luto, cobriu o que há poucos minutos parecia ser uma eterna primavera. Com a mudança tão brusca na estação, ficou momentaneamente sem saber que atitude tomar. Tinha sido um banho de água gelada.

Só após alguns minutos começou a ouvir a voz apavorada de Amélia:

– O que aconteceu? Fale comigo!

Tomou o trole em companhia da noiva e foi direto para a casa do senhor Luiz Fernando Junqueira. No trajeto, apesar da insistência em saber o que havia acontecido, apenas respondia:

– Aguarde que já saberá!

Entrou apressado na residência com Amélia em seus calcanhares. O sogro observou a transformação do genro e absteve-se de perguntar o que havia acontecido.

– Senhor Junqueira, gostaria de falar-lhe e o assunto não é dos mais agradáveis.

Os três foram à sala e Estélio, visivelmente nervoso, falou desabafando-se:

– Não pensei que seria necessário dizer-lhe o que vou contar agora – andava de um lado par o outro. – Em primeiro lugar, qualquer atitude que vocês tomarem, eu a respeitarei e entenderei. Se cancelarem nosso casamento, é mais do que justo, pois sou um foragido da Justiça.

Passou a contar com todos os detalhes o acontecido na sua vida pregressa.

Amélia, com os olhos cheios de lágrimas e expressão de surpresa, ouvia o que nunca gostaria de saber. Junqueira escutava e não deixava transparecer qual seria sua derradeira sentença, apenas estava atento ao que dizia. Terminado o retrospecto, com muita fleuma, o fazendeiro levantou-se para servir um conhaque e, com ar de compreensão, falou:

– Senhor Estélio, nunca lhe perguntei sobre o seu passado e também quando vim para cá, não iria permitir nem dizer a razão de minha vinda.

Pôs as mãos no ombro do genro e continuou falando como se fosse um pai:

– Como o passado não representa nada e sim o presente e a promessa do futuro, eu apenas procurei analisar o que fez depois da sua vinda a este fim de mundo. Olhei sua educação, modos e roupas, e vi que o senhor tinha uma boa origem. Por algum motivo teria largado a capital e vindo para Ribeirão Preto. Mas isso não me competia julgar, mas sempre o julguei pelo que estava fazendo e pelos seus sacrifícios em embrenhar-se na selva e até se tornar o maior plantador de café do noroeste paulista.

Junqueira foi à sua frente, como se fosse dar sua sentença derradeira e sem apelação:

– Quanto à minha filha, ela é dona de seu próprio nariz, mas quanto a mim, devo dizer que o admiro muito mais por ter dado a volta por cima.

Deu-lhe a mão para que se levantasse.

– Para falar a mais pura verdade, para este país só vieram degredados que tentavam uma nova vida e nova oportunidade. Ribeirão Preto também não fugiu à regra. Todos nós tivemos um bom motivo para vir para esta região. Alguns com pecados venais e outros mortais. Eu também tive o meu pecado, mas nunca contarei se é venal ou mortal e sabe por quê? Porque é o presente que vale a pena ser discutido e não posso deixar de dizer que seu presente é o maior para um sogro. – Estélio ouvia tudo em absoluto silêncio. O velho fazendeiro serviu outro conhaque para ambos e terminou:

– Conte comigo para o que der e vier.

O paulistano, que esperava a reação da noiva, olhou-a interrogativamente.

Amélia, muito pálida, disse:

– Pode contar comigo.

Se as palavras do sogro o consolaram um pouco, quando às pressas partiu para a fazenda, seus pensamentos queimavam em seu cérebro. "Quem sou eu, afinal? Rico ou pobre ou nenhum dos dois!? Serei talvez o rei Midas, que tudo que tocava virava ouro, inclusive alimentos, fazendo-o morrer de fome? Minha prisão é uma enorme fazenda que, por seu tamanho, não deixa de ser uma solitária prisão. Caso o paraíso fosse um lugar de meu exílio, mesmo lá seria uma prisão. Não importa o lugar em que o homem esteja, se não tiver o direito de ir e vir não viverá feliz. Que me vale a fortuna acumulada? Sou um pobre infeliz que não pode usar o que amealhou." Quando pegou o barco no Portinho disse autoritário:

– Que ninguém suba o rio sem minhas ordens. Ninguém! Se alguém forçar a situação, esperem, e rio acima, na curva do lobo, atirem para furar a embarcação!

Ordenou ainda que se colocassem duas cordas que atravessariam o rio e, quando fosse necessário, seriam levantadas, aproximadamente dez centímetros em relação ao nível da água, cercando as embarcações.

Pegou o barco e partiu. Seis remadores o levavam rio acima. Ia à frente, na proa, como gostava, e um vento gelado batia em suas costas. O tempo piorou e uma chuva disfarçava as lágrimas que caíam de seus olhos, enquanto se debatia em pensamentos. "Meus planos de ontem, que prometiam tudo o que um homem gostaria, foram destruídos. Os convites, tão meticulosamente escritos, foram para o lixo. Quanto a mim, não dou a mínima para festas, mas a pobre Amélia, com seu sonho de menina, ter de passar por tudo isto?"

A chuva, com grandes gotas impelidas pelos ventos, maltratava seu rosto; as gotas eram como socos desferidos pelo destino e, para sua autoflagelação, continuava olhando para a frente sem se proteger. Raios e trovões caíam e ressoavam pela floresta. Os remadores, com vento de popa, sentiam os esforços auxiliados pela Natureza revoltada. Parecia o fim do mundo.

Estélio pôs as mãos em direção ao céu e exclamou:

– Por que, meu Deus, esta minha sina maldita, por quê? Que mal lhe fiz para merecer esta enxurrada de desgraças!? Que mal meus ancestrais fizeram? Será que é porque meu sangue e o de meus ancestrais são ruins? Pode me prender em seu limbo, matar-me aos poucos, mas eu lhe prometo uma coisa...

Um raio caiu perto, muito perto, e os remadores diziam baixinho:

– Pare de blasfemar! Deus pode nos matar!

Olhou desafiadoramente para o céu e continuou:

– Não temo seus raios, trovões e vendavais!

Como respondesse aos seus clamores, novos raios quase estouraram os tímpanos dos remadores.

– Venha! Estou esperando! Venha!

Suas palavras nos intervalos dos trovões e dos raios que caíam cada vez mais perto e forte continuavam desafiadoramente:

– Venha! Não temo seus raios! Venha me destruir!

Os remadores, apavorados, suplicavam:

– Pare senhor, pare pelo amor de Deus!

Mas seu rosto talhado em mármore e seu sorriso irônico continuavam a bater, a bater com palavras o deus que escolhera como inimigo. Por coincidência, quanto mais praguejava, mais raios e trovões ressoavam pelos corredores de árvores da floresta. O clarão dos relâmpagos iluminava o rosto do anjo da morte. Seu corpo, sua dor e seus sentimentos estavam imunes a todos os males do mundo e dos deuses.

Os remadores, apavorados, ficavam indecisos se continuavam ou não. O patrão olhou para eles e disse:

– Pois eu prometo a vocês, prometo que tudo que eu tenho colocarei na Mata Verde. Vou fazê-la, juro pelo Demônio, a maior e melhor fazenda do Brasil. Ela fará história!

Depois continuou, indo a um a um dos barqueiros, repetindo o que dissera:

– Vou fazer da Mata Verde a melhor e maior fazenda do Brasil! Vou! Ah! Vou mesmo!

Em consequência do vento, o rio se tornava cada vez mais perigoso, com água entrando no barco. Parecia uma casca de noz perdida no oceano. Estélio voltou à proa e ria, sarcasticamente, como se mais uma vez desafiasse o poder da Natureza. Parecia um louco. Os negros diriam, mais tarde, que sua fisionomia parecia ser a mesma do dia em que quase matara o mulato Jurandir.

Muitas e muitas noites insones a bela Amélia passava com os pensamentos a mil por hora. "Realmente Estélio me ama? Os momentos foram tão poucos em minha companhia que meu noivo mais parece um estranho para mim. O que mais uma noiva pensa em sua vida é a festa de casamento e esta foi, é certo, por motivos alheios a nós dois, cancelada." Como se aquela noite tivesse durado metade de sua vida, tomara uma drástica resolução: acabar com o relacionamento. Ela, todavia, por seu lado o amava, apesar de tudo. A mãe, muito mais sensível que o pai, por sua vez, em silêncio acompanhava seu tormento. Como percebera que a filha estava chorando, foi até o quarto.

– Por que está chorando, filha?

– É acima do suportável viver com um amor que, simplesmente, se tornou ausente, por motivos diversos e pessoais.

A mãe, que sempre fora temerária no seu consentimento, foi justa ao dizer:

– Falta pouco para que esta separação provisória continue. Basta uns poucos dias e vocês ficarão para sempre um ao lado do outro.

– Será? – disse Amélia abraçando a mãe. – Apenas agora, suas desculpas são conhecidas e no futuro, certamente, outras me afastarão dele.

Enxugou as lágrimas e disse: – Vou terminar. Vejo todas as minhas amigas curtindo a época mais linda da juventude e eu cercada pelo muro da ausência dele.

A mãe pediu um pouco mais de paciência, mas percebeu que a filha estava realmente irredutível.

Às 11 horas da manhã, como se Estélio tivesse presenciado o diálogo familiar, uma pequena trole parou, em frente à casa, para uma entrega de flores. Mas não eram poucas, e sim, 24 dúzias de rosas vermelhas, as flores prediletas de Amélia. Vinte e quatro cartões, repetitivos, diziam: "Em breve encherei sua vida de rosas vermelhas".

Quando Amélia acordou, sua casa havia sido caiada de vermelho-escuro, por centenas de rosas, as suas preferidas. À noite, qual príncipe encantado, em uma carruagem fechada, para não ser reconhecido, Estélio a aguardava, à porta de sua casa para jantarem. O melhor restaurante da cidade tinha sido fechado para acolhê-los. Três violinistas vieram recebê-los. Ouviu-se o som de taças que brindavam e a luz das velas foi testemunha da reconciliação. Nessa noite ouviu de Estélio uma promessa:

– Você terá a mais linda festa de casamento de Ribeirão Preto, eu lhe prometo!

A VISITA: HISTÓRIA DOS ANCESTRAIS.

Uns poucos dias antes do tumultuado casamento de Amélia e seu filho Estélio, a mãe, como havia programado por carta, foi fazer uma visita à futura nora.

Depois de hospedar-se no mesmo hotel que seu filho lhe recomendara, um coche a deixou em frente à residência do senhor Junqueira. Ao passar por ruas e jardins notou que era uma bela cidade. A pavimentação era de paralelepípedos que, pelo uso, pareciam polidos e lustrosos. No entanto, certamente foi a arborização que mais lhe chamou a atenção. Como a cidade era, por sua localização, edificada em uma panela geográfica, o calor seria insuportável, não fossem suas frondosas e verdes árvores.

Quando desceu, a linda Amélia veio recebê-la. Sua casa, como costume da época, possuía uma grande e frondosa varanda e uma estrutura vigorosa. Era uma residência para muitos e muitos anos. Sentaram-se no alpendre, que por sua altura proporcionava uma visão panorâmica da praça Sete de Setembro e da pequena cidade. Posteriormente, o senhor Junqueira e esposa se uniram a elas.

A dama paulistana, não só por sua educação, porte e indumentária, mas também com sua discreta simpatia, cativou os anfitriões, todavia, foi a simplicidade e a beleza da futura nora que a tornaram mais falante do que o normal.

Depois do jantar, apenas as duas estavam saboreando um licor de jabuticaba quando notou certo desapontamento da moça ao falar das constantes ausências de seu filho.

– Nosso relacionamento é perfeito. Não existe homem mais cavalheiro e atencioso que Estélio, todavia nunca fui e, talvez, nunca serei sua prioridade para um relacionamento mais constante. Já teria desistido se a sua falta não fosse tão justificada pelo seu trabalho.

Amélia olhou interrogativa para sua sogra:

– Será apenas isto?

A paulistana sorriu docemente e disse:

– Você teria tempo para ouvir uma longa história?

– Todo o tempo do mundo.

– Não se trata de um comportamento perdido no tempo e no espaço. Isso que você sente, muitas esposas, de meus ancestrais, também lamentaram. Não seria, em hipótese alguma, honesta com você, caso não lhe contasse nossa história.

A paulistana serviu-se de mais uma dose de licor, ajeitou-se na cadeira de vime, como se lhe fosse contar uma muito longa passagem de sua vida pregressa:

– Estes acontecimentos remontam há longo tempo. Foram muitas e muitas gerações de pessoas que nasceram ou descenderam dos habitantes de uma vila banhada por um rio, que ao contrário de todos os outros, em vez de percorrer poucos quilômetros e se lançar ao mar, não querendo misturar suas águas, como a própria natureza exigia, voltou-se para o planalto e adentrou o continente. Era um rio teimoso. Os meus ancestrais, ao contrário dos portugueses, não se conformavam em viver usufruindo as benesses que a orla lhes oferecia. Recusavam o conforto de seus lares por terras nunca dantes pisoteadas por homens brancos.

Os motivos que os impeliam a essas aventuras, nem Deus explica. Era da própria natureza deles e talvez o rio servisse de exemplo. Também poderíamos dizer que as esmeraldas, talvez o ouro, os levassem a essas aventuras, mas certamente eram esses motivos pequenas desculpas para o que realmente almejavam: grandes desafios. Nessa vila o cemitério era quase exclusividade das mulheres, pois os ossos dos seus homens foram depositados nas regiões mais distantes deste enorme país. E eram vencedores, dominaram os rios, florestas e todos os seus inimigos foram por eles vencidos: índios, portugueses e espanhóis e talvez todos os povos que ousassem desafiá-los.

A paulistana olhou para Amélia para ver a aceitação do que contava e, percebendo seu interesse, continuou a história.

– Minha tataravó chamava-se Sara. Não era alta, como a maioria das mulheres paulistas, mas pela própria história, caso os fatos e circunstâncias exigissem, se transformaria de uma doce sorridente mulher, em uma pessoa pronta para o que desse e viesse. A vida na vila não era nada fácil para seus habitantes. Longe da orla, onde tudo era mais fácil e agradável, estavam na boca do sertão sem que as águas azuis do Atlântico colorissem e amenizassem suas sofridas existências. Além das intempéries e dificuldades de se morar no planalto, tudo isso favorecia para que fossem mais duros que seus irmãos do litoral. Eles eram diferentes. Sara possuía um sorriso que sempre lhe fazia companhia.

"Sara, vamos à igreja?", ela sorria; "Sara, aquele homem olhou para você!", ela colocava, por timidez, a mão para esconder outro tipo de sorriso.

Sara sempre sorria e, talvez até da morte, mas sempre sorria. Sorria triste, alegre e até quando dormia, mas sempre sorria.

Como estivesse com 17 anos, sua beleza, apesar de simples, estava no apogeu. Mas naquela época poucas vezes uma mulher, principalmente jovem, saía de casa. Por isso as quermesses, que o convento programava, eram esperadas com muita ansiedade. Os homens apenas a viam quando passavam pela rua, escondida por entre as cortinas das janelas do velho sobrado.

Dos homens, o que mais lhe chamava a atenção tinha o nome de Bartolomeu. Muito forte, de aspecto viril, bonachão, de ótimo coração. Sua principal característica: barba ruiva. Poucas vezes conversaram, mas pelo modo de ele olhar as janelas da casa, tinha certeza de que seus olhos a procuravam.

. Quando chegava o grande dia da quermesse, na sua melhor roupa domingueira, Sara extravasando felicidade, o esperava para um incerto encontro há tanto tempo aguardado. Ele, como sempre fazia, a olhava a todo o momento, talvez até sorrisse para ela, não que ela tivesse uma comprovação real do fato, mas que parecia um sorriso, parecia. Como a maioria dos jovens paulistas, eles ficavam sempre juntos bebendo, conversando e se autoprovocando. Nunca saíam daquelas rodas, como formassem um bloco indissolúvel. Essa atitude, quase constante, tornava a pequena Sara extremamente magoada, pois ele não a procurava, simplesmente a provocava.

Todavia, naquela noite seria diferente. Apesar de seus recônditos olhares, eram, agora, outros olhos que a fitavam e, com tanto interesse, que fez o senhor Eduardo Figueira, rico comerciante português, que possuía na vila uma de suas filiais de comércio, residente em Santos, dirigir-se até ela. Parou frente à mesa de Sara e no seu sotaque inconfundível dirigiu-lhe a palavra. O luso era de uma educação esmerada e se vestia muito diferente dos paulistas.

Quando Bartolomeu notou o assédio, procurou um forte motivo, mesmo que não fosse real, para se dar o direito de intervir na aproximação indesejada. Diziam que o comerciante não gostava de mamelucos e índios, inclusive não eram aceitos em seus estabelecimentos comerciais.

Naquela mesma noite um tenente fluminense e sua guarnição estavam de visita à vila e aproveitavam a quermesse para espairecerem e conhecerem os habitantes do lugar. Os militares, vestidos de gala, misturavam-se aos festeiros, dando um colorido extra ao recinto, pois suas roupas eram muito diferentes das vestimentas simples dos nativos. No entanto, os paulistas não gostavam dos soldados de sua majestade. Olhavam-nos como inferiores e de costumes denegridos. Logo, um ranço envolveu os homens, bastava apenas acender o pavio da dinamite de contraposição social.

Sara havia se levantado e conversava com o fino visitante.

– Gostaria de dançar esta quadrilha? – disse o comerciante.

Antes que ela pudesse dar seu consentimento, surgiu entre eles o gigante Bartolomeu e, com cara de poucos amigos, interceptando a pergunta do luso, falou:

– Depois de mim!

O rosto de Sara corou. "Nunca alguém me tira para dançar e, quando aparece um, outro vem atrapalhar", foi o pensamento que a perturbou rapidamente.

O português, não aceitando o desacato, tentou esmurrar o rosto de Bartolomeu, mas sua grande mão não só amparou a agressão, como também segurou a mão do português e, apertando-a, fez com que se ajoelhasse de dor.

O tenente Veiga, percebendo a confusão, foi até a presença dos dois e sorrindo pediu que se recompusessem, mas Bartolomeu o olhou friamente e continuou apertando a mão do luso.

Como a situação desafiava sua autoridade, ordenou:

– Soldados, prendam o paulista!

Quatro militares, todos negros, correram para obedecer à ordem dada.

Começou a maior confusão. Os soldados só depois de muito tempo conseguiram dominar o forte paulista. Quando o tenente e sua guarnição, juntamente com seu prisioneiro, iam se retirar da quermesse, um bloco compacto de nove paulistas interceptou o trajeto.

– Deem passagem, por favor! – disse calmamente o oficial, não querendo maiores problemas com os nativos.

– Só se for por cima de nós, disse o coronel Vieira (título dado entre eles). E formaram, entrelaçando seus braços, uma parede inexpugnável.

Veiga, o tenente em má situação, chamou seus homens para que, pelo número maior de componentes, atemorizassem os paulistas. Ledo engano. Foram cercados por 23 fuzileiros navais e o oficial, temendo por vidas, tentou estancar a rebelião, mas como não foi possível, com muita propriedade gritou:

– Tudo bem! Mas não usem armas!

Os paulistas, eternos guerreiros, formaram um triângulo que apontava para a maior aglomeração de fuzileiros e foram para cima deles, começando uma grande pancadaria, com o enorme Bartolomeu ao lado do coronel Vieira. Os soldados, a maioria negros, eram também de porte avantajado. Os paulistas, como estavam acostumados a essas refregas, com sua formação militar característica, cujas engrenagens eram unidas por uma fraternidade e lealdade incomuns, pareciam invencíveis.

– Todos por um!

– Um por todos! – gritaram em uníssono partindo para o confronto.

Sara, a causa involuntária do entrevero, foi amparada por sua prima Abigail:

– Sabe aquele ditado: quem tem um não tem nenhum, quem tem dois, tem um – dizia a parenta tentando consolá-la. – Você nunca teve um, hoje teve dois e, dos dois, não vai sobrar nenhum. Sara sorriu por educação, mas não gostou das palavras que ouviu. Julgando-se culpada por todo aquele alvoroço, um borrão vermelho pintou o pálido rosto.

A pancadaria por onde passava destruía cadeiras, mesas, copos, garrafas. Os padres, com as mãos na cabeça, pediam que parassem, mas não os ouviam nem queriam ouvir. Como estavam em menor número, os paulistas eram os que mais apanhavam; mas aconteceu um fato inédito: com o decorrer da luta, quanto mais eram surrados, mais fortes ficavam, parecendo que seus semblantes eram talhados em mármore e que os sofrimentos não os atingiam. A união entre eles chamou a atenção do tenente que gostaria de tê-los como seus comandados.

Os tombados eram levados para longe onde pudessem ser socorridos. O sangue tingiu os corpos, as roupas. Muitos dos paulistas que já haviam caído, pouco depois, vendo que os seus ainda suportavam o cerco, voltavam, aos trancos e barrancos para o triângulo. Depois de muito tempo, três ainda aguentavam a luta e um deles era Bartolomeu. Os soldados que ainda estavam de pé resolveram parar e deixaram os três cambaleantes esperando novo assédio, mas tudo havia terminado. Doze soldados foram hospitalizados e ao lado deles, em camas próximas, cinco paulistas em estado lastimável. O hospital parecia estar atendendo feridos de batalha revolucionária.

Por dois seguidos anos o convento não realizou quermesse ou algo parecido, mas não seria para Bartolomeu e Sara motivo de tanta espera, pois ela foi pedida em casamento e não precisavam, depois disso, esperar mais dois anos para se verem.

Amélia, que ouvia com muita atenção, gentilmente lhe falou:

– A senhora sabe narrar os acontecimentos e o faz de uma maneira que é impossível não querer ouvir mais a respeito.

A senhora Pereira Lima agradeceu e continuou a contar:

– Quando eu era pequena, fomos visitar uma fazenda à beira do Rio Tietê, que pertencia ao meu avô. Meus pais voltaram para casa depois de certo tempo e, como estava de férias, pedi a eles para permanecer por mais uns dias. Minha avó era muito calada e raramente me dirigia palavras, ao contrário de meu avô, um contador de histórias nato, pois imitava todos os sons, como o barulho característico de folhas amassadas quando pisadas pelos famintos felinos ou o som dos furtivos índios escondidos na floresta. Contava casos e adorava qualquer tipo de visitas, mesmo a de uma menina como eu. Era o velho mais bonito que conheci. Rosto fino, nariz bem-feito, cabelos fartos e brancos como neve, testa altiva, mas era sua barba, sempre bem aparada, que lhe proporcionava a fisionomia de um homem extremamente bom e tranquilo. Gostava, depois do jantar, de sentar-se em sua cadeira de balanço e fumar seus longos charutos. Para mim, por causa da fumaça azulada que saía de seu cigarro, sua visão se tornava celestial e eu, muito atenta, aguardava-o voltar ao que estava contando. Minha mãe também contava fatos ocorridos com meus antepassados, de forma semelhante ao que acabei de narrar sobre Sara. Naquela noite resolvi pedir-lhe para falar de seu pai: Bartolomeu. A história continuou.

Meu avô olhou-me bem nos olhos:

– Como você sabe das histórias de Bartolomeu?

– Minha mãe já me contou algumas e eu as adorei.

Como eram histórias que nunca contara antes, sua fisionomia tornou-se mais carrancuda e seu modo de falar não tão ameno como antes. Acendeu um charuto, colocou mais vinho do Porto em um cálice e recomeçou:

– Para falar a verdade, eu conheci meu pai com 7 anos e o vi pela última vez com os mesmos 7 anos, e meu irmão, seu tio, nunca o viu. Só fiquei sabendo, não por ele, mas pelo coronel Vieira, que participou apenas com ele da primeira expedição.

– E da segunda? – perguntei.

– Ninguém voltou para contá-la.

Meu avô deu outra forte tragada e senti uma satisfação espelhada em seu bonito rosto por ter alguém para contar histórias que talvez não o agradassem, mas como certamente eu lhe serviria de companhia, ele tinha prazer em contar.

– Na primeira expedição de meu pai, Bartolomeu, depois de muitos anos por este Brasil sem fim, Chico-Lero, um mestiço que acompanhava os expedicionários comandados pelo coronel Vieira, recebeu ordens para abater um cervo, e não teve pressentimento do que poderia lhe acontecer naquele fatídico dia. Pegou o bacamarte, uma pistola e desapareceu na selva. Nunca teve receio do que lhe poderia advir, pois sua pontaria era famosa pela precisão. Pequenos e finos galhos de árvores, a 30 metros de distância, eram cortados ao meio, em uma única tentativa. Se lhe perguntavam quem o havia ensinado, dizia:

– Minha mãe.

– Sua mãe?

– Sim, a mãe natureza.

Encheu um embornal com uma cabaça cheia de água e uns poucos e duros biscoitos e foi cumprir o que lhe fora estabelecido. Jamais caçava com companhia, pois o primordial em uma caçada é a surpresa e qualquer barulho poderia pôr tudo a perder. Como dificilmente ventava na floresta, não havia jeito de evitar que os animais o sentissem pelo faro, por isso dependia de saber se locomover sem fazer o mínimo barulho. Como sempre fazia, procurou um riacho e esperou pela presa que viria tomar água. Porém, o tempo passou e nenhum animal de porte cruzou-lhe o caminho. Já fazia planos para voltar quando, no meio das folhagens, viu um maravilhoso e imponente cervo. Mas o magnífico animal já o havia percebido e começou a se afastar do manancial. Chico-Lero, fazendo malabarismo, foi ao seu encalço. O grande animal, com muita calma, sempre mantinha uma rigorosa distância do humano. Seu deslocamento fez com que a perseguição fosse cada vez mais se aprofundando na floresta. Todas as oportunidades que teve para atirar foram prejudicadas por galhos de árvores. Subitamente, mudando de atitude, o belo cervídeo o encarou em uma pequena clareira. Chico mirou entre os olhos e deu um último passo à frente, quando, inesperadamente, a terra cedeu e ele foi tragado por uma fossa. O tiro errou o alvo e espantou o animal. Sentiu uma violenta dor na coxa esquerda. Era uma armadilha dos xavantes. A fossa possuía dezenas de varas de bambus afiadas como navalhas. Ao precipitar-se, uma delas varou-lhe a coxa e, por muita sorte, outra não lhe vazou o ventre. Na perseguição à caça, descuidara de sua segurança. Como o sangue não parava de jorrar e pela profundidade da armadilha, seria impossível sair. Resolveu fazer, com sua camisa, um torniquete, mesmo sabendo de suas gravíssimas consequências. Conseguiu parar o sangue, mas teve medo de retirar o bambu que tinha lhe transpassado a perna. Sentiu-se tonto pela perda de sangue e uma sede violenta o atormentava. O embornal havia ficado fora de seu alcance. O cheiro de sangue poderia, sem dúvidas, atrair diversos predadores, inclusive uma pintada. Procurou na cintura e encontrou a pistola que lhe deixou um pouco mais tranquilo. A situação era incômoda, pois outros gravetos afiados, caso perdesse os sentidos, poderiam matá-lo. Chico esperou a morte. A noite veio e sua situação cada vez mais se agravava pois, em um descuido, sua mão direita, ao apoiar-se para não cair, também foi transpassada. Nova hemorragia, mas aos poucos foi cedendo. O que suplantava os sofrimentos era a sede, pois em consequência da perda de sangue, ela o atormentava de uma maneira alucinante. Tinha receio de gritar, pois os gritos poderiam, erroneamente, em vez de alertar seus companheiros, atrair os terríveis índios xavantes. Pensou que a única bala de sua pistola poderia salvá-lo por duas razões: primeiro, matando a pintada ou segundo, para estourar os próprios miolos.

Só no outro dia Bartolomeu e mais dois paulistas passaram por perto e puderam ouvir os gritos de socorro. Chico-Lero tomou naquela manhã a melhor água fresca de sua vida.

Ao chegar ao acampamento, o bambu foi retirado, mas a perna já apresentava um estranho aspecto, deixando os expedicionários preocupados. O coronel olhou novamente para o ferimento e, segurando o braço de Bartolomeu, levou-o para fora da tenda de atendimento.

– O bambu está envenenado – disse tristemente. Um silêncio tomou conta dos dois.

– Olha, coronel, nenhum bugre me meteu medo antes, mas os xavantes são velhacos – confessou o gigante Bartolomeu.

– Às vezes chego a concordar, outras não. Passamos perto da aldeia deles e nós não os incomodamos nem eles ligaram para nós. Simplesmente nos ignoraram, mas...

– Este é meu receio. Todos os índios que conhecemos nos hostilizaram de imediato: agiram com clareza, já os xavantes fazem questão, aliás, questão em demasia, em demonstrar que não se importam que entremos em seu território.

– Deus queira que você esteja errado – finalizou o coronel Vieira.

Ele olhou para o coronel e disse baixinho, interrompendo a marcha pela floresta agreste:

– Eu os vi novamente! – balbuciou.

– Você não está tendo alucinações?

– Não! Eles aparecem e somem pela selva. Não tenho medo de nada, só do que não posso ver. Se os visse, não os temeria.

O coronel olhou com preocupação para Bartolomeu e disse:

– Acho que você tem razão. Temos que fazer alguma coisa. Mande quatro homens subirem armados, nas árvores, para nos dar proteção e vamos acampar aqui. Estamos distantes do Rio das Mortes?

– Uns cinco quilômetros.

Armaram as barracas e depois de descarregarem os burros, começaram a organizar o acampamento. Os paulistas reuniram-se. Estavam cansados e doentes. O aspecto de todos era assustador. Há muitos anos andavam por aquele fim de mundo. Uma saudade nostálgica refletia-se nas músicas e conversas. Mas, antes de qualquer decisão a sobrevivência falava mais alto. Praticamente não os viam, mas sentiam os inimigos por perto. Sentiam seus odores e ouviam seu silêncio. O adversário invisível os fazia temerosos. Raramente o mal-estar reinava entre eles e, para sobreviverem, uma estratégia deveria ser providenciada: as tendas foram distribuídas em círculos. Diversas fogueiras para espantar animais selvagens iluminavam o local. Os paulistas tinham o semblante carregado e pouco se falavam. O inimigo invisível era uma ameaça constante. Para evitar roubos noturnos, mantimentos e munições ficavam o mais que possível no centro, perto da fogueira central.

Às 10 horas da noite uma chuva tropical e passageira caiu na floresta aliviando um calor reinante e foi também o suficiente para ocasionar, paulatinamente, o decréscimo da luz, apagando as fogueiras. Em consequência, uma densa neblina, pouco tempo depois, tornou a escuridão fantasmagórica. As brasas restantes, enfraquecidas pela umidade, extinguiram-se. Os olhos, pouco a pouco, acostumaram-se à penumbra reinante no acampamento silencioso.

Interessante como um instinto, muito comum em animais, às vezes é sentido pelos homens, na previsão de situações perigosas. Quando os grilos pararam de cantar, o perigo parecia próximo. A tampa negra da escuridão e a ausência de sons caíram sobre eles. À noite, o tempo e a existência exterior haviam deixado de existir. O silêncio e a calmaria preconizavam um furacão de efeitos imprevisíveis e a hora ideal para indagações profundas sobre o motivo de tudo aquilo. Era o silêncio aterrador antes da batalha, e essa introspecção era tão angustiante e reflexiva que, ao ouvir o terrível "atacar", que era o comando para a morte, por incrível que pareça, trazia um alívio inexplicável.

"Eu precisava estar aqui?", pensava Bartolomeu. "Vai modificar alguma coisa minha vitória ou derrota para meu país? Qual a razão para estas privações? Meu querido Deus, quando voltar, se é que vou voltar, meu filho que nunca vi estará fazendo 7 anos..." Mas a noite, indiferente àquelas reflexões, não respondia nada. A luta nos custaria talvez a vida ou nosso sangue. Se ganharmos ou se perdemos para nós significaria tudo e, para o país, nada se somaria ou diminuiria.

Os mosquitos, aproveitando a imobilidade exigida pelo momento, sangrava-os ante mesmo da provável batalha.

Subitamente, pequenos ruídos foram ouvidos. Poderiam ser roedores, uma atrevida pintada ou xavantes. Os olhos, por mais que forçados, tinham um limite de alcance. O negro da floresta e o esbranquiçado da densa névoa prejudicavam a visão.

O suave e angustiante ruído aumentou como se abrissem as cortinas diáfanas da densa neblina reinante. Homens altos e musculosos, cor de cobre, portando grandes tacapes, em posição de ataque, aproximavam-se furtivamente. Eram dezenas. Por possuírem corpos semelhantes, todos nus, cabelos cortados sob a cuia, pareciam soldados uniformizados pela nudez. A princípio lembravam monstros mitológicos, todavia, se vistos mais de perto, eram saudáveis, nariz e rosto bem-feitos e, mesmo prestes a combater, nas suas expressões não havia ódio. Eram como cavalheiros medievais defendendo, com galhardia, os verdes castelos da floresta. Lá era o domínio deles e lá eles eram deuses e reis que os animais e florestas respeitavam, porém, os paulistas não levavam isso muito em conta. Quem seria a caça ou quem seria o caçador, somente a astúcia poderia determinar.

Ouviu-se um urro gutural e dezenas de gigantescos aborígines atacaram as tendas e catres dos paulistas, com uma violência nunca vista. Foi nesse momento que, de cima das árvores, apareceram estrelas de cores vermelhas e amareladas, acompanhadas de estrondos secos e contínuos. Os clarões os iluminaram melhor e os índios, entre estampidos, perceberam que haviam caído em uma cilada. Um cheiro de sangue e pólvora impregnou o capão de mato. Quando baleados pelos paulistas, escondidos nas árvores entre seus ramos, não conhecendo o arcabuz e seu efeito no corpo humano, os silvícolas sentiam a pele queimar e o sangue correr. Diferentemente de uma bordoada ou flechada, a dor inicial era menor e, seu efeito, um pouco mais demorado. Quando atingidos, paravam e enfiavam os dedos na perfuração ocasionada pelo chumbo, tentando estancar a hemorragia. Ato contínuo, pegavam, novamente, os tacapes e só depois de um tempo caíam ao chão, sem entender o que os haviam atingido. Depois da saraivada de balas, a maioria andava como zumbi pelo acampamento e as forças, paulatinamente, os abandonavam. E, assim, sem entender, morriam descrentes do que lhes havia acontecido.

– Dê proteção às nossas costas – gritou Bartolomeu que, por meio de um gesto, deu ordem para o ataque corpo a corpo, aproveitando a confusão reinante entre eles.

A carnificina continuou; com as espadas e uma violência sobrenatural, varreram o que restava dos invasores não atingidos.

– Vamos matar todos!

– Não! Deixem que alguns fujam. Precisamos de propaganda – gritou o coronel empunhando o sabre.

Depois da emboscada vencedora, em vez de provocar júbilo entre os paulistas, aquele contato com os inimigos mortos e feridos, esparramados pelo acampamento, fez com que refletissem sobre a inútil vitória.

A luz de novas fogueiras serviu para aquilatar com mais precisão o estrago entre os índios. Alguns ainda tentavam se levantar, não acreditando que uma pequena perfuração os fizesse cair. Tampavam com as mãos sujas os buracos dos projéteis. Levantavam, caíam e agonizavam. Era um ambiente infernal para se compartilhar. Acostumados a esse tipo de ação, os paulistas normalmente ignoravam suas consequências derradeiras, porém não dessa vez. Os índios eram jovens e muito saudáveis e aquelas cenas, de contato tão próximo dos seus combalidos adversários, os atingiram em cheio.

Os índios feridos não foram aniquilados por espadas. Os atingidos vagavam pelo acampamento como que não acreditando no que estava acontecendo. Lutaram com outros aborígines e nas lutas eram usadas flechas e tacapes, mas não raios perfurantes.

Um dos mais fortes, andando a esmo pelo acampamento, chegou perto de Bartolomeu e sorriu com tristeza. Os dentes que meu pai viu eram os mais brancos que se podia imaginar. Claudicou e, para não cair, procurou os ombros duros como pedra do paulista. Este o olhou com pesar, mas nada poderia fazer. O jovem índio, apoiado, sentou-se e, antes de morrer, ainda o olhava sem entender a própria desgraça. O ódio já não grassava entre eles.

Zacarias, o mais novo deles, pegando uma cuia com água e um crucifixo, ia até cada um dos agonizantes e, jogando-lhes gotas do líquido, dizia emocionado:

– Eu te batizo, em nome do Pai, do Filho e do Espírito Santo. Amém!

A cena inesperada foi chocante demais e abalou o ânimo dos expedicionários.

"Eu os mato, eu os batizo!" – ficou a noite toda, ao lado da fogueira, repetindo sem parar as palavras que proferira há poucos minutos atrás, apenas acrescentando: "Eu os mato". Aquela noite tinha sido a gota-d'água.

No dia seguinte, a cena da noite anterior marcara a todos, sem exceção. Já tinham lutado com espanhóis, portugueses e algumas tribos, mas pela vitória sem custos físicos foi, posteriormente, cobrado um ônus moral mais caro que dos primeiros.

Pela manhã chegaram ao Rio das Mortes. Apesar da chuva da noite anterior, o céu estava azul e as cores da floresta mais significativas. Os pássaros, principalmente araras-azuis e amarelas, pincelavam nuances de cores não muito usuais pela paisagem. Quando lá chegaram, não eram homens vitoriosos, e sim homens trôpegos, cabisbaixos e cansados da aventura que tinha perdido a razão de ser. O desejo era um só: voltar. Mas a beleza do lugar era estonteante. Quanto mais a claridade impregnava a praia e o rio, mais a beleza atraía os paulistas.

Era uma praia bem maior do que as outras que conheciam e, em razão de sua areia calcária, muito alva, as águas do Rio das Mortes exibiam uma coloração azul-turquesa. Aquela visão foi aos poucos cativando os conquistadores e, sem pensar, começaram a se despir e a entrar nas cálidas e puras águas. Os corpos desacostumados à nudez e ao uso constante de trajes protetores haviam escondido homens muito brancos. Apenas os rostos estavam morenos e avermelhados pelo sol. Os mamelucos e índios que os acompanhavam, ao vê-los nus, caíram na risada. O riso foi aos poucos ganhando espaço e os paulistas, apontando uns para os outros, gargalhavam até não mais poder, ao conferirem suas insólitas figuras. Por sua vez, os mamelucos olhavam para os paulistas e imitavam perus: – glu, glu, glu!

– Parem! Vocês estão loucos? – gritava o coronel Vieira. – Cadê a guarda!? Vocês sabem por que este rio se chama "das Mortes"? – Todos tiveram um choque. E se os índios atacassem? O velho e experiente paulista, ao lado de Bartolomeu, continuou a reprimenda:

– Voltem todos! Voltem sem pisar na areia. Arrastem os pés por causa das arraias.

Nisso, ouviu-se um grito dilacerante. Os homens, desarmados, sentiram-se perdidos e desprotegidos. Todos pensaram que Juca, o mameluco, tivesse sido flechado. Mas, fora uma flechada de arraia o motivo desse desesperado grito que ecoou pela imensa floresta. Juca foi retirado da água e um enorme ferrão estava preso em sua perna. Não se sabia se era a dor ou um mal maior que não deixava o mameluco apoiar a perna ferroada. Por consequência, os homens sentindo, no aparente paraíso, a realidade da selva, correram para se vestir e deixarem as armas mais próximas.

Os gritos alucinantes do pobre Juca não se acalmaram e deixaram os homens temerosos de que fossem ouvidos pelos inimigos.

Os paulistas tornaram a ficar macambúzios. Reforçaram a guarda e se reuniram sob uma árvore. O desejo de retornar era unânime, mas todos temiam ser o primeiro a dizer a palavra voltar. Voltar significava muitas coisas e, essas coisas, poderiam ser perigosas.

– Esses gritos me deixam louco! – disse um deles. – Façam-no calar, pelo amor de Deus!

Mas os gritos adentravam a floresta e esparramavam o temor de serem ouvidos pelos inimigos.

– Chame o Andrade! – ordenou o autoritário coronel.

O homem, que saiu de uma barraca próxima, parecia um cadáver que se equilibrava em uma pele fina e transparente e seus movimentos eram lentos e calculados.

– É a décima oitava malária? – perguntou Bartolomeu.

– Décima nona, retrucou o adoentado.

Vendo seu estado, estenderam-lhe a mão para que se sentasse, todavia, o expedicionário recusou. Com muito sacrifício, sentou-se sem nenhum auxílio.

Bartolomeu ficou muito constrangido ao vê-lo nesse estado, pois tinha muita admiração por aquele homem, que era seu padrinho na expedição, portanto, responsável por ele para que fosse aceito na bandeira. Bartolomeu era seu afilhado e, Andrade, seu tutor. Caso acontecesse alguma coisa com o padrinho, ele se sentiria, de uma maneira ou de outra, responsável, pois prometera a dona Angelina, mulher de Andrade, acompanhá-lo de volta ao lar. Era uma dívida que não poderia deixar de ser resgatada.

Coronel Vieira levantou-se:

– Zeca, quanto temos de mantimento?

O cozinheiro, preocupado, respondeu:

– O suficiente para mais 15 dias.

– Munição?

– Chumbo temos bastante, todavia a pólvora deixa a desejar.

– Aguardente?

– Só cauim.

– Cauim é aguardente indígena, feita de mandioca?

– Isso mesmo.

– Santo Deus! Estamos no fundo do poço!

Como os gritos prosseguiam, Bartolomeu foi falar com um dos índios da expedição e lhe pediu ajuda.

Seu apelido era Águia Velha e tinha um conhecimento profundo do uso de ervas e outras práticas que substituíam, às vezes, o médico que nunca os acompanhava. Era o índio mais estranho que conheciam. Não sorria, não chorava, não falava nem possuía qualquer expressão humana. Seu rosto nunca teria rugas, pois era como fosse talhado em pedra. Mas era um homem fiel até a morte, que gostava de viver alheio a tudo e a todos. Apenas tinha afeto por Bartolomeu.

A maioria acompanhou Bartolomeu. O índio, que fumava em um velho cachimbo, olhou para eles como se dissesse: "Vocês passam o ano inteiro sem me dirigir uma palavra sequer e agora, de um momento para o outro, vêm me pedir socorro".

Águia Velha levantou-se, muito a contragosto, e foi em direção ao mameluco que não parava um minuto de gritar. Esse índio era realmente um homem muito estranho. Já participara anteriormente de outras expedições. Na vila ninguém sabia onde morava ou se morava e, apenas quando se formavam os grupos, ele se apresentava no cais. Não pedia para ir, simplesmente trajando seu surrado poncho, que muitos diziam ser ele sua principal residência, mas ficava à disposição. Como sua ficha imaginária determinava um "nada consta", era sempre aceito. Às vezes passavam anos em sua companhia e, muitas vezes, ao contarem o número de expedicionários, ele era esquecido, pois vivia só e não conversava com ninguém. Todavia, se precisassem dele, em última instância, demonstrava conhecimentos que jamais seus companheiros poderiam prever. O velho índio guarani, magro, até esquálido, era o último trunfo, a última esperança. Muitas vezes era encontrado, sorrateiro, escondido no meio do mato.

– O que você está fazendo aqui? – perguntavam.

Ele, sem dizer palavra, apenas mostrava as mãos com algumas ervas que havia colhido e voltava misteriosamente para o acampamento. Águia Velha tinha um único e exclusivo amigo: o velho cachimbo, presente de um missionário espanhol. Dele nunca se separava e como seu fumo era misturado com ervas, mesmo que desejasse companhia, pela fragrância horrível que desprendia, nem companheiros e muito menos os mosquitos conseguiam ficar a seu lado. Talvez agisse assim de propósito.

Apesar de incógnito, na acepção da palavra, não era ele mesmo que se fazia aparecer e sim seus companheiros, em caso de extrema urgência. Apesar de compartilhar as expedições, Águia Velha vivia em um mundo particular. Às vezes, por pilhéria, ofereciam prêmios para quem conseguisse fazê-lo sorrir, mas qualquer alteração fisionômica era algo impossível de se notar, principalmente o sorriso. Não fazia mal a uma mosca, todavia, quando perambulava sozinho na selva, sua perícia em se locomover, em lugares inóspitos, era inconteste. Surgia, desaparecia sem que fosse possível vê-lo ou segui-lo. "Este índio tem parte com o Demônio" – diziam.

Águia Velha, acompanhado de diversos paulistas, foi em direção aos gritos. Lá chegando, o índio tirou seu pênis para fora, para o espanto de todos, abriu seu prepúcio e retirou uma massa esbranquiçada que se formara entre as dobras penianas e cuidadosamente, abaixando-se, enfiou-a dentro da perfuração provocada pelo ferrão da arraia. Feito isso, esquivou-se dos paulistas aglomerados ao lado do doente e foi incontinente para seu canto, sem esperar se sua "porquice" dera ou não certo.

Os gritos, como por milagre, aos poucos deixaram a paz voltar ao acampamento.

Logo depois, como estavam em reunião para discutir diversos assuntos que estavam pendentes, o coronel, tentando acertar qual o real motivo do nervosismo geral, exclamou:

– Pois bem! Já que ninguém fala ou é macho para dizer, eu digo: Vamos voltar?

Na fisionomia dos paulistas apareceu um ar de alívio com a decisão pela qual ansiavam.

– Vamos voltar! Vamos voltar! – desandaram a gritar.

– Então, vamos fazer a partilha!

Só naquele momento tudo era permitido, até ficar sem uma guarda que os protegeria de um ataque de surpresa. Reuniram-se todos em volta de uma mesa. Bartolomeu e Zacarias foram buscar um baú, de ferro, onde estavam guardados os espólios de todos aqueles anos de peregrinação pelo sertão do Brasil.

– Antônio, traga este maldito cauim e copos para todos os presentes. Hoje é dia de festa!

O velho baú foi colocado ao centro bem onde os homens estavam reunidos e, por estar leve, não deveria ter muitos bens a serem divididos.

Sob olhares atentos, o coronel mandou despejar o conteúdo sobre a mesa mas, antes, tomou de um caderno onde havia anotações, para a constituição daquela sociedade, e falou:

– Como ficou estabelecido anteriormente, se alguém morresse haveria um substituto para receber o que lhe era devido. Os índios e mamelucos irão receber metade do que um paulista tem direito. Certo?

Como ninguém respondeu, o coronel olhou para eles e perguntou novamente:

– Foi isso que nós tratamos?

– Isso mesmo! – responderam em coro.

– Pode despejar o espólio – ordenou.

Os olhos de todos tornaram-se grandes quando o barulho de metal e outros bens se esparramaram sobre a mesa, mas logo depois, ao contrário do que imaginavam, o espólio apresentava-se bem inferior ao esperado.

Bartolomeu colocou a mão no rosto e pensou com tristeza: "Oito paulistas, sete mamelucos e dois índios perderam suas vidas por nada".

Uma divisão meticulosa, sob olhares, foi executada, ante um desânimo generalizado. Economicamente a expedição tinha sido um redundante fracasso, mas a ideia de voltar ao lar suplantou a enorme decepção.

– E, para retornarmos – continuou o coronel – temos de pensar que os xavantes poderão estar armando uma revanche.

– Não depois daquela surra!

– Mesmo assim, antes de qualquer decisão, temos que explorar um caminho seguro para nosso retorno. De quem é a vez da corneta da morte?

Pegaram as anotações e constataram: "Andrade!". Bartolomeu pensou: "Meu Deus o homem mal consegue se levantar!".

Andrade, com uma atitude digna de um bravo soldado, levantou-se e fingindo disposição, disse: – É meu dever! – ao dizer essas palavras, cambaleou e quase caiu novamente sentado.

– Eu vou em seu lugar!

Todos olharam surpresos, pois sabiam que o clarim da morte seria tocado quando seu portador visse um ataque iminente ao grupo e salvar-se depois disso era apenas uma chance muito remota. O clarim o denunciaria e sua vida não valeria nem mais um tostão furado. Bartolomeu assumiu o sacrifíco supremo.

Como não poderia seguir os trilhos, pois seria descoberto, o paulista revestiu o corpo com couro, tomou o clarim, duas pistolas e sumiu na floresta, sob os olhares comovidos dos outros expedicionários. Não era fácil andar pela mata, mas fora das trilhas, impossível. Foi penetrando pela floresta que, por causa da altura das árvores e por sua vegetação espessa, exigia um sacrifício sobre-humano. Depois de muito tempo, chegou ao antigo acampamento. Ao olhar os corpos ainda esparramados, Bartolomeu teve a visão que jamais esqueceria: diversos índios tinham sido parcialmente devorados por pintadas e suçuaranas. Apresentavam as entranhas rasgadas, expostas, e seus membros dilacerados.

– Meu santo Deus! – exclamou. Desviou seu olhar e continuou rumo à taba dos xavantes, que não deveria estar longe. Depois de uma hora previu que algum acontecimento poderia ocorrer. "É meu instinto!"

Escolheu uma árvore frondosa e a escalou, sumindo nos seus ramos exuberantes. Sempre que sentia medo, transpirava a cântaros e o suor chamava os mosquitos. Eram milhares e suas ferroadas ardiam como fogo. Teve vontade de pular lá de cima e sair em disparada para o acampamento. Retirou a camisa e, fazendo três furos, colocou-a sobre a cabeça, parecendo um fantasma, mas livre dos insetos, pois todo o restante de seu corpo era protegido por peças de couro.

Subitamente, uma chuva caiu sobre a floresta refrescando-a, dando um tempo para os indesejáveis mosquitos. "Que saudade de Sara e seu ininterrupto sorriso. Quero ficar por três longos dias abraçando-a para matar a saudade. Como será o meu filho? Puxou a mim? Prometo, se sair desta, nunca mais pertencer a outra expedição. Minha alma cigana vai tomar juízo e viverei como uma verdadeira família deve viver. Vou plantar cana-de-açúcar e construir uma linda casa ao lado do rio... Rio Araguaia..." Começou a rir baixinho, pois o pouco que sonhara já o tinha levado até o belo rio, só que ficava muito distante de sua vila. Foi nesse momento que ouviu o barulho de passos no meio da floresta. Um, dois, quatro, dez, quase 30 índios apareciam aos seus pés.

Seu coração disparou. "Não verei Sara novamente nem conhecerei meu filho. Minha honra me obriga a tocar o clarim." Pensou ainda em ficar quieto e se salvar, mas a ideia de seus irmãos serem mortos, à traição, o fez arrepiar.

– Um por todos! – falou baixinho antes do ato heroico. Molhou o bocal da corneta e, quando foi soprá-la notou, aliviado, que os índios não portavam armas. Andavam calmos e não falavam entre si. "Eles vão recolher ou queimar os corpos. Meu Deus, não preciso tocar o clarim! Estou salvo!"

Bartolomeu aproveitou a passagem dos indígenas e, arriscando a vida, em disparada, rumou para a aldeia usando a trilha dos próprios índios. Se encontrasse os xavantes, estaria irremediavelmente perdido. Ao avistar a grande aldeia, para não ser percebido, entrou novamente na floresta, fora das picadas, e se aproximou furtivamente. Diferentes dos primeiros que vira, os índios da aldeia, em número superior a cem, todos nus, pintados com urucum, deixando os corpos mais avermelhados do que já eram, dançavam a dança da guerra. "Meu Deus! Tenho pouco tempo para avisar os paulistas!"

Bartolomeu previu um grande problema: se voltasse, certamente, reencontraria os índios que haviam passado por ele, então tinha de achar outra alternativa. A aldeia estava a leste. O antigo acampamento a oeste, e o Rio das Mortes corria ao norte. Ele deveria descer suas águas e, só de pensar na manobra, começou a suar a cântaros e novamente os mosquitos o atacaram implacavelmente. Se na bela visão daquela manhã, o rio, que parecia paradisíaco, estava repleto de perigos, na escuridão da noite seria algo dantesco. O pior era a escuridão que já ameaçava cobrir a floresta. Rumou para o norte: "Seja o que Deus quiser!"

Foi como louco andando na escuridão. Ouviu urros de pintadas e, quando parava, além do barulho do seu coração, ruídos estranhos o faziam sair do rumo e muitas vezes andar em círculos. A selva o havia encurralado. O tempo passava, o perigo do ataque dos xavantes estava próximo e percebeu que era impossível continuar na escuridão. O expedicionário havia perdido o rumo. Ao tentar novamente, minutos depois, saía no mesmo lugar. "Vou tocar o clarim e meus irmãos partirão sem mim. É a única solução", pensou em desespero. Pegou a corneta e, antes de tocá-la, chorou, chorou como nunca tinha feito em sua vida. A história de sua existência, quase um sonho, passava como um pesadelo por suas emoções. Seu maior temor era morrer naquela floresta e, como os índios, ser devorado por felinos.

Subitamente o que era negro, como a morte, foi iluminado por uma grande bola prateada, que teimava passar pelas folhas das árvores e encher de uma doce claridade a floresta, antes escura como breu. Uma lua descomunal, saindo das nuvens, indicava o caminho a tomar. Mais uma vez a sorte lhe sorrira naquele dia tão difícil.

Passou por veados, queixadas e antas, mas, depois de aproximadamente quatro horas, viu uma água prateada que descia suavemente rumo ao acampamento. O pior estava por vir. Se suas águas pareciam, em sua superfície, serenas, os gigantescos rebojos e peixes menores que pulavam dos seus predadores anunciavam uma guerra não declarada em suas entranhas. Pensou demoradamente se, realmente, era o último recurso a ser enfrentado. "Rio das Mortes."

Procurou na praia um galho seco de árvore. Depois de muito sacrifício encontrou e o desbastou. Não eram os peixes que temia, mas o que desde a infância acompanhava seus piores pesadelos: as gigantescas sucuris. Pegou o couro que cobria o corpo e o transformou em tiras. Amarrou o corpo ao galho e, em suas mãos, duas facas bem afiadas. Corajosamente entrou na água e, para sua segurança, procurou os lugares mais profundos, evitando os barrancos. O barulho de seu coração parecia sair pelo ouvido. Sentia coisas estranhas tocarem seu corpo. Um enorme peixe nadou ao seu lado por muito tempo. Suas barbatanas pareciam acariciá-lo, mas, quando partiu, Bartolomeu sentiu um grande alívio. Enquanto descia o rio, parecia que milhares de olhos o fitavam. Pelas praias que passava, cautelosos e grandes veados tomavam água, mas foi em cima do galho de uma gigantesca árvore, que quase atravessava o grande rio, que viu uma enorme pantera de olhos claros que, indiferentes, o acompanhavam na sua perigosa trajetória. Por sorte, o felino imponente o desconsiderou completamente.

O tempo passava e o acampamento não era visto. "Já o teria passado? Se sim, nunca mais os encontrarei", pensou em desespero. Mais uma curva de rio e nada. Outra, mais duas e o acampamento não aparecia. Logicamente suas luzes deveriam, por precaução, estar todas apagadas, o que dificultaria sobremaneira a sua localização. Repentinamente, ao seu lado, quase o matando de susto, um barulho de ar comprimido eclodiu nos seus ouvidos. Uma cabeça cinza, lustrosa, emergiu das profundezas e o ficou fitando, cara a cara, com enorme sorriso. Era um golfinho de água doce que, além de amistoso, persistiu, como se o amparasse no seu difícil trajeto, permanecendo por um longo tempo a seu lado. Foi nesse preciso momento que ouviu não muito longe o engatilhar de uma arma e uma voz inamistosa perguntar:

– Quem é?

– Não atire! Sou eu, Bartho!

Todos surgiram na praia e o abraçaram afetuosamente, Andrade tocou-lhe às costas e disse:

– Deus lhe pague, afilhado!

Dois índios do acampamento se entreolharam e um deles disse:

– Águia Velha, este caboclo tem coragem!

Águia Velha negou-se a tecer comentários e tragou profundamente de seu malcheiroso cachimbo uma baforada irrespirável.

Ao entrar no acampamento, o coronel o esperava, em pé, com as mãos na cintura.

– Com cem homens como você eu tomo a América do Sul! – comentou, esbanjando alegria.

– Cem homens! Nada mais – repetiu.

Os paulistas reuniram-se para ouvir Bartolomeu, e o que ouviram não foi do agrado. O luar contrastava com o semblante carregado dos expedicionários.

– Sem dúvida, não atacarão com a Lua Cheia. Mas, certamente, aos primeiros clarões – cortou Bartolomeu.

– Que horas provavelmente serão? – perguntou o coronel.

– Meia-noite! – alguém conferiu.

– Vamos descansar um pouco, se conseguirmos e partiremos um pouco antes de o sol raiar – falando isso, Vieira recomendou:

– Deixaremos o acampamento montado, mas, por precaução, dormiremos em redes presas às árvores. Não queremos novas surpresas.

– Não temos tempo para preparar as jangadas, pois teremos que descer o rio para procurar passagens rumo ao sul, que não estejam sob o jugo dos xavantes.

Todos se entreolharam.

– "Deixar as mulas! Foram elas e suas crias nossas companhias inseparáveis e, agora, deixá-las para serem devoradas!"

Um mal-estar pairou sobre eles. Andrade olhou para a perna infeccionada do Chico-Lero, que estava ao seu lado ardendo de febre, e pensou: "Estamos perdidos!"

Vieira, como que entendendo o que o companheiro pensava, disse:

– É simples, se estas medidas tão extremas não agradarem, me deem soluções! – falou desafiadoramente. Mas, em silêncio, todos se dispersaram sem contestar. Era o que deveria ser feito. Em se tratando de sobrevivência, o resto era o resto. A alegria da volta tinha sido esquecida.

O tempo, naquela noite de vigílias, não passava e ninguém conseguiu pregar os olhos. Foram se reunindo e se preparando para a partida. Fizeram cintos de couro que abraçariam os galhos secos que lhes serviriam de boia. Duas pequenas balsas improvisadas foram feitas às pressas. Uma maior para o que restava de mantimentos e munições e outra menor para levar os dois feridos.

Antes da partida, Vieira falou ao pé do ouvido de Bartolomeu:

– Vamos começar uma fase muito perigosa. Preciso que me ajude – falou com preocupação.

– Por que, coronel?

– A volta, em qualquer expedição, é como se nós tivéssemos ganhado uma batalha e não mais houvesse necessidade de precaução com os possíveis restantes inimigos. Tem-se a impressão de que os cuidados não são mais necessários. Todavia, ainda temos inimigos humanos, animais e doenças. Normalmente a volta é muito mais perigosa do que a ida, por isso sempre tive muito receio de falar no retorno. A guarda quase sempre se arrefece e aí acontecem coisas perigosas – Vieira olhou demoradamente para o gigante Bartolomeu e rogou:

– Preciso, repito, muito de sua ajuda para mantermos a ordem e a disciplina. E como você sabe, nós somos os melhores soldados da América do Sul simplesmente por essas duas razões: ordem e disciplina. Nunca em uma batalha a explosão de sentimentos deve nos comandar, por isso, quando combatemos, nunca gritamos, apenas sussurramos. O ódio e a explosão de sentimentos nos tornam irracionais e vulneráveis.

O novo dia, ao contrário da clara noite anterior, amanhecera coberto por uma densa névoa.

– Bom para fugir! – disse sorrindo Zacarias.

Entraram na água evitando pisar na areia, e o estranho comboio se preparou para partir rumo ao oeste, mesmo que o destino desejado fosse o sul. O último a segurar os galhos e entrar no rio foi Zeca. Calmamente passou pelas mulas e, a cada uma, disse-lhe palavras enquanto as abraçava pelo pescoço ternamente.

Todos os que o esperavam sentiram um nó na garganta e, sem comentários, seguiam com pesar a triste despedida. A cada hora que passava os liames, que ainda os uniam à Vila, iam se acabando. Temiam que, um dia, já nada os ligasse a suas origens. Os fiéis animais pararam de pastar e voltaram os olhos para os homens que eram devorados, paulatinamente, pela densa neblina que se formara naquela manhã.

Depois de dez horas, rio abaixo, os homens pararam em uma praia e saíram das águas do perigoso Rio das Mortes. As mãos estavam rachadas por uma imersão demorada e os corpos frios. Os lábios estavam roxos e uma tremedeira atacou a todos os falsos náufragos.

– Mexam-se! Mexam-se! – ordenava o coronel.

O grupo começou a movimentar-se para recuperar a temperatura corporal. Pareciam pintos molhados.

– Águia Velha! – clamou Bartolomeu.

O velho índio aproximou-se e pacientemente aguardou.

– Dê uma olhada no mato e veja se encontra sinais de que tribo indígena é este território.

Com o espírito mais sossegado, todos colocaram as roupas para secar. Zeca e Zacarias começaram a limpar um belo servo abatido na praia, enquanto bebia nas águas claras do Rio das Mortes. Fizeram uma fogueira, com aroeira e, quando sua brasa estava no ponto certo, o cervo foi para um espeto, apoiado em duas forquilhas, e era girado a todo o momento para que o cozimento fosse todo por igual. Com o tempo, a caça apresentou uma coloração dourada e, em consequência do que tinham passado, uma terrível fome grassava entre os paulistas.

Depois de muito tempo Águia Velha voltou e, sem dizer absolutamente nada, ficou em frente a Bartolomeu.

– E aí?

– As marcas que encontrei não são dos xavantes.

O coronel levantou-se:

– Dormiremos esta noite por aqui e amanhã bem cedo partiremos diretamente para o sul.

– Viva! – gritaram todos, já aliviados por estarem bem longe dos índios xavantes. Como estavam vestindo ceroulas, pois haviam colocado as roupas para secarem, formavam uma imagem tão ridícula que, de um momento para o outro, todos se apontavam mutuamente e riam até não poder mais.

Com a guarda dobrada e não dormindo nas tendas mas em cima de árvores em redes, os homens passaram a última noite nas praias do Rio das Mortes.

Bem cedo tudo estava pronto para a partida. Naquela noite muitos homens estavam excitados e seus pensamentos, mais rápidos que seus corpos, já tinham retornado à vila. Ao contrário de poucos dias atrás, o desejo de voltar os faria lutar contra o exército de Espanha, mas a força dos desejos não seria sufocada. Era um desejo inexorável que os impeliam ao velho lar.

A volta pela floresta era enfadonha e sacrificante. O receio de encontrarem inimigos deixava-os nervosos e exaltados. Aquele atalho improvisado parecia o atalho do inferno. Calor sufocante, serpentes venenosas e espinhos que chegavam a perfurar o couro de suas grossas vestimentas. A selva não dava trégua e a esperança de encontrarem uma campina era cada vez mais remota. A floresta parecia que não tinha fim. À tarde, depois de um cansativo dia, Zacarias, ao olhar Andrade, que cuidadosamente era levado em uma maca, gritou:

– Andrade morreu!

Correram para a maca improvisada e, ao tomarem o pulso do companheiro, constataram:

– Apenas desmaiou.

– Vamos acampar por aqui, disse o coronel – tragam água para Andrade e vamos reanimá-lo. – Quando o cansado guerreiro recuperou a consciência e abriu os olhos, todos os que estavam ao seu redor notaram que não só eles estavam amarelados, mas também todo seu corpo. O fígado tinha sido seriamente atacado pela malária.

Armaram uma barraca para os dois enfermos: Chico-Lero e Andrade. Fizeram uma fogueira, dobraram a guarda e, enquanto comiam biscoitos, que estavam duros como pedra, não trocaram palavras. O silêncio era absoluto. Nesse momento, ouviram uma voz que chamava da barraca hospitalar.

– Bartho e coronel, venham aqui!

Os dois entraram e, com auxílio da lamparina, notaram o estado degradante dos dois enfermos. Se Andrade parecia um cadáver, Chico-Lero, suando por todos os poros, tinha a perna totalmente enegrecida exalando um terrível mau cheiro. Os dois visitantes entreolharam-se. Andrade disse:

– É o que vocês estão sentindo! É o nosso fim. Não consigo comer nada que meu organismo não expulsa. Meu parceiro de infortúnio, pelo que me parece, entrou em coma. A verdade é uma só: não podemos continuar.

Bartolomeu o olhou irado:

– Todos por um!

Andrade, com muita dificuldade, levantou a cabeça:

– Não seja tolo! Tudo na vida tem um limite! – deixou a cabeça desmoronar no travesseiro. – Não vamos mais continuar.

O coronel balançou a cabeça e esbravejou:

– Só se for sobre o nosso cadáver!

Andrade tornou a olhar para Bartolomeu e disse muito tristemente:

– Afilhado, você pode me fazer um grande favor?

– Claro, o que o senhor quer?

– Então, por Deus, deixe-me morrer em paz! Eu lhe imploro.

Os dois sadios novamente se entreolharam e saíram da tenda que cheirava à morte.

– O que faremos?

– Vamos levá-los na marra! – exclamou o explosivo Bartolomeu.

Novamente Andrade, com voz muito fraca, chamou por ele. O afilhado na tenda e sentiu de novo o cheiro da morte.

– Padrinho...

– Meu último desejo: escreva uma carta para Angelina...

Bartolomeu sentou-se à tosca mesa e passou a escrever um testamento. Na carta, como Andrade era um homem, na acepção da palavra, poderia, porque nunca tinha sido sentimental, se manifestar desta maneira. Também não pediu desculpas, apenas se melhorasse um dia, talvez, retornaria ao seu querido lar. Terminou dizendo: "Por a senhora ser o que é, em todas as minhas idas e demoradas voltas, jamais duvidei de que não me estivesse esperando". Mas foi na hora que Bartolomeu lhe passou a carta, para assiná-la, que uma lágrima caiu sobre sua assinatura e a rasurou. Notando a inconveniência, retornou-a, novamente, para que a subscrevesse sem rasuras.

– Não, deixe assim. Essa lágrima é um pouco do meu sentimento, pois sou incapaz de transcrevê-lo em uma carta ou palavras. Angelina entenderá.

Aquela noite, com todos eles reunidos, não conseguiram chegar a um acordo. A maioria achava que não deveriam partir sem eles. Como estavam saudosos da Vila e ainda um pouco temerosos dos xavantes, a noite transformou-se em um dilema que não parecia ter solução conciliatória com um dos seus lemas: todos por um!

No dia seguinte, ao entrarem na tenda dos feridos, perceberam que ambos estavam mortos. Bartolomeu foi à procura do coronel e seu rosto estava pálido.

– Chico-Lero realmente faleceu – disse emocionado – todavia, Andrade foi asfixiado com um couro. Foi assassinado.

– Que maneira mais cruel de resolver uma situação! – o coronel parecia ter visto fantasmas. Andava de um canto para outro e não acreditava no ocorrido. De repente, sentou-se e, olhando para Bartolomeu disse, como se tivesse matado a charada: pacto de morte!

– Só pode ser – concordou o gigante. – Não posso acreditar em outro motivo.

– Para quem ele deu a espada para entregá-la a dona Angelina?

– Para mim, coronel, ele confiou esta triste tarefa para mim. E também a parte que lhe coube na partilha. Quando chegar, antes de rever minha família, será a primeira coisa que deverei fazer.

– É uma triste tarefa! – disse o coronel, bem pesaroso.

Dias terríveis se seguiram depois da triste despedida. A trilha, pela qual tiveram de optar para escaparem dos xavantes, foi chamada de Vereda do Inferno. A selva era tão inóspita que, depois de uns dias, os rostos dos paulistas ficaram mais claros e se tornaram pálidos como se, há muito tempo, tivessem voltado à velha vila. A comida, depois de uma semana, havia acabado. Um peso a menos para carregar. Passaram a depender de peixes e animais que eram, por prática, pegos sem maiores problemas. Mas era do açúcar e do sal que sentiam mais falta, sem falar da aguardente que amenizaria todos os males por que passavam.

Finalmente a floresta deu uma trégua e, depois de atravessarem o Rio Araguaia, entraram na província de Goiás. Como havia campos intermináveis, os expedicionários sentiam-se mais seguros e mais perto de casa. A tenebrosa e traiçoeira floresta tinha ficado para trás.

Dias mais tarde, como nos campos os mananciais são mais raros e, por estarem com as forças já combalidas, não levavam tonéis de água, serviço das saudosas mulas e, por esse motivo, ao verem em um capão de mato um pequeno corrimento do precioso líquido que caía de uma pedra, puseram-se de bruços para saciarem a sede, menos Águia Velha.

Águia Velha cheirou a água e fez um sinal negativo com a cabeça, mas sua fisionomia continuou imutável. Olhou para o local de onde provinha a água e subiu até a pedra, na qual havia um escavado, que acumulava o precioso líquido. Como todos o olhavam, fez um sinal para o coronel.

– Meu Deus!

– O que houve? – perguntaram todos ao mesmo tempo.

O coronel pôs a mão na cabeça e disse:

– Uma enorme cobra, com a cabeça comida pela onça, está podre e estendida no reservatório que contém a água que acabamos de tomar.

Deu um pulo, desceu e perguntou a Bartolomeu:

– Você também tomou?

– Infelizmente.

– Muito bem, todos vocês enfiem os dedos na garganta e vomitem. É uma ordem!

O estranho cerimonial continuou, mas nem todos conseguiram. A consequência, que poderia ter seu efeito mais demorado, antecipou-se psicologicamente e uma disenteria e vômito grassaram entre os expedicionários. A necessidade de vomitar não demorou a aparecer. Um por um, de um momento para outro, corria para um determinado canto. Tornaram-se esquálidos e suas forças extinguiam-se a olhos vistos. Como nunca o desconforto tinha atingido Bartolomeu, ele não acreditou que, em poucas horas, a diarreia e a falta de água fossem capazes de prostrar um touro como ele. O coronel apavorou-se e, como todos estavam sem forças para pegar a água que estava, aproximadamente, a uns três quilômetros de distância, sentiu que a expedição, que tinha passado por tantas provações, poderia ser reduzida a nada se alguma providência não fosse tomada. Mas, por incapacidade física, o destino estava selado. Não conseguiam andar até o matinho, quanto mais por terríveis e longos três quilômetros. Todos tinham a boca seca e mal conseguiam andar. Todos se deitaram, tendo ao lado sua arma, e esperaram pelo dia seguinte.

Zacarias levantou sua cabeça, como se procurasse por alguém, e disse:

– Onde está Águia Velha?

Todos o procuraram e também não viram o misterioso índio.

– Meu Jesus! Ele nos abandonou.

O paulista Alvarenga, explosivo como sempre, falou:

– É por isso que só devemos trazer paulistas, nem índios, nem mamelucos.

Ao ouvirem tais palavras, um grande mal-estar propagou-se entre os enfermos.

Nunca os expedicionários haviam ouvido queixas contra os índios e mamelucos, que sempre os acompanhavam.

– Estes miseráveis não conversam, não vivem, não sentem emoções e, no fundo, nos odeiam.

Zeca sentou na grama e disse:

– Uma generalização, segundo dizia minha mãe, que era branca, é a maior estupidez!

Outro paulista, com fortes cólicas, tornou a recriminar os índios:

– São como gatos, antes de morrer, eles abandonam os donos.

– Se os vejo de novo, juro por Deus, que lhes passo a espada – finalizou Alvarenga.

Apesar do terrível enfraquecimento físico, foram os pensamentos que abalaram a confiança que existia no grupo, afetando-os na parte moral. A noite foi testemunha de uma angustiante sensação de não se poder fazer nada para salvar aqueles homens tão fortes e valorosos. Perturbavam-se com os pensamentos de que uma simples diarreia, depois de tantos desafios, era o suficiente para derrubá-los. A valentia estava sendo terrivelmente contestada, pois a sobrevivência, depois disso, só poderia ser uma questão de sorte.

O pior aconteceu com os que não conseguiram vomitar, pois além da diarreia, expeliam pela boca um sangue negro e aterrador. Apesar da fraqueza e da inoperância, não faltaram palavras descabidas.

– Vamos nos reunir em grupos, pois os indígenas, para se apossarem de nosso ouro, poderão nos matar um a um.

– Alvarenga! Você está louco? – gritou Bartolomeu.

– Louco? Então basta um enfraquecimento grupal e eles desaparecem! Aonde foram? Onde estão os tonéis de pólvora?

Um "oh" generalizado esparramou-se entre os paulistas.

– Onde foram parar os tonéis de pólvora?

O coronel chegou a ter dúvidas em relação aos índios e, por isso, resolveu não dizer nada a respeito. Havia provas suficientes.

A situação, paulatinamente, foi se agravando e as forças dos homens exaurindo-se. Não tinham mais condições de ir ao matinho nem pudores para, à frente de todos, fazer suas necessidades. Se alguém se julgava forte ou herói, naquele momento despia-se de valentia.

O vômito continuava e alguns já deliravam. Suas armas já não faziam diferença, pois não tinham forças para usá-las.

Na calada da noite, dois índios entraram no acampamento e, se alguém os viu, pela fraqueza que os dominava, não, precaveram os demais, que estavam à mercê da morte.

A primeira cabeça a ser levantada foi a de Bartolomeu. Ele abriu os olhos e viu à sua frente dois homens, cor de cobre, colocarem em sua boca uma água fresca e reanimadora. Em seguida, Águia Velha entregou-lhe uma erva amarga, parecida com musgo, e disse baixinho:

– Coma ou chupe.

Pacientemente, os dois índios fizeram com todos eles o que haviam feito com Bartolomeu. Os gemidos e vômitos abrandaram e quase todos dormiram profundamente. No dia seguinte, o sol já estava alto, quando, novamente, os índios usando os tonéis de pólvora, depois de lavados, distribuíram novamente água e remédios para os enfermos.

Ao longo de três dias eles tiveram assistência de apenas dois companheiros. Não só os trataram como também caçaram para eles. No rosto dos expedicionários sobravam resquícios de rubor por terem duvidado dos índios. Mas, quando Alvarenga, com humildade, foi até Águia Velha pedir desculpas, este acendeu o cachimbo, esparramando um cheiro nauseabundo, ignorando a ladainha que ouvia. Águia Velha era um sábio, um sábio que odiava falar.

No fim do terceiro dia resolveram fazer uma reunião, na qual decidiriam se deveriam partir ou permanecer mais uns dias para a total recuperação dos homens. Como Águia Velha era o herói do momento, o coronel achou por bem convidá-lo para a reunião, fato nunca antes acontecido. O guarani olhou um por um, tragou várias vezes de seu cachimbo como se perguntasse: "Agora sou convidado para dar opinião? Antes ninguém me pedia, por que agora?". Havia algo de irônico em suas expressões inexpressivas.

Falaram, argumentaram e, quando passaram a palavra para o convidado, ele novamente acendeu seu horroroso cachimbo, que naquele dia cheirava a erva-cidreira e, para espanto de todos, simplesmente não respondia.

Quando o coronel foi dormir, olhou para Bartolomeu e disse sorrindo:

– Entrou mudo e saiu calado.

Nunca mais o convidaram, e era exatamente o que o velho e teimoso índio queria.

Passaram muitos dias e, com a saúde recobrada, o grupo seguiu confiante para seu destino: a vila.

Formaram uma fila indiana, com as bandeiras na frente. Como só andavam em colinas e planaltos verdejantes, eram vistos de muito longe. As cores festivas de seus estandartes enchiam de vida aquele imenso sertão. À noite faziam fogueiras e comiam caça; se houvesse rios, peixes. Ficavam papeando sob o imenso céu azul e perguntavam:

– Será que alguém já pisou por aqui?

O céu era tão límpido que as estrelas, de tão baixas, pareciam ser passíveis do alcance das mãos. O novo mundo ainda dormia, esperando seus filhos. Apenas os sonhos eram dificultados pela excitação generalizada do grupo, que não via a hora de voltar ao velho e saudoso lar. Os pensamentos teimavam em chegar antes que a realidade de seus corpos.

Na manhã seguinte, não muito longe dos expedicionários, o paulista Martins acordou. O céu ainda muito escuro. Sonolento, dirigiu-se ao fogão a lenha. Os gravetos previamente secos estavam prontos para ser acesos. Colocou umas palhas de milho sob eles e pôs fogo. Uma chaleira, com água fresca de mina, foi colocada sobre o fogão. A claridade azulada aos poucos foi dando lugar a uma chama viva que fazia estalar a madeira ressequida e começava a aquecer a água fria da panela. Enquanto esperava, abriu a janela da cozinha e observou que o amanhecer ainda demoraria um pouco mais. No velho coador de pano foi colocado café e na sua caneca de metal adicionado açúcar. Logo depois, a tampa da chaleira começou a tremer e o vapor, quase apitando, saía pelo bico. O paulista colocou o líquido fervendo no coador e, calmamente, aguardou o milagre da multiplicação do aroma do café forte e fresco que se esparramou, em poucos segundos, por todas as simples dependências da sua casa de madeira. Encheu a caneca até a boca e foi sentar-se na varanda que, com muito saber, estava direcionada a leste, lugar que já apresentava um azul mais claro, denunciando um novo e bonito dia.

Sentou-se em sua cadeira de balanço, esfregou as mãos para aquecê-las e tomou, muito lentamente, goles de café. A cada gole resmungava:

– Hum... Hum... que coisa boa!

Todavia, o melhor ainda estava por vir. Seu cigarro de palha, preparado na noite anterior, com muito critério, estava pronto para ser degustado. Enquanto tomava vagarosamente o café, pensava: "Tenho apenas dois prazeres neste fim de mundo. Primeiro é meu único cigarro diário, que por causa da dificuldade em arranjar fumo, sou obrigado a restringi-lo; mas, talvez, o racionamento seja o segredo de seu extraordinário sabor. A cada manhã, pois já contei diversas vezes e fiz a média, tenho direito a dar 35 boas tragadas e as conto, uma a uma, para saber quanto prazer ainda me resta. O segundo é bem mais raro, pois, apesar de não andar descalço, às vezes apenas para provocar seu surgimento, o bicho-de-pé ocasiona, quase sempre, um agradável ciclo de seis dias e seis noites. No início uma leve coceira ataca algum dedo. Já nos dias posteriores vai surgindo uma inflamação como fosse um grande olho de cor amarelada, com um ponto preto em seu centro. A coceira começa a se tornar insuportável e este é sinal de que o grande dia esta chegando. O sexto dia, o dia da cirurgia, é esperado com enorme ansiedade: primeiro, uma agulha esterilizada. Depois, gaze ou algodão e, seu final, o esperado ato cirúrgico, é o ápice do cerimonial. A inflamação tem de estar bem intumescida e amarelada. Nada pode ser feito com precipitação. Enfia-se agulha para retirar a secreção formada. Passa-se o algodão. Depois, ir atrás do pequeno berne de cor escura. Para o serviço ser de boa qualidade o carnegão deve ser retirado por inteiro, o que caracteriza um ato cirúrgico esmerado. Mas o grande final é banhar a lesão, ocasionada pela cirurgia, com iodo forte e imaculador. Todavia, pessoas mais sádicas preferem o genuíno álcool caseiro, tornando o fim muito mais emocionante e dolorido. Porém, no momento, como estou sem o bicho-de-pé, para amanhã só me resta o meu delicioso café e um cigarro de palha".

Pensando nessas bobagens, como sempre fazia enquanto fumava, olhava o azul, que ao surgimento paulatino da luz solar ia se transformando em azul-etéreo. O autor da vida pintava nuances de diversas cores na grande tela do leste. Quanto ao sul, oeste e norte ainda estavam sem cores e vida. Depois, calmamente enquanto amanhecia, o improvisado artista continuava suas mágicas pinceladas para todos os cantos do imenso país. Pintava a igrejinha, as árvores do capão do mato e, enfim, o planalto verde-claro que cercava o pequeno povoado. O que a noite escondeu, aos primeiros clarões, voltava a sugerir sob o pincel mágico daquele amanhecer.

Martins usufruiu o máximo possível do momento e, depois, com vagar, pegou uma vasilha, tipo latão, e foi ao curral. As cabeças de gado eram poucas, porém de uma estirpe e saúde de fazer inveja aos poucos e raros vizinhos.

Normalmente, enquanto tirava o leite, seus pensamentos voavam: "Tudo cansa! Tudo tem um limite e um fim. Faz seis anos que parti. Vim para cá, convivi com os índios, recebi alguns casais de brancos e os ajudei a conviver com o sertão. Alguns casais de mestiços também vieram para nossa grande cidade, que possui 32 habitantes e, comigo, 33. Mas, apesar de serem tão poucos, não posso reclamar... todavia, não foi para viver desta maneira que saí da vila, deixando para trás minha esposa e meu filho. Quanto às aventuras, nem mais me recordo há quanto tempo foi a última. Temos uma igreja, uma pequena escola com pequenos e grandes alunos e uma harmonia solidária de fazer inveja a qualquer povoado..."

– Senhor Martins! Senhor Martins!

O paulista, que havia levado um susto, olhou para ver de onde provinha a voz e perguntou:

– O que aconteceu?

Era seu vizinho Cesário, que parecia ter visto não só um fantasma, mas precisamente 27 fantasmas.

– Os homens com bandeiras estão se aproximando, a noroeste, pelo planalto.

O paulista, mal acreditando no que acabara de ouvir, largou o que estava fazendo pela metade e, como um corisco, subiu em um palanque ao lado da igreja e disse emocionado:

– São eles! Meu Deus! São eles, meus irmãos da vila.

Entrou na casa, abriu seu baú e cuidadosamente retirou uma bandeira que estava dobrada há muito tempo. Levou-a para fora e a colocou em um mastro. Ato contínuo, como sempre havia planejado, ergueu-a na torre de sua igreja.

Voltou novamente para o quarto e retirou do mesmo baú sua velha mas conservada bota. Pegou da parede sua espada e colocou no cinturão. À frente de sua casa, por ser novidade a presença de outras pessoas que não os habitantes do povoado, todos aguardavam a presença do paulista, em busca de informações:

– Seriam assaltantes? Por essa razão Martins se armou? Pertenciam ao exército imperial? Por que o desespero do paulista que se negava a dar-lhes as respostas?

Mas todas as perguntas a tais indagações ficaram sem respostas. O paulista parecia um alucinado e não enxergava outra coisa, a não ser os homens que passavam pelo mesmo planalto.

Cesário, morador e amigo, notando que não haveria diálogo, foi ver, com seus próprios olhos, da torre da igreja, com auxílio de um pequeno binóculo, o desfecho da inesperada visita. A cena era por demais interessante. A grama do planalto, de tom verde-claro, parecia um imenso campo de futebol, apenas um dos times apresentava diversos componentes, enquanto o outro, formado por apenas o desesperado Martins, corria para o centro do estádio ao encontro do time adversário. Eram mais de 25 expedicionários, tinham aspecto saudável e corpos truculentos. Tirando alguns da comitiva, todos se vestiam da mesma maneira, inclusive o seu tresloucado vizinho.

Por ser uma linda manhã de abril, a temperatura era muito agradável e, como o período da seca ainda estava por vir, tudo era verde e todas as cores, pareciam recém-pintadas. Com muita calma, acendendo o cigarro, Cesário acompanhava a vastidão do campo e os pontos animados que a cada minuto tomavam formas definidas e individuais.

Quando notaram a presença de Martins levaram, inicialmente, um grande susto, mas acostumando os olhos, confirmaram ser um dos seus. Pararam repentinamente, tomaram posição e se ouviu o som de um clarim. Como se fosse festa, as bandeiras e estandartes foram levantados e passaram a marchar em uma formação impecável, só que iam diretamente para o homem que vinha em sua direção. As espadas e arcabuzes, incididos pelo sol, brilhavam acompanhando o movimento dos expedicionários, que cantavam alegremente.

Ao encontro da tropa, ora com os braços abertos acenando, ora também marchando, ora correndo, parecia uma comédia teatral, pois por diversas vezes Martins tropeçava nas saliências formadas pelos cupins e ia solenemente ao chão. Não se importando com a cena dantesca, levantava-se e, novamente, saía correndo em direção à comitiva. Quando chegou, os homens pararam, e Martins, emocionado, perdeu-se entre eles. Abraçava e beijava-os apontando orgulhosamente para sua tremulante bandeira hasteada na torre da pequena igreja.

O povoado vestiu-se de festa para recebê-los. Mas o pobre Martins parecia não acreditar que novamente via seus patrícios. Apontava para o templo e para o povoado e dizia:

– Não é só este, mas muitos mais estão se esparramando por esse fim de mundo. Nossas sementes vão brotar e nossas queridas bandeiras vão proteger o Brasil.

A pequena vila não sabia o que fazer para agradá-los. Os paulistas sentiram, naquele dia, que eles recebiam realmente o que mereciam por tanto sacrifícios, que, muitas vezes, pareciam não ter justificativas aparentes. Os pais apontavam para eles, e os filhos se aproximavam e os tocavam como fossem heróis irreais. Só agora percebiam que tinham se tornado lenda.

Armaram barracas e aprontaram camas com lençóis cheirosos e macios. Providenciaram para que pudessem tomar demorados e prazerosos banhos quentes. As barbas foram cuidadosamente aparadas. As mulheres, em regime de mutirão, pegaram as roupas e as lavaram e torciam para que demorassem a secar, pois temiam suas partidas. Frutas dos pomares lhes eram oferecidas. Laranjas adocicadas, das quais há tanto tempo não se lembravam, desceram como mel por suas sequiosas gargantas. Mas seria à noite a grande festa. Um solitário acordeão tocou para os heróis, que, depois de tanto tempo, puderam tomar uma boa e reparadora aguardente.

Os expedicionários, com novo aspecto, pareciam outros homens. Barbas aparadas, roupas impecáveis e o que restava de suas botas, lustradas e limpas. Tinham colocado uma sequência de mesas com toalhas brancas, nas quais se acomodariam para as festividades. Havia entre os nativos muita alegria pela presença dos paulistas.

– Estão vendo nossa bandeira? – exclamou Martins, transbordando de alegria. – Ela é temida, segredou a Bartolomeu. Não é verdade, gente?

Todos o apoiaram.

– Há muito tempo os índios, que hoje, graças a Deus, não nos importunam mais, atacaram um grupo paulista que voltava para a vila, depois de muitas mortes por doenças e lutas. Como eram poucos e debilitados, não deixaram uma alma sequer continuar a viagem. O pequeno grupo foi dizimado.

Momentaneamente fizeram silêncio, pois Martins era grande contador de fatos.

– Mas acontece que o grupo, antes do trágico acontecimento, havia mantido, não muito longe daqui, contato com outros expedicionários, que lhe comunicaram que estavam voltando para a vila.

Bartolomeu, ao levantar-se da mesa para pegar um pedaço de queijo, do qual há muito tempo estivera privado, notou que o velho músico, que tocava o acordeão, de tão absorto na narrativa, havia parado de tocar. Todos os adultos, sentados ou em pé, também acompanhavam a história. Paralelamente, em silêncio, todas as crianças, em sua santa inocência, com os olhos arregalados, cercavam o paulista Zacarias, que, por sua vez, lhes contava, com fantasias, as peripécias dos expedicionários.

Martins, sentindo-se alvo das atenções, parou para tomar mais uma talagada de aguardente e continuou cercado por um silêncio animador:

– Coronel Albuquerque, também chamado de desbravador, quando retornou à vila, perguntou pelo pequeno grupo, mas não souberam informar sobre ele. Havia desaparecido pelo caminho de volta. Na outra expedição, ao passar por aqui, lugar do último encontro, resolveu verificar o trágico desaparecimento. Como existia, a poucos quilômetros do local, uma tribo indígena, recaiu sobre ela suspeita de ser responsável. A expedição era poderosa e fortemente armada, pois sua missão seria afastar invasores espanhóis e paraguaios, que haviam formado pousadas, além da Serra do Amolar, em território nacional. Albuquerque aproveitou a tempestade que caía naquela noite escura e rumou para a aldeia, contando com a displicência da guarda aborígine. Mal o sol apareceu, um velho índio saiu da oca e foi fazer sua primeira necessidade, quando na praça da taba, viu boquiaberto, homens com botas, grandes chapéus, colete de couro, barbas negras, em formações circulares. As expressões não eram nada amigáveis.

Miranda, morador local, perguntou a Martins:

– O que são formações circulares?

– Se os gregos tinham suas formações retangulares, quando combatiam, os paulistas têm as circulares. A circular simples posta homens em pé e, no centro do círculo, ficam os mamelucos e índios da expedição, cuja função é carregar os arcabuzes e levar munições. Somente os paulistas combatem. Também ficava no centro do aparato militar o mais alto dos expedicionários, que deve comandar os pontos a serem atacados. Normalmente ele orienta a artilharia como se olhasse as horas de um relógio.

– Como assim? – perguntou Cesário.

– Como os soldados eram divididos em setores, o distribuidor de alvos, chamado de "girafa", geralmente dava as ordens dessa maneira: "Bateria C, alvo a duas horas, apontar!".

Fez uma pausa e, como os expedicionários apoiavam o que descrevia, continuou:

– Jamais gritam em combate, para que possam ouvir as orientações da "girafa". Palavras enaltecidas e furiosas atrapalham a frieza com que devem dirigir a batalha. O combate é feito no mais absoluto silêncio.

Continuou Martins: – A dupla formação mantém homens em pé e de joelhos. A tripla, em pé, de joelhos e deitados. Todavia, por sua mobilidade, a primeira é não só a favorita, mas também a mais apta para modificar a formação, podendo tomar inúmeras formas.

Curiosa e esperando mais detalhes, a plateia continuou escutando:

– Naquela manhã havia dois grandes círculos. Ao saírem das ocas, os índios foram tomados de surpresa. Calmamente, sob olhares ainda complacentes, foram se armando com tacapes e flechas, formando um grande grupo hostil, ao lado das duas formações. Os paulistas apenas ignoraram os movimentos belicosos. Comandado por Albuquerque, o primeiro círculo se transformou em um retângulo e sem serem importunados, dada a surpresa reinante, os homens invadiram o interior da grande oca, sob a proteção do segundo círculo. Passaram, ante os olhares espantados das mulheres e crianças que ainda permaneciam em seu interior, a examinar cada objeto que lá estava. Um deles apontou para um pano encardido e rasgado em um canto do abrigo indígena. Naquele momento, abandonando a formação, o coronel foi até o achado. Ajoelhou e com delicadeza o pegou como se estivesse amparando um relicário: era a bandeira do grupo que fora covardemente exterminado pelos índios. Em uma atitude inesperada, Albuquerque ajoelhou-se novamente e, segurando o estandarte, chorou de forma copiosa. O semblante dos paulistas, vendo a cena dramática, encrespou e seus olhos faiscaram, mas nenhum deles proferiu uma palavra ou gesto sequer. Outro soldado saiu também da formação e pegou, encostadas na parede, duas espadas que, certamente, deveriam pertencer ao grupo paulista. Não havia mais dúvida, os assassinos eram aqueles aborígines. Albuquerque enxugou as lágrimas na bandeira e a dobrou delicadamente, exclamando: "Retirar!".

Os soldados saíram da oca e novamente formaram o círculo. Como um dos silvícolas da expedição entendia o dialeto dos índios, serviu de intérprete. O coronel saiu da formação e, com auxílio do índio, abriu o que sobrara da bandeira e as duas espadas foram, significativamente, enfiadas na terra. Disse: "Quem é o cacique?".

Os indígenas negaram-se a entregá-lo, mesmo que só com o olhar; seu chefe e ato contínuo os arqueiros prepararam as setas.

O coronel, com rapidez, acompanhado pelo índio da expedição, voltou à formação e gritou: "Atirem em todos os arqueiros, em leque!".

Como fosse um só tiro, diversos arqueiros foram sacudidos pelos disparos. Os que portavam bordunas, já em formação de ataque, ao verem o estrago dos relâmpagos da morte permaneceram estáticos. Os atingidos sentavam, levantavam, pegavam novamente as flechas, mas tornavam a cair, como se tivessem abusado do cauim. Seus corpos nus, fora a cor vermelha do urucum, apresentavam manchas rubras, que saíam dos ferimentos circulares produzidos pelas balas. O sangue se perdia na areia da taba. No silêncio angustiante que se seguiu, surgindo entre os seus guerreiros, um homem forte e já mais velho que os demais adiantou-se: era o cacique. Seus subalternos tentaram protegê-lo, mas, ao ouvirem as ordens do coronel, nada mais esboçaram fazer.

– Formem um triângulo! Peguem o assassino!

O triângulo formou-se, com precisão militar, e sua ponta, juntamente com toda a formação, partiu em direção ao responsável, ignorando uma aparente proteção de seus pares e também parecendo uma enorme pinça à procura do culpado. Foi uma ação formidável de se ver. Dois gigantescos paulistas dominaram o chefe indígena. Para espanto geral, nenhum deles tentou deter o aprisionamento. O coronel, portando uma corda, olhou para a praça da aldeia e se encaminhou a uma grande tora fincada em seu centro. Em dias de folguedos, servia, quando untada, de pau de sebo, desafiando quem a conseguisse galgá-la. Foi nela que os paulistas prenderam a corda que enforcou rapidamente o cacique. Todos os índios, homens, mulheres e crianças, foram obrigados a assistir à execução. Não se ouvia nenhum ruído, apenas o som lúgubre das pernas do executado que, em desespero, batiam uma contra a outra. Quando o silêncio foi total, Albuquerque pegou as duas espadas e as cravou no peito do homem morto. Era a regra: ou se devolvia a espada para a casa do paulista morto, ou ela deveria ficar cravada no peito do inimigo. As duas lâminas não precisariam regressar à casa dos paulistas que pereceram em combate. A lei foi cumprida e a lição assimilada pelos aborígines.

Ainda alvo de todas as atenções, Martins concluiu eufórico:

– Essa nossa bandeira é respeitada! Quem a tem, como eu, não precisa temer o inimigo!

Ao saírem, pela manhã, do oásis que os acolheu, o número dos expedicionários havia aumentado com um novo parceiro: Martins. Voltaria para casa, depois de seis anos, com a promessa de regressar para sua esposa e seu único filho. Quando sumiam pelo campo, Bartolomeu voltou os olhos ao campanário distante e conferiu, com muito orgulho, que a velha bandeira tremulava soberana sobre aquele fim de mundo.

Campos, floresta, floresta, campos. Se na ida o tempo passava sem se perceber, já na volta era bem diferente. O elã havia acabado e o que não se sentia anteriormente judiava de seus corpos cansados e fracos. Cada dia parecia uma eternidade. Era uma imensidão que não tinha fim. Atravessava-se um rio e, logo depois, surgia outro. Subia-se uma colina e percebiam que havia outras centenas de quilômetros a serem ainda percorridos.

Finalmente chegaram ao Rio Paraná, limite da província. Como era época de cheias, temporada das águas, o velho rio bufava e desafiava os que queriam atravessá-lo. Era um grande desafio a ser realizado. Novamente constataram que o mantimento havia terminado em definitivo, mesmo com ajuda do pequeno povoado. Quanto à munição, daquele momento para a frente, ter ou não ter não faria muita diferença, pois já era território paulista.

No dia seguinte, a missão seria construir uma balsa para atravessar o rio, todavia as ferramentas, na sua quase totalidade, haviam sido abandonadas com as mulas. Tudo seria feito toscamente. Procuraram, por horas a fio, madeiras que seriam amarradas, umas às outras, para formarem um barco improvisado. Quando foram experimentá-lo, para surpresa geral, o rio estava tão cheio que sua profundidade não permitia o uso dos varões que deveriam servir de remos. Por muito pouco a balsa, desgovernada, não desceu rio abaixo. Tiveram que improvisar remos e isso foi o mais difícil. Quatro longos dias se passaram quando conseguiram sair em direção ao lado paulista. Como a balsa estava muito pesada, e os remos não surtiam efeito ante a violência de suas águas, eles, desesperados, foram levados rio abaixo. Bateram em pedras, e as cordas improvisadas de couro se separaram. Mas, por milagre, todos puderam, com as roupas encharcadas, pisar no outro lado do rio.

Atravessaram por mais três dias uma perigosa floresta, quando novamente, à frente de todos, surgiu um lindo e verdejante campo, onde, por seu terreno favorável e sem empecilhos, a marcha se tornaria mais rápida. No quarto dia, como era de costume, em fila indiana, caminhavam pelo planalto, quando Zacarias deu um grito de alegria:

– Olhem! Olhem! Uma expedição – e apontava para o Sul. – Ela vem ao nosso encontro.

Os homens deixaram para trás o cansaço e o desânimo e se prepararam para o encontro. Como eles também os viram, suas lindas e tremulantes bandeiras foram içadas. Foi a coisa mais bonita do mundo. A aproximação foi acontecendo. Podiam-se ouvir o surdo e a caixinha de repique da pequena banda. Por sua vez, apenas o clarim dos que voltavam foi ouvido.

Um arrepio percorreu o corpo dos expedicionários. Arrumaram-se o melhor possível, estufaram o peito e levantaram as rotas bandeiras. De longe, na imensidão do campo, filas de homens, coloridas pelos estandartes, vindos de lugares diferentes, encontraram-se. As fileiras ficaram lado a lado e uma forte emoção os dominou.

Coronel Vieira adiantou-se e, à sua frente, o coronel Borba fez o mesmo movimento. Eles se conheciam há muito tempo. Apertaram as mãos e ficaram por um longo período abraçados. Os expedicionários apenas olhavam para os dois.

Borba, vendo a situação do coronel Vieira e de seus homens, teve seus olhos umedecidos pelas lágrimas. De repente, no silêncio respeitoso que se seguiu, ouviu-se, inexplicavelmente, um riso que se esparramou nas fileiras do coronel Vieira. Os homens olhavam para os recém-chegados e apontando para suas roupas impecáveis, armas brilhando, botas imaculadamente limpas e barbas bem aparadas, riam, sem parar, ante a discrepância dos dois grupos. Depois que entenderam o motivo da pilhéria, os paulistas de Borba, olhando as botas furadas, roupas esfarrapadas e o aspecto desolador dos que voltavam, caíram também na risada.

– Vocês serão como nós amanhã! Vão ficar como nós! – em uma complementação de manifestações, passaram a se abraçar e festejar o encontro.

Coronel Vieira, vendo a reação de Borba, confidenciou-lhe:

– Faz muito tempo que não os vejo felizes. Isso me faz bem!

Mas, imediatamente aos cumprimentos, um fato muito estranho aconteceu entre eles. Os que voltavam, ao contrário dos que partiam, evitavam ouvir notícias da vila, fossem elas quais fossem. Apenas uma minoria continuou dialogando e um deles foi o inexperiente Zacarias.

– Como está a vila? Estou morrendo de saudades!

– Há quantos anos você partiu?

– Vai fazer sete anos.

A fisionomia de seu interlocutor, não acreditando no que ouvira, ficou pesada.

– É quase uma vida!

– É, você tem razão, é muito tempo!

Para aliviar o que conversavam, continuou:

– A vila é hoje uma cidade. Muitas pessoas, principalmente estrangeiros, vieram morar conosco. Apareceram muitas indústrias e plantações de cana-de-açúcar.

– Você conhece a família Meira? – cortou Zacarias, querendo ir direto ao assunto que lhe interessava.

– Sim, moram perto de minha casa.

– E Suzana Meira, você conhece?

– Você se refere a uma loira?

– Sim, ela é loira.

– Mas seu nome é Suzana Almeida. Ela se casou há três anos com um português.

O rosto de Zacarias ficou vermelho como um pimentão.

Notando o fora que tinha dito:

– Oh, desculpe-me, companheiro! Não percebi o alcance de minhas palavras.

Zacarias foi ao encontro dos seus e lá ficou. Uma pedra gigantesca parecia ter caído sobre sua cabeça. Por essa razão não queriam falar com os recém-chegados, pois não desejavam saber por terceiros fatos que poderiam ser postergados, em suas verdades, até regressarem. Era o medo terrível de escutar o que a realidade poderia fazê-los ouvir. Era o temor do tempo que tinha o dom de modificar, o tempo que deixaram para trás e que para eles estava ainda imutável.

À noite, receosos, foram aos poucos se aproximando e, com um gole de aguardente, a alegria se esparramou, mas eram só os que voltavam que falavam de suas experiências e de seus feitos, como temendo que eles falassem do presente que para eles era passado. Notícias que dali a poucos dias saberiam e por isso se recusavam a escutá-las ou sobre elas indagar.

Os olhos dos que voltavam acompanhavam o pobre Zacarias. Depois de ficar muito tempo sentado e sozinho, evitando tomar aguardente e se aproximar de quem quer que fosse, foi até o coronel Borba. Os dois saíram para conversar e demoraram para regressar. Esses movimentos eram acompanhados por todos os companheiros que temiam dele uma ação extrema.

– O que está acontecendo com Zacarias?

Ele voltou a se isolar e, abruptamente, como se tomasse uma enérgica decisão, foi procurar Vieira. Ficaram por bom tempo conversando.

Zacarias e Zeca, o mameluco que cuidava dos mantimentos e mulas, entraram nas tendas dos recém-chegados e lá ficaram por um bom período.

– O que está acontecendo com o Zacarias, e com o Zeca?

De repente, os dois, trajando uma indumentária nova, foram ao encontro dos companheiros e, para cada um deles, falavam algumas palavras e os abraçavam demoradamente: certamente os destinos deles seriam bem diferentes, pois não tinham mais passado, a vila já não representava mais nada para eles. Não havia expressões em seus rostos e também não precisavam dizer o porquê da despedida.

Todos entenderam que, depois de tantos e tantos anos, agora, tão perto de casa, eles partiriam para uma nova expedição e só Deus saberia quando eles novamente voltariam. Aquele fato, depois de tantos anos juntos, servira para estragar uma noite que só prometia uma convivência agradável. Um medo atroz abateu-se sobre os demais, pois o temor da verdade que não queriam ouvir poderia, sem que desejassem, vir à tona antes da hora.

Bem cedo todos estavam prontos para partir. Borba gentilmente separou os mantimentos essenciais para a volta deles, mas o coronel Vieira negou-se a aceitá-los, pois se o paradeiro deles estava próximo, quanto ao dos recém-chegados ainda era uma incógnita.

– Nós sabemos o que vamos encontrar, vocês, irmãos, só Deus sabe! – abraçaram-se longamente ao se despedirem. Ficaram novamente em filas duplas; de um lado, os que partiam com tudo e do outro, os que voltavam sem nada.

As bandeiras foram levantadas. O surdo começou a marcar a marcha, e o mais jovem deles, soprano, começou a cantar a música que sempre os acompanhava. Do outro lado, sem surdo, com apenas o clarim, todos cantavam.

O imenso campo, naquela bonita manhã, foi invadido pela melodia e sua ressonância os acompanhou até se perderem de vista. Vistas de longe, as fileiras coloridas pelas bandeiras foram se afastando até não mais serem ouvidas. Depois, sumiram pelo imenso planalto. Para a maioria deles esses momentos e canções valiam mais que o inferno, pois era o próprio inferno que os esperava.

No restante do caminho da volta ainda passaram por duas vilas também fundadas por eles. Grandes emoções sentiram ao verem novamente suas bandeiras tremulando ao vento, demarcando locais que por eles foram plantados. Pelo menos essas visões serviam de consolo por tantas e tantas privações, que, na verdade, na maioria das vezes não eram remuneradas. Apenas pagavam com a vida o que nada recebiam. Mesmo cansados e maltrapilhos, quando por elas passavam, estufavam o peito, suspendiam os baluartes e cantavam suas canções. Os poucos habitantes saíam ao encontro e os aclamavam como heróis. Nesse dia tinham comida, bebida e apreço.

Com o tempo, Martins e Bartolomeu tornaram-se bons amigos. Quanto mais se aproximavam de seus lares, mais a excitação os fazia perder o sono. Quando, inesperadamente, chegaram ao rio, o rio que era só deles e banhava suas vilas e os levava para o distante sertão, todos se emocionaram e especialmente Martins.

– Olhem! Olhem a Vila Norte, é aqui que eu moro. – Martins, muito pálido e emocionado, segurou o braço de Bartolomeu e rogou-lhe:

– Por favor, venha comigo.

Os dois se foram, enquanto o restante dos homens se banhava e lavava as roupas, pois a próxima vila era a Vila de São Paulo, mãe de todas as outras.

A vila de Martins ficava à beira-rio: alguns sobrados, uma solitária igreja e um porto. Diferentemente dos lugares anteriores, ninguém abriu as janelas para saudá-los, ou melhor, os habitantes pareciam que se escondiam dos inesperados visitantes. Com esse mau presságio, um suor frio escorria do rosto de Martins.

Continuaram subindo a ladeira. Bartolomeu viu uma igreja e disse:

– Vou até lá. Espere por mim.

Um padre sentado no primeiro banco, perto do altar-mor, lia o breviário. As imagens e os quadros eram simples e robustos. A delicadeza e a sutileza não eram características dos paulistas, pois tudo ali tinha um aspecto muito severo. O padre parou de ler suas orações, quando o som de passos de uma bota militar soou e ressoou pelo acústico templo. O som era pesado e autoritário. Ele teve vontade de olhar para trás, mas não achou nem conveniente, muito menos de bom alvitre. O som coordenado e metálico foi chegando até a sua frente e, como estava com seu olhar abaixado, viu apenas umas botas bem marcadas pelo uso, que lhe tampavam a visão do sacrário. O padre não gostava delas nem de quem as usava. Levantou calmamente os olhos e viu, à sua frente, um grande homem de aspecto nada amistoso. Talvez Bartolomeu também não gostasse dos clérigos. O sacerdote o olhou demoradamente:

– Veio orar e pedir perdão a Deus Nosso Senhor?

Quando o forte paulista falou, sua voz troou pelo acústico templo:

– Nem uma coisa nem outra – deu um espaço de tempo e, diante do olhar do pequeno padre, o homenzarrão continuou:

– Luso, por favor, que dia é hoje? – havia deboche em suas palavras.

O padre teve ímpeto de mandá-lo perguntar aos habitantes do povoado, que eram seus admiradores, mas, temendo ser jogado em cima do altar, preferiu não questioná-lo. Pegou, ao lado de seu banco, um panfleto quinzenal da igreja local, com data atualizada, e o entregou sem dizer palavra.

– Obrigado – balbuciou.

Saiu de sua frente, batendo com mais força a bota no chão de pedras da igreja e, enquanto saía, por pirraça, fazia a ponta de sua espada ir ao encontro dos bancos sequentes, ocasionando um provocante ruído.

Só depois de muito tempo o padre português, lisboeta, chamado Augusto dos Anjos, conseguiu voltar ao seu breviário. Para ele, os paulistas eram a antítese do que pregava, mas não era assim que os padres jesuítas pensavam a respeito.

Quando voltou da igreja, foi até a escadaria onde Martins estava lhe esperando. Mostrou o papel que o padre lhe dera e disse, quase não acreditando:

– Daqui a duas semanas vai fazer sete anos que deixei minha casa.

– E eu, seis anos! – exclamou Martins.

Ambos se levantaram e um morador apontou para uma rua:

– É por ali!

Enquanto ia andando, falou para Bartolomeu:

– Sabe que a hora que entrou na igreja, eu torci para que você demorasse uma eternidade – parou encarando o seu acompanhante e disse com muita tristeza: – Tenho receio de que meu coração não vá aguentar.

Bartolomeu segurou-o pelo braço, convidando a continuar, e disse:

– Há momentos piores em nossas vidas de soldados...

Martins parou, apontou um sobrado:

– É ali!

– Vou ficar esperando por você. Agora o caminho a ser seguido é de sua inteira e única responsabilidade. Desejo-lhe toda a sorte desse mundo!

Como titubeasse a fazer o que deveria ser feito, para ganhar um pouco de tempo, disse:

– Mas onde estão todos? Nenhum dos meus vizinhos me saudou e todos parecem nos ignorar. Será que nós fizemos alguma coisa errada?

Contou passo por passo e, temendo se anunciar pelo barulho, foi cautelosamente à porta da casa número 147. Era um sobrado bem conservado, e no pequeno jardim à sua frente havia lindas rosas vermelhas que pareciam lhe dar boas-vindas. Timidamente bateu palmas. Temeu que a porta nunca mais se abrisse para ele, mas ela se escancarou e uma mulher, com lindas tranças castanhas, tez clara e usando um avental, saiu pelo pequeno jardim.

– Jesus! Meu Jesus! – exclamou.

Ela abriu os braços e correu em sua direção.

Martins ficou hipnotizado. Ela o abraçou com força e ficou longo tempo agarrada em seu pescoço. Passaram por longos segundos misturando as lágrimas. Aquele abraço valia muito mais que uma sentença, eximindo-o de culpa pela longa ausência. Soluçavam tão baixinho, tão sentido, que seus corpos pareciam tremer em perfeita coordenação.

Bartolomeu, que a tudo assistia, antecipando o que lhe poderia acontecer, falou entre os seus dentes:

– Meu santo Deus, como é difícil voltar para casa!

Martins pensava, com seus botões, que seu pecado não deveria ter sido tão grave assim. Foi nesse momento que uma linda menina, trazendo uma boneca nos braços, saiu do sobrado e olhando para os dois, disse:

– Quem é Mama?

O paulista, vendo que a criança tinha menos de 6 anos, sentiu seu mundo ruir. Ele se afastou da esposa e ela, em prantos, disse baixinho:

– Eu sinto muito! Realmente eu sinto muito!

– Claro, minha querida, eu já sabia – mentiu Martins. – Só vim aqui para saber se vocês estão bem, apenas isso.

Limpou com as mãos as copiosas lágrimas da mulher e tentando sorrir perguntou:

– Onde está meu filho?

Ela passou o impecável avental nos olhos e, apontando para o rio, disse:

– Ele está pescando com meu atual marido. Vá vê-lo, está um lindo garoto!

Martins deu-lhe um beijo no rosto:

– Até mais!

Quando dobrou a rua, encontrou o amigo Bartolomeu que havia acompanhado o triste encontro. O paulista pensou em dizer algumas palavras para consolá-lo, mas achou mais conveniente o silêncio. Havia muito constrangimento em tudo aquilo.

Foi nesse momento que as janelas se abriram e diversas pessoas começaram a saudá-los. Martins então entendeu que o silêncio anterior era o medo de que ele perguntasse alguma coisa sobre a esposa e fossem compulsoriamente arautos de más notícias. Apesar da recepção hospitaleira, os dois paulistas desceram um tanto indiferentes, sem trocar palavras, até o rio.

Perto do porto, em cima de um tablado, embaixo de uma árvore frondosa, um pequeno garoto, aparentando 5 anos, tinha ao lado um homem adulto que, com paciência, ensinava-lhe a arte da pesca. Havia muita intimidade entre os dois.

– Esse é meu filho! – disse orgulhoso. – Vamos chegar mais perto.

– E aí, meu jovem, pegou muitos peixes?

O menino virou para atrás e ficou inexplicavelmente olhando, por um longo tempo, para seu inquiridor. Era um encontro, um olhar que dizia, em silêncio, tudo o que um pai gostaria de ouvir. O silêncio, naquele momento, era um mestre em dizer lindas palavras.

Martins teve ânsias de sair correndo e abraçá-lo, pois o amor entre os dois nunca sofreria a desilusão que acabara de ter, pois um filho é propriedade eterna de seu pai.

– Já peguei duas piabas e meu pai, três – disse o garoto com um magnífico sorriso. O menino era sua cara.

Martins, aproveitando que o homem que fora chamado de pai olhou também para eles e, vendo nele um aspecto bondoso e paternal, recusou-se, em um ato de extrema nobreza, a dizer qualquer coisa a seu respeito. Logo depois partiria novamente e sua curta presença serviria apenas para prejudicar a bela família que ele abandonara.

Pegaram o atalho de volta. Nenhuma palavra novamente foi ouvida. Apenas Martins sentiu o braço forte de Bartolomeu, como se o amparasse, em suas costas. Os dois, cada um à sua maneira, sofriam com o triste retorno.

Quando passaram por um capão de mato, Martins que há muito se calara, pediu:

– Gostaria de ficar sozinho. Você me desculpa?

– Tudo bem! Eu levo suas coisas.

Ele se sentou sobre uma tora e ficou cabisbaixo. Mas Bartolomeu não foi embora. Ficou como um bom amigo, escondido na vegetação, olhando quais seriam suas atitudes, pois ele estava armado e o momento era realmente muito perigoso.

Vendo-se sozinho, Martins olhou para o céu, abriu os braços e deu um grito alucinante. Grito animalesco, grito de dores indescritíveis que dilaceravam seu coração e pareciam não ter fim. O estranho som, extravasando o que lhe ia ao peito, propagou-se para muito longe do capão de mato.

Bartolomeu sentiu um arrepio no corpo e compadeceu-se do infortúnio do companheiro, que por incrível que parecesse poderia ser também o seu infortúnio no dia seguinte.

Quando o derradeiro acampamento estava pronto, Bartolomeu e Martins voltaram ao pequeno grupo. Ao notarem que traziam suas coisas, um respeitoso silêncio esparramou-se entre os paulistas. Nenhuma pergunta foi formulada e uma dúvida atroz se apossou de todos: "Se meu lar já não for meu, para onde irei?"

Foi a terrível noite dos insones, a vigília mais longa de suas vidas. Os minutos viraram horas e as horas, meses. O sol nunca demorou tanto para surgir e seus corpos estavam doloridos de tanto rolarem em seus toscos catres. Esperavam-se, com os sonhos, esquecer o amanhã, mas os sonhos não vieram ajudá-los.

Logo cedo, em fila indiana, como era de costume, puseram-se a caminho. A temperatura, a topografia e o velho e querido rio, que a todo o momento cruzava com eles, tornavam a paisagem tão familiar, como o quintal de suas casas. Antes do meio-dia, o capitão Vieira, ao chegar ao topo de uma colina, exclamou:

– Olhem!

Todos se apressaram e viram, à beira do rio, uma cidade que já não era a vila que haviam deixado tempos atrás. Estava altaneira e graciosa e seus sobrados já se esparramavam para fora de suas colinas.

O coronel emocionou-se:

– Olhem a nossa vila! Olhem o pequeno grande ventre deste país! Bendito o fruto de vosso ventre, Brasil!

Todos pararam, sentaram-se e ficaram, por muitos minutos, olhando a mãe sagrada do Brasil. Muitos tiveram os olhos lacrimejados.

Quando entraram na cidade, sem canções e com temores, esta os acolheu, diferentemente de quando partiram, com poucas pessoas a lhe fazerem festa. Um conterrâneo ofereceu-se para ajudar Bartolomeu com suas bagagens, mas ele agradeceu e disse:

– Tenho, ainda, uma missão a cumprir.

Apesar de ser impelido a seguir o que o companheirismo de grupo exigia, seus passos eram relutantes. Chegou, finalmente, à casa do seu padrinho Andrade. Para que tivesse mais tempo até ao seu triste dever, parou e examinou demoradamente o sobrado. Suas janelas estavam necessitando de pintura, bem como toda a casa e seu telhado, coberto de musgos, exigiam reparos. Ele pensou: "Trabalho de homem há muito tempo ausente".

No que dependia da senhora Angelina, como suas roseiras, por exemplo, estavam viçosas e bem cuidadas. Por motivos que trazia consigo, o sobrado parecia sombrio e triste. Tomou fôlego, passou pelo pequeno jardim e parou ante a porta que estava semiaberta. Antes que batesse palmas, como se já o esperasse, uma voz de mulher disse como num desabafo:

– Entre! Estava à sua espera.

O gigante Bartolomeu, com delicadeza, em geral não muito constante em seu modo de agir, entrou carregando em suas trêmulas mãos uma espada e um pequeno saco de couro com os parcos rendimentos da expedição. Quando abriu a porta, uma luz exterior, contrariando as más novas de que era portador, clareou a sala escura.

A mulher demorou em levantar os olhos e o fez demoradamente. Com voz pausada e simulando calma, saudou o maldito visitante.

– Bartolomeu, arauto da morte! Tenho muita pena de sua incumbência – ela não se dignou a levantar-se da velha cadeira de balanço.

Seu rosto estava pálido e com olheiras, e a tez de suas mãos, apoiadas na cadeira, era esquálida e ossuda.

O paulista teve vontade de perguntar como ela soubera que ele viria, mas achou o silêncio mais conveniente.

Com amargura, levantou os olhos fundos e negros em sua direção:

– Como sei que gosta, em cima da mesa, na garrafa de cristal, há licor de jabuticaba. Sirva-se à vontade. Mas sente-se, por favor.

Não aceitou nenhum dos dois e, sem mais delongas, encaminhou-se até ela e seus passos, apesar de cautelosos, faziam no assoalho um som bem militar e cerimonioso. Entregou-lhe a espada que ela recebeu com as mãos tão geladas como a lâmina. Bartolomeu retirou de sua jaqueta de couro uma carta cuidadosamente dobrada e, com muita mesura, colocou-a sobre seu colo.

Dona Angelina, mulher pequena, quase desapareceu ante o gigante que cumpria o triste ritual. Ela colocou a espada presa à parede, onde muito tempo tinha permanecido. Tentou dizer algumas palavras para dar vida ao seu mausoléu, mas também achou que seria desperdício. Empunhando a carta, foi para seu solitário quarto, mas antes, como desculpa, disse com a voz trêmula:

– Não esqueça do licor, fiz para você. Peço desculpas, Bartolomeu, mas preciso ficar um pouco a sós, talvez encontre alguma coisa passada de Andrade, que me permita ter um pouco de saudades. – Antes de fechar a porta, encarou-o bem nos olhos e finalizou: – Não lacrimeje, meu bom homem, não precisa ficar triste. Mulher de paulista sempre soube viver na solidão, é clausula contratual do nosso matrimônio.

A porta grossa e pesada de seu quarto se fechou como fosse a de uma lápide.

O gigante, que nesses momentos era tão pequeno como um anão, para não ser indelicado, entornou um pouco de licor no copo para fingir que havia tomado um gole. Saiu constrangido e apressado para a luz e para o mundo dos vivos, deixando a porta do sobrado, como quando entrara, semiaberta, mesmo que o velho companheiro Andrade, com seus passos militares, não voltasse jamais a cruzá-la.

Havia no semblante de Bartolomeu uma angústia que naquele referia-se a outras pessoas, mas não demoraria para que sua realidade fosse posta à prova. Tinha ainda à sua frente uma espinhosa missão: verificar pessoalmente se o seu passado era, apesar do tempo, ainda seu futuro. Como São Cristóvão, o bandeirante levava em suas costas o peso de seu universo. Cabisbaixo, com passos lentos, continuou descendo a ladeira e, se ao contrário, fosse subida, certamente não teria forças para continuar. Ainda pesaroso com a triste visita, Bartolomeu voltou ao porto para pegar seus pertences. Não aceitou, como da primeira vez, auxílio, pois temia compartilhar seus temores e o que poderia lhe acontecer. Eram momentos que preferia passá-los apenas com ele mesmo.

Começou a subir a ladeira rumo à sua casa. "Seria ainda minha casa?" Cada passo, dado de forma lenta, fazia seus pensamentos fluírem. "Sete anos por este Brasil afora! Sete longos anos longe das duas pessoas que mais amo." Parecia, no final, que o tempo que havia passado fora era como a pena que teria de pagar na prisão por sua liberdade excessiva. Era a subida do calvário e seus temores eram suas cruzes e seus carrascos. Por sua vez, para completar o quadro não muito favorável, a vila estava silenciosa, silenciosa em demasia. "Estão se escondendo de mim! Meu Deus, eles temem ser arautos de más notícias."

Finalmente, com o coração aos pulos, chegou ao sobrado. Diferentemente da casa de dona Angelina, estava tudo em ordem. A pintura, as janelas, os telhados e os jardins estavam muito bem conservados. Não parecia uma casa de marido ausente. Esta situação o incomodou.

Passou pelo pequeno jardim e, mesmo vacilante, sem barulho que denunciasse sua presença, tentou abrir a porta. Para sua satisfação, como nos velhos tempos, estava sem trancar. Ao escancará-la, um ranger infernal anunciou sua volta. Com timidez e receio colocou sua bagagem bem perto à porta, caso necessário estaria apenas a poucos passos da saída para a rua. Prestou atenção para ouvir barulho que denunciasse a presença da mulher, mas, para sua felicidade, parecia não ter ninguém. Respirou aliviado, pois teria um pouco mais de tempo para saber sua sentença: culpado ou inocente?

Como o assoalho rangia escandalosamente quando o pisava, resolveu sentar-se na velha cadeira de balanço, a mesma que há muitos anos permanecia lá, enquanto Sara lhe preparava as refeições. Ali ficou por muito tempo. Se como soldado era intrépido, destemido e valente, agora, não tinha coragem de se levantar e ir ao seu próprio quarto. Se houvesse outro homem, ele poderia perceber, mas perceber, descobrir eram as últimas coisas que pretendia saber, tal o receio do porvir. O grande Bartolomeu, o mais valente dos expedicionários, era uma reles tartaruga escondida em sua carapaça.

Viu o retrato de um menino. Deveria ter uns 3 anos. Como não conhecia seu filho não quis examiná-lo de muito perto. "E se não fosse parecido com eles? E se fosse apenas filho de Sara?"

Na sala muito pouca coisa havia mudado. As flores eram as mesmas do jardim, mas as cortinas das janelas tinham cores diferentes.

Teve a sensação de estar sentado em um júri familiar, cujos jurados estavam em cômodos próximos, analisando a sentença a ser-lhe aplicada. Sentiu naqueles momentos sua maior solidão e nada, absolutamente nada, poderia ser dito em sua própria defesa, pois era um réu confesso.

Ao pegar o relógio para ver as horas, notou que não tinha controle sobre as mãos: tremiam como varas verdes. Em um ato de contrição, pensou: "Nunca mais vou a outra expedição. Deixei o carinho de Sara, perdi a infância do meu filho, e para quê? Nem bem havia terminado minha lua de mel e já tinha partido. Tantas noites de amor foram jogadas fora e trocadas por acampamentos infestados de mosquitos, serpentes e inimigos". E em um arroubo de pensamentos: "Vou desviar o curso deste maldito rio para que deságue no mar próximo e pare de nos convidar para estas loucas aventuras. Somos hipnotizados pelo seu estranho curso. E para quê? Nós tomamos tantas terras, tantas terras que o que conquistamos é impossível de se demarcar. Tentamos ensinar conhecimentos cristãos aos índios, mas será que foi para seu bem ou a cruz que lhes oferecemos foi apenas um símbolo da morte em suas pobres covas rasas? Tiramos tudo dos indígenas, inclusive suas crenças, suas tradições, ensinando-lhes o que, talvez, jamais poderiam assimilar: uma impossível nova civilização. Material e espiritualmente, das duas maneiras, conseguimos dizimá-los".

Como sua cabeça fosse uma máquina de produzir pensamentos, continuou: "E se Sara, a qualquer momento, adentrar a esta sala sorridente e feliz, tendo ao lado um novo e sedentário amor? A quem pediria abrigo? Ao pobre Martins? Mas família é família, amigos são apenas amigos e não substituem um lar. Vou mudar de vida, eu prometo! Vou comprar uma gleba e me estabelecer".

Estava divagando sobre isso quando ouviu barulho no jardim. Seu coração disparou. Temendo que ela não entendesse o calor afetivo que queria dar-lhe, se escondeu em uma prudente cautela. Enquanto os sinais denunciavam presenças, Bartolomeu lembrou-se de que, por muito tempo, havia pensado nesse mesmo momento, mas que por ironia, em vez de correr e abraçá-la, esperava pacientemente para ter certeza de que tanta felicidade seria novamente aceita.

A porta se abriu. Era ela. Estava mais linda do que nunca e suas covinhas surgiram acompanhadas de sorriso encantador. Sara levava um prato com biscoitos e sua surpresa foi tanta que este caiu ao chão, espatifando-se contra o assoalho de madeira de lei. Aos poucos, seu sorriso foi dando lugar a um pranto baixo e sentido. Não abraçou o homem que, estático, branco como cera, olhava-a tentando decifrar se o choro ou o sorriso tinham o mesmo significado, ou se eram bons ou maus presságios.

A pequena e graciosa Sara ajoelhou-se no tapete da sala e o mirou com seus olhos enevoados por lágrimas em profusão. Os dois ficaram se olhando por um longo tempo, ele temendo tocá-la e ela temendo que fosse apenas um sonho.

Finalmente, ainda chorando, falou com muita paixão:

– Quantas malditas noites esperei esta porta abrir para acalentá-lo nos meus braços solitários. Quantas lindas noites enluaradas eu perdi por você não estar nos meus ansiosos braços. Toda porta que se abria, era você que eu esperava entrar. Quantas noites, com nosso filho adoentado, precisei do seu apoio distante. Por onde você estava, minha vida? Talvez existam outros bens desconhecidos que se tornaram prioridades para você. Se eu os conhecesse, se você me dissesse, talvez pudesse entender o motivo da sua preferência, e aí seria mais fácil para eu compreender o motivo de minha solitária vida.

Deu uma pausa, enxugou as lágrimas, e sorrindo e chorando ao mesmo tempo, continuou:

– Que maldito estigma rouba os homens de nossa vila e de nossas vidas, os levando para tão longe? Nosso filho e eu não somos suficientes para você? Não nos deixe mais sós. Diga-me o que lhe falta, juro que tentarei supri-lo. Você não sabe, mas a cada expedição que retornava, meus olhos disparavam à sua procura. O cais tornou-se meu campanário.

Ela se levantou e Bartolomeu continuava estático na cadeira de balanço. Sua sentença, desta vez, foi apenas de lamentos, lamentos femininos. Olhou-o profundamente e concluiu:

– Mesmo sozinha nunca fechei a porta do sobrado para facilitar o seu retorno.

Sara levantou-se e foi em sua direção. Bartolomeu, petrificado, permanecia sentado na velha cadeira. Ela abraçou sua cabeça e com carinho o acariciou.

O soldado que há poucos minutos pensara que tinha perdido todos os liames materiais e sentimentais com sua família, demorou a perceber que, aos poucos, miraculosamente, todos os seus bens estavam sendo restituídos: o amor de Sara, seu filho, e o velho e querido lar. Então, depois de passar por esta terrível provação, começou, no início muito baixo, depois, cada vez mais alto, a soluçar, passando progressivamente para um choro compulsivo e sentido que ecoava bem fundo no coração de sua esposa. Quebrando todas as barreiras de sua emotividade, como se o lamento fosse purificador, Bartolomeu passou a chorar como uma criança, com toda pureza em sua alma. Chorava desvairadamente sem que Sara pudesse realmente entender todas as razões que o levavam a esta desvairada expiação, porém, uma ela presumia, e sabiamente, chorando também baixinho ao seu lado: deixou que ele pagasse, com suas lágrimas, tão prolongada ausência, pois era uma sentença muito branda e generosa a que ela lhe havia aplicado.

Quando finalmente a paz retornou, perguntou docemente:

– Onde está nosso filho? Preciso conhecê-lo.

– Você não sabe, mas hoje é mais um centenário da nossa vila. Todos foram comemorar no pátio do colégio e nosso filho está com os outros alunos desfilando pelas vielas. – Só agora Bartolomeu entendeu por que a cidade estava tão silenciosa e vazia. Ele sorriu e a acariciou diferentemente. Tomou-a em seus fortes braços, quebrou os selos que antes o impediam de entrar e, escancarando, com muita violência, a porta do seu quarto, a levou para o leito. No ato, como o paulista sabia que sua bela esposa ria para tudo e para todos, naquele sagrado momento sentia com muita firmeza que ela sorria verdadeiramente.

Calmamente, de mãos dadas, saíram à procura do filho. A cidade estava cada vez maior e muitas fisionomias novas eram desconhecidas, mas a recepção aos seus heróis não era diferente.

– Bartolomeu! Você voltou?

E novamente as janelas se abriram e todos o saudavam. As crianças o cercavam e o tocavam. Era um herói.

Sara, para variar, sorria. Sorria para tudo e para todos. Seu sorriso tímido era de uma simpatia extraordinária. Dessa vez ela sentiu, com algumas reservas, orgulho de seu marido.

Andaram por muito tempo e propositadamente sem rumo, apenas Bartolomeu a toda hora perguntava pelo filho, mas também pudera, fazia sete anos que não o via. Ao avistarem o grupo de alunos, do qual seu filho fazia parte, o expedicionário parou e Sara sentiu que a sua grande mão tremia. Quando as crianças se aproximaram, seu coração bateu descompassado e, por ironia, era talvez o único pai, que na aglomeração dos jovens, não saberia dizer com firmeza qual deles seria seu filho. Foi então que, muito calmamente, um garoto, aparentemente mais forte e alto que os colegas, se aproximou. Tinha também cabelos ruivos, mas seus olhos, puxando Sara, eram castanhos. Parou diante deles, olhou para Bartolomeu e, mesmo vendo que estavam de mãos dadas, não necessitou desse argumento para saber quem era, bastava olhar para as características fisionômicas.

– Pai!? – disse com timidez. – O senhor é meu pai?

"O Barão do Café"

Sete longos anos haviam se passado e Bartolomeu não tinha tanto tempo assim, que fosse suficiente, para recuperar o difícil e inexistente relacionamento.

Emocionado, abraçou o pequeno filho. A criança apenas abraçava um estranho, que por cautela de sua mãe, tinha evitado dar muitas esperanças do improvável retorno do pai. Mas, para ele, o seu pai, como haviam dito anteriormente, era forte como um touro, tinha a barba ruiva como a cor de seu cabelo, mas era ainda um estranho.

Os amigos de escola, para seu orgulho, cercaram seu pai. Aquele gigante era um herói apregoado aos sete ventos por seus professores e habitantes daquela vila.

Quando a família se locomovia, todos os seus colegas andavam em volta. Pareciam se sentir felizes em caminhar ao lado de um bandeirante. Foram dias inesquecíveis. Todos os dias o pai o levava ao colégio e todas as tardes o trazia de volta. Para Sara, a vinda de seu marido tinha completado o lar, mas antevendo, por seu sexto sentido, nova e iminente partida, caiu em prantos enquanto conversavam:

– Conta para mim, Sara! O que está acontecendo?

– Nada, coisas de mulher.

Mas o ocorrido foi um drástico pensamento: "Logo, seu filho, dadas as afinidades com o pai, seguiria inexoravelmente o mesmo caminho. Da sua janela, ficaria a olhar o rio, não só esperando por seu marido, mas também por Felipe. Ninguém, naquela vila, se livrava da estranha maldição. Essa sina inexplicável nunca deixaria os homens daquela cidade, banhada por aquele rio, em paz". Lembrou-se das palavras de sua mãe:

– Isto é fogo no rabo! Nunca param. Se um deles estiver sozinho, tudo bem. Mas se juntarem dois, começam a beber, e três já marcam uma expedição cujo maior objetivo é inventar um objetivo para a falta de objetividade. Gostam mil vezes de partir e, apenas uma, de retornar. Querem apenas lutar contra o impossível e a vitória, sempre distante, não lhes trará lucro algum. Todavia, o preço é caro: pagar com a vida por desafios dantescos.

Para a pequena Sara, quando o marido estava distante, haveria sempre a mesma pergunta, com a mesma resposta: "Onde está seu marido?".

– Só Deus sabe – dizia sempre sorrindo.

Os dias passaram e valeram por um bom tempo. Quanto ao filho, houve uma comunhão nunca vista. O garoto, ao sair da escola, quando seu pai não ia buscá-lo, corria como um louco e arrombando a porta do sobrado dizia:

– Onde está Bartolomeu, já partiu?

A mãe tentava acalmá-lo, pedindo que tivesse paciência, mas ela sabia que no início seu marido evitava os amigos, nem saía para beber, mas depois, com o tempo, sua dedicação estava sendo negligenciada. Ora era o coronel Medeiros, ora outros amigos que o procuravam. Sara pressentia o motivo. Teve vontade, muitas vezes, de perguntar o que estava farta de saber, mas como já sabia que, mais dia, menos dia, ele iria mesmo partir, preferiu o silêncio. Sabia das suas vãs iniciativas para comprar uma gleba, mas também notou que aquele que vendia queria vender, mas o comprador jamais pensou em comprá-la. Ela até sorriu quando entendeu que, apesar de o corpo do marido ainda estar ao seu lado, seu coração já havia partido para o imenso sertão. Era a maldição daquela vila.

No início as reuniões eram para poucas pessoas e o que tramavam era segredo absoluto. Estavam começando um motim contra seus lares, hábitos, esposas e filhos. Bartolomeu as frequentava, mas dizia estar lá apenas para orientá-los. Queria se tornar um agricultor. Todavia, o germe da revolta não demorou em causar-lhe sintomas. Quando abriu os olhos, não só estava inscrito como também era um de seus cabeças. Os objetivos da expedição eram dois: invadir terras paraguaias à procura de ouro ou partir para Minas Gerais atrás de pedras preciosas. Mas, também se não houvesse esses dois motivos, sem dúvida, eles, mesmo assim, partiriam.

A febre se alastrou na cidade. Estava em formação a maior e mais bem preparada expedição dos últimos anos. Sua magnitude foi responsável pelo vazamento da notícia que antes era absoluto segredo.

As pequenas tabernas eram insuficientes para um número tão grande de associados. As mesas eram sequentes e se perdiam de vista. Na ponta, como líder máximo, o coronel Medeiros. Experiente e corajoso soldado, que por seu tamanho avantajado fazia o papel de "girafa", estava no centro de suas formações circulares, comandando seus movimentos. Ao seu lado, não menor em tamanho, o gigante Bartolomeu.

– Precisamos achar Águia Velha. Ele é nosso médico, mateiro e sacerdote. Só que felizmente não faz sermões, pois nunca fala.

Todos riram. Um deles se levantou:

– Seu paradeiro, por sua índole solitária, é a serra do mar. Raramente vem à cidade para comprar fumo e aguardente. O acesso à sua casa de madeira, por viver em lugar íngreme e selvagem, é uma tora de uma grande árvore que é recolhida quando o índio não a utiliza. Esta é a grande dificuldade.

– Como se fosse uma ponte levadiça? – perguntou o coronel.

– Exatamente, só ele sabe o segredo para movê-la.

Nesse preciso momento houve um silêncio e um "ah", generalizado, esparramou-se entre os presentes. Todos olharam pela vidraça e, na rua, com os braços cruzados, estava o impassível Águia Velha.

Quando foi trazido para dentro do recinto, Bartolomeu cochichou para o coronel:

– Agora me sinto mais seguro com sua presença. Ele tem um sexto sentido.

– Por quê?

– Ora, ninguém conseguiu avisá-lo.

As reuniões tinham horário para começar, mas nunca para acabar. Bebiam vinho ou aguardente e os sonhos corriam soltos. Os insetos, intempéries e até seus inimigos desapareciam. O Eldorado surgia majestoso e seu caminho era primaveril. Como desejavam partir imediatamente, as estadas na vila, cada dia mais, tornavam-se insuportáveis.

Para Bartolomeu, a fofa e cheirosa cama que dividia com Sara, a cada dia que passava, era em seus pensamentos substituída pela mata virgem. O odor úmido da floresta era superior ao delicado perfume que exalava de sua alcova. No fundo, a regularidade de sua vida não era comparada ao amanhã incerto de uma atribulada expedição. O paulista pensava: "Quem sai quer entrar, quem entra quer sair!"

Durante as reuniões havia momentos de grande patriotismo. Todos se levantavam e, batendo o pé esquerdo no grosso assoalho, cantavam músicas marciais paulistas. Muitos ficavam emocionados e uma força inexplicável os unia e os protegia contra todos os males. Sentiam-se invencíveis

– Todos por um!

– Um por todos!

– *Non ducor!*

– *Duco!*

O coronel ia até onde estavam as bandeiras que os acompanhariam e, pegando a principal, passava entre eles. Os homens, em posição, com semblante elevado, a beijavam com ardor e respeito. Era um juramento silencioso. Bebiam mais e começavam novamente a cantar. Formavam, talvez, inocentemente, um corpo militar de fazer inveja a Napoleão.

Em uma pausa, indiferente às canções e marcação de seus pés, Águia Velha acendeu seu terrível cachimbo, que exalava fumaça de fumo e suas exóticas ervas, tornando o ar irrespirável. Não suportando o odor, dois paulistas, cada um de um lado, pegaram sua cadeira com ele em cima e o levaram para fora do recinto. Os outros começaram a rir do episódio, pois o velho índio, como se nada houvesse acontecido, continuou fumando, placidamente, seu nauseabundo cigarro ao ar livre e no meio da rua. Como já havia sinalizado que iria, não havia mais necessidade de lá permanecer. Foi nesse momento que, olhando através das janelas, todos viram, além do bizarro índio, a figura silenciosa, curvada pela amargura, do coronel Vieira, que resolvera não participar da expedição. Um silêncio profundo saudou o velho soldado, que não mais pertencia às suas fileiras, mas que ainda não havia encontrado a paz.

Se alguém olhasse de alguma elevação próxima, veria os paulistas cantando. Ao lado, não muito distante da grande taberna, iluminado por restos de luzes, o velho rio corria suavemente seu ousado curso e que cobraria, certamente, um caro ônus aos seus futuros usuários.

Quando estavam prestes a partir, Sara notou que pai e filho, pela aproximação já tão aparente, estavam mais ligados do que nunca. A casa voltara a ser um verdadeiro lar, mas ninguém saberia prever por quanto tempo mais.

Os sinais da iminente partida começaram quando diversas caixas de munições foram, cuidadosamente, guardadas no sótão. Sara também, dessa vez, não fez perguntas, pois estava cansada de saber a resposta.

Suas saídas tornaram-se mais constantes e cada vez mais pessoas o acompanhavam. Contudo, não era só sua casa que sofria com essas articulações sub-reptícias, mas também esposas, mães e namoradas dos que com ele se encontravam.

Certo dia, quando ele não estava em casa, ela entrou no sótão e, diante do que viu, descontrolou-se, deu um grito. As botas estavam engraxadas, um chapelão, a espada, arcabuz e toda a indumentária esperavam para partir.

Nessa noite Sara não jantou, nem o marido. Ela chorou, e ele, cabisbaixo, nada dizia. Não carecia.

"Outra vez a prolongada ausência. Haveria volta? Bartolomeu já tinha 29 anos." Depois de um longo silêncio, ele falou:

– Será a melhor expedição de todos os tempos. Provavelmente iremos a Minas Gerais descobrir diamantes...

Sara deu um pulo, ficou de pé, apontou o dedo em riste e disse:

– O motivo é uma pilhéria!

Bartolomeu, incrédulo:

– Diamantes são pilhérias?

Sara, com os olhos cheios de lágrimas, começou o rosário que prometera mil vezes, a ela mesma, nunca rezar:

– Esmeraldas, ouro, índios, fonte da juventude e agora: diamantes. Todos esses objetivos só encobrem mentiras.

– Mentiras?

Continuou Sara: – Sim, mentiras, para suas mulheres, mães e parentes, pois o que realmente procuram são desafios impossíveis de se conseguir. Fale apenas um de vocês que ficou rico e, se ficou, não teve que pagar mais que seu real valor. Eu até poderia considerá-los péssimos comerciantes se fossem, realmente, esses os seus objetivos, mas de modo algum, não é isso, e sim uma maldita sina que os leva para tão longe, da qual muitos jamais voltam ou acham novamente o caminho de volta. Por quê? Por quê? Será que nossos lares não são suficientemente bons para vocês?

Colocando graciosamente as mãos na cintura, encarou-o e continuou sua ladainha:

– Eu fui uma idiota. Tinha um namorado de São Vicente, português, educado, culto e estabelecido. Entendeu: E s t a b e l e c i d o!

Bartolomeu sorriu:

– Meu amor, já faz mais de oito anos. Por que você não casou com ele?

Sara, choramingando, foi ao seu encontro e o abraçou:

– Porque você é mais bonito e muito mais valente. Mas, não é só por isso, e sim porque eu sou uma tola apaixonada.

Antes da partida, Sara estava mais conformada. Pensou que talvez não fosse tão frágil assim, pois, afinal, era uma mulher paulista e a mulher de São Paulo era firme como uma rocha. Lembrou-se de que, tempos atrás, uma expedição havia voltado derrotada pelos portugueses e o entrevero havia se dado às margens do Rio das Mortes. Ao chegarem, ao contrário das outras vezes, não foram bem recebidos. Suas mulheres disseram-lhes palavras duras, mais duras que as perdas que tiveram.

– Voltem, vençam os emboabas e tragam nossas bandeiras de volta!

Com ela não foi diferente. Seu marido havia partido quando Felipe tinha apenas 4 meses. Desde então, assumira todos os deveres para sua criação. Era exatamente o que havia acontecido com sua mãe, avó e bisavó. A ausência deles fazia parte dela e de todas as outras mulheres da vila.

Bartolomeu e seus companheiros, depois de tanto tempo fora, haviam conquistado tantas coisas que eram, pela magnitude, impossíveis de serem trazidas ou aquilatadas economicamente, mas tinham também aumentado as divisas do país, afugentado os índios, haviam fundado diversas vilas e aberto estradas nas selvas onde antes nenhum homem branco havia chegado. Para casa trazia um envelhecimento precoce, artrite e sete malárias.

Bartolomeu e Felipe foram até o cais para ver como andavam os preparativos da iminente partida que deveria ocorrer na manhã do dia seguinte.

– Pai, como eu faço para ficar forte como o senhor?

Sem olhar para o seu inquiridor, respondeu:

– Corte lenha para sua mãe e seus vizinhos.

– Só?

– Faça força no lugar dos outros.

– Pai!

– Sim?

– E na briga, o que eu faço? No colégio o filho do capitão Inácio, por ser mais forte e mais velho, sempre me provoca.

Bartolomeu parou, pôs as mãos na cintura e disse resoluto:

– Quando houver muita gente por perto, dê o primeiro soco, mas bem dado e embaixo do queixo.

– E daí?

– Daí? Daí acabou a luta, pois eles apartam e você ganhou a luta com apenas um soco certeiro. Apenas isso.

O filho, riu e olhou orgulhoso para o pai cuja indumentária o impressionava: botas engraxadas, a espada que a cada movimento brilhava contra a luz solar, o arcabuz niquelado e o conjunto de roupa que fazia salientar seus fortes e grossos braços.

O menino, como um sonhador, deixava um resquício de sorriso maroto no canto dos lábios:

– Quando eu crescer, vou ser "canem" meu pai!

Sara, da janela, olhou para o cais. O dia estava lindo, era uma manhã de maio. O pequeno porto estava florido com lindas bandeiras coloridas que eram agitadas por uma intermitente brisa gelada e pareciam saudar, com suas cores festivas e movimentos céleres, a vila que os veria partir. Todos, indistintamente, ajudavam a carregar os enormes batelões e, diversas senhoras, com discretos e longos vestidos, permaneciam ao lado esperando o momento de dizer adeus. Ela firmou a vista, e para seu espanto, Felipe estava ao lado de um dos expedicionários, que parecia estar lhe ensinando a carregar um arcabuz. O menino prestava atenção. Certificou-se, logo depois, quando seu filho quase foi jogado para trás, ao atirar em um pássaro. Uma ira súbita e maternal tomou conta de seus pensamentos: – "Este não! Deixem meu filho fora disso".

Mas, percebendo que o processo era irreversível, mais calma, sentou-se na cadeira de balanço e sentiu uma coisa diferente no ventre. Pensou: "Acho que engravidei e, se for verdade, meus filhos terão, entre um e outro, diferenças de, no mínimo, oito anos, e certamente seu pai também lhe será um grande estranho".

Passado algum tempo e como seu filho demorava em voltar, novamente o pesadelo de perdê-lo voltou a preocupá-la. Passou a mão na barriga e com a certeza de que teria mais um, falou baixinho para si mesma:

– Quem puxa aos seus, não degenera – e continuou a tricotar.

Quando a claridade da fria manhã de 29 de maio delineou os arcabouços dos inúmeros barcos que partiriam em poucas horas, sua guarda foi substituída. Dois novos paulistas assumiram os lugares dos plantonistas para que, mesmo sonolentos, fossem se preparar para o adeus final. A longa noite tinha sido tanto para os que partiam quanto para os que ficariam uma vigília interminável.

Não muito longe do cais, as chaminés das casas da vila deixavam que uma fumaça branca e contínua anunciasse seu despertar. No início poucas, mas depois a grande maioria esparramava, no ar frio da manhã, uma agradável fragrância de café fresco. Visto do alto, o rio ainda dormente tinha todo seu percurso coberto por uma neblina branca semelhante a uma diáfana cortina que escondia suas límpidas águas.

No sobrado, onde morava o expedicionário Osório, não foi diferente. A mãe acordou e, cuidadosamente, levantou-se com receio de despertar os que ainda dormiam. Tinha um nó na garganta, pois sempre ouvia contarem das expedições de seus conterrâneos, mas nunca pensara que entre eles, um dia, seu filho pudesse estar. Seu primogênito mal tinha feito 19 anos quando começara a agir de um modo muito estranho. Lembrou-se daquele momento quando teve coragem de conversar com ele sobre a situação.

– Filho, o que está acontecendo?

Osório demorou em olhar para sua mãe, como temesse sua reação, todavia uma hora a verdade teria que ser dita:

– Fui aceito na expedição do coronel Medeiros.

Ela, se sentando, colocou a mão na cabeça, e não acreditando que os sintomas da epidemia da vila tivessem atingido o mais querido dos seus filhos, exclamou:

– Quando partirão?

– Daqui a um mês.

Depois de um mês precisamente, de forma silenciosa, tinha ido até o fogão para preparar o café. O silêncio e a tristeza faziam seu coração bater. Em uma cadeira, fora do quarto para não acordar seu irmão mais novo, estavam penduradas suas novas roupas, novas botas e, por incrível que pareça, suas armas.

Preparou a mesa para o café da manhã e pensando que o filho deveria se alimentar bem, caprichou nos ingredientes. Abriu a janela de madeira para sair um pouco de uma incômoda fumaça proveniente do fogão a lenha, e notou que havia geado. O céu estava azul-etéreo, anunciando um dia maravilhoso.

Quando chegou a hora, sem fazer ruídos para não acordar as crianças, despertou o que ia partir. Osório acordou e, de um pulo, se pôs de pé.

– Que horas são?

– Calma, é muito cedo; se troque e venha tomar o café da manhã.

Apesar da tonalidade muito baixa com que falavam, o irmão, muito excitado, acordou e ao mesmo tempo a pequena irmã. Os dois pularam da cama e, apesar do que dizia a mãe, negaram-se veementemente a permanecer em seus leitos.

Quando chegou à sala, sentado na cabeceira da mesa, estava o marido que, por todo o tempo, negou-se a tecer qualquer comentário. Esperando servir o café, fazia calmamente seu cigarro de palha. Ouvindo o barulho da esposa, não se dignou a olhá-la ou dizer bom-dia. Talvez achasse que ela fosse a responsável pela ida do filho.

Um a um foram sentando à mesa. Seu irmão menor, com expressão orgulhosa, segurava, em suas pequenas mãos, uma réplica das bandeiras da expedição. A caçulinha amparava sua boneca preferida, feita de pano, e, ao contrário do irmão, tinha uma expressão chorosa. Quando tudo estava pronto, a mãe sentou-se na cadeira à direita da cabeceira do marido. A outra ponta, também cabeceira, era onde sempre se sentava Osório.

Ninguém tocou em nada até que a porta do quarto se abriu e ele saiu. O rosto do irmão menor, como fosse magia, iluminou-se de um sorriso que lhe cortava, lado a lado, o rosto, e exclamou:

– Uau! Nossa!

A menorzinha começou a chorar e dizia:

– Zó, não vá embora!

O pai escondeu com todas as forças, no canto dos lábios, uma ponta de orgulho. A mãe não disse nada, mas precisou enxugar seus olhos fingindo ser um pequeno cisco.

Parado na porta, com sua nova indumentária, pisando firme com as novas e longas botas, barba ainda rala, mas muito bem aparada, surgia um novo expedicionário. Só então os pais e irmãos notaram que ele já era um homem e seu físico muito avantajado. Ficaram por muito tempo olhando a transformação. Osório, acanhado, em vez de se sentar, sob o protesto de sua mãe, apenas tomou café puro e disse:

– Tenho que ir, estou atrasado!

Todos se levantaram e foram até a porta. As palavras não foram ouvidas, apenas gestos e expressões fisionômicas eram alteradas. A irmã menor abraçou sua perna e lágrimas, sentidas, lambuzaram as botas que foram tão caprichosamente engraxadas. O irmão menor movimentou a bandeirinha e, ao ser beijado, quando elevado do solo, disse:

– Você é meu herói, Zó! Quando crescer, quero ser igual a você.

O pai estendeu a mão e se despediu com lacônicas palavras:

– Vá com Deus!

Faltava apenas sua mãe, que era a metade de seu tamanho. Ela fez--lhe um sinal e ele se abaixou. Com o polegar, fez-lhe um sinal da cruz em sua testa:

– Nossa Senhora o acompanhe!

Osório colocou a mochila nas costas e foi acompanhado pelo irmão, por um longo percurso. O pequeno tropeçou diversas vezes olhando a imagem majestosa do novo bandeirante.

Na casa de Osório todos voltaram a se sentar para o café da manhã. Um silêncio mortal caiu sobre eles. A mãe olhou para a outra cabeceira, agora vazia, onde seu filho se sentava, e se lembrou de que em diversas casas que estivera também encontrara lugares vazios iguais àquele. Eram dos que, um dia, haviam partido. Engolindo a seco esta lembrança, fingiu que tivesse algo a fazer e foi até o quarto do filho e viu, para seu espanto que, pela primeira vez, sua cama tinha sido arrumada. Sua disciplina militar indicava que ele já não era mais uma criança.

Os barcos atracados, em fila, pareciam pertencer a uma procissão pronta para zarpar. No cais tudo era novo. As espadas brilhavam ao sol, as barbas cuidadosamente aparadas davam a todos aparência de oficiais. Seus rostos pálidos, que mais tarde, por se exporem excessivamente ao sol abrasador, se tornariam morenos, um sorriso de satisfação incontido. Uniformizados, botas impecáveis e enchapelados enchiam a vista dos expectadores.

Na hora combinada, um jesuíta, acompanhado de um coroinha de batina vermelha, em uma solenidade de muito respeito, aspergiu água--benta em cada um dos barcos e expedicionários. Depois, em oração, pediu a Deus que os protegesse.

Mulheres, homens e crianças enchiam o ancoradouro e, entre abraços, lágrimas e sorrisos começaram, como era tradicional, a cantar músicas patrióticas paulistas e batiam os pés como fossem bumbos no piso do cais. Com as mãos no peito, olhavam emocionados suas tremulantes e vivas bandeiras, que os saudavam ao sabor do vento frio. Nesse momento, um respeitoso silêncio protegia as lindas canções, mas um velhinho de cabelos brancos, o velho mestre, usando óculos, ora olhava o fumo que preparava para seu cachimbo, ora a cerimônia de adeus, movimentando negativamente a respeitável cabeça. Enquanto cantavam, em poses eretas, em pé, apesar dos olhares recriminatórios dos presentes, o velho continuava sentado e olhando com desdém, parecia ignorá-los, mas seus pensamentos estavam agitados. "Meu santo Deus, já vi esta cena milhares de vezes! Se é bonita a partida? Claro que é. Mas em uma longa viagem deve-se festejar não só a ida gloriosa, mas, também, sua volta, que deveria ter as mesmas características da ida. E por Deus, com toda esta minha idade, nunca vi uma que houvesse júbilo no seu retorno. Já perdi meu pai que me fez esperá-lo por anos a fio, neste cais gelado, de uma viagem da qual ninguém voltou. Perdi, também, um irmão e mais dois sobrinhos. E para quê?" Apesar dos olhares, continuou preparando seu velho pito e aparentemente ignorando a cerimônia.

Quando todos estavam em posição de sentido e saudavam as bandeiras que eram levadas aos barcos, o professor falou não se importando se o ouvissem ou se o entendessem:

– *Ave, Caesar! (morituri te salutant!)* – César, os que vão morrer te saúdam!

Levantou-se, como se tivesse desabafado o que sempre pensava e nunca falava, mancando por causa de uma "gota" que nunca lhe dava descanso, e foi para a casa.

Quando os barcos lentamente começaram a deixar o cais, os canhões os saudaram. Por sua vez, as bandeiras foram movimentadas como se dissessem adeus. Todos olhavam para trás para as últimas despedidas. Por superstição, como nas outras vezes, Bartolomeu havia combinado com Sara para não se olharem na despedida para não dar azar, e como havia dado certo, tinham as mesmas intenções, mas, dessa vez, uma força incontrolável o impelia a quebrar o juramento. "E se nunca mais eu voltar a ver o meu filho?", pensou.

Titubeou em fazê-lo, mas não resistindo, quebrou o juramento e demoradamente ficou olhando para a primeira fila, de onde seu filho acenava e parecia dizer uma palavra que tão pouco ouvira em sua vida.

– Pai, adeus!

A melhor parte da despedida ainda estava para acontecer: era quando os barcos saíam do cais. Bartolomeu, como sempre fazia, apoiou a perna esquerda na proa da embarcação, estufou o peito e colocando a mão na cintura, deu a esperada ordem que todos ansiavam:

– Em frente!

Nesse preciso instante em que os inúmeros barcos iam abandonando o cais, um punhado de homens, mulheres e crianças, unidos pelos mesmos sentimentos, davam adeus àqueles que partiam. Ninguém, absolutamente ninguém, poderia prever quando retornariam, ou se retornariam. Por essa razão era uma grande despedida. Se em terra eram saudados com inúmeros lenços brancos, nas embarcações as bandeiras, açoitadas por um vento frio, pareciam retribuir os afetos demonstrados com o tremular natural de seus panos, formando um espetáculo muito bonito de se ver.

Como era de costume, na saída das expedições, para demarcar o movimento dos remos, o mais novo deles, com voz soprano, começava a cantar:

– Escravos de Jó jogavam o caxangá, tira, põe, deixa ficar.

Em seguida, para imprimir o ritmo, um surdo, tambor de marcação, acompanhado pelo restante da tripulação, com voz tenor, continuava:

– Guerreiros com guerreiros, fazem zigue-zigue-zá!

Esse ritmo impulsionava e sincronizava as remadas, dando velocidade às embarcações. Nos intervalos, uma flauta doce continuava a música, para depois voltarem a cantar, todos juntos, novamente:

– Guerreiros com guerreiros fazem zigue-zigue-zá!

E pouco a pouco a fila de barcos descia o rio e, com eles, a canção que, favorecida pelo vento a favor, demorava por silenciar. Por todas as vilas ribeirinhas eram novamente saudados e a canção repetida.

As pessoas ficavam comovidas observando-os sumir na curva do rio e suas vozes se perdiam na distância, até que as verdes florestas que o circundavam parecendo túneis, pouco a pouco, iam engolindo os barcos da expedição.

Eles nunca mais voltaram.

O Casamento

O alfaiate Felício, com seu ateliê, ao lado do Colégio Santa Úrsula, era o mais qualificado da cidade. Com o giz azul entre os dedos, preparava mais um terno para o casamento. Apenas dois motivos exigiam seu uso: núpcias e velórios. Cada dia que se passava os costumes do interior de São Paulo o expurgavam do seu cotidiano. Todavia, o senhor Felício não podia se queixar, pois o número de seus funcionários crescia ano a ano.

O corretor, senhor Zequinha, que com o tempo se tornara braço direito de Estélio, foi incumbido de afazeres que não condiziam com sua profissão inicial. Naquela calma manhã foi até a oficina do alfaiate.

– Bom dia, Senhor Felício!

– Ora! Ora! Ora! Veio intermediar uma fazenda de pano? – disse alegremente o homem das tesouras que, por ter as mãos muito bem cuidadas e brancas, deixava salientar a marca da nicotina entre os dedos, indicando ser um fumante de longa data.

– Não é que você acertou – disse, sorridente, o corretor que, por seu ofício ou naturalidade, era de uma simpatia ímpar.

– Do que precisa?

Zequinha tirou um caderno que estava em seu bolso e anunciou:

– Trinta e dois ternos de casimira.

– O quê?

– Trinta e dois ternos de casimira escuros – apontando para o pequeno caderno: – Aqui estão as medidas...

Senhor Felício acendeu outro cigarro e se sentou para ler o pedido inusitado. Depois de um tempo:

– Meu Deus! Estas medidas são totalmente anormais. Para quando você os quer?

– Dia 27 do corrente mês, disse temendo pela resposta.

– O quê! Você me pede uniformes para um verdadeiro batalhão, com apenas altura e comprimento dos ombros para o dia 27? Humanamente impossível!

Como Zequinha já esperava a resposta, começou a usar alguns argumentos:

– Você falou certo, Felício: um batalhão! Não há necessidade de provas e maiores requintes. Basta, simplesmente, fazê-los!

– Mas o prazo é muito pequeno...

– Quanto você cobra por terno? Dadas as circunstâncias, pode exigir o dobro! Apenas eu necessito deles para o prazo estabelecido. – Ciente de ter sido razoável, acrescentou: – Considere, tudo isso, um Natal antecipado.

Em Cristália, Zequinha foi à sapataria Manella. Senhor Tonusso, italiano muito religioso, que como todos os profissionais do ramo colocava tachinhas e pregos na boca para facilitar o ofício, também o recebeu com uma exclamação:

– Tudo isso?

– Sim, 40 pares de sapatos pretos, mas como os pés que irão calçá-los são calosos e largos, as medidas são especiais.

– Dia 27? Impossível!

– Se fosse fácil assim – disse tirando umas precárias medidas do caderno – você não precisaria cobrar o dobro.

Essas palavras acalmaram o sapateiro que, livrando-se dos pregos e tachas da boca, passou a examinar o que antes parecia impossível.

Enquanto fazia os cálculos, senhor Zequinha sorria em pensamentos, pois diziam que o Tonusso, quando pescava, sem querer e por hábito, colocava as minhocas na boca como se fossem os pregos do seu ofício... "Seria verdade?", pensava sorrindo.

A última compra foi na casa Santos. O estoque, de 40 camisas brancas, 30 gravatas, foi reduzido a zero.

No dia 27, bem cedo, diversas conduções, ostentando em suas laterais o nome da orquestra Royal, chegaram ao Portinho; os barqueiros perguntavam entre si:

– O que está acontecendo ou vai acontecer na fazenda Mata Verde?

Isaías, o mais espirituoso dos homens, brincou:

– Vai ter festa no inferno!

Os músicos, na sua maioria, muito brancos não só pela profissão, mas também por residirem na capital, tiveram, de imediato, a alcunha de mortos-vivos. Vestiam paletós e, ao descerem, portavam, com muito cuidado, os instrumentos musicais. A troca de olhares entre paulistanos e barqueiros foi de surpresa recíproca. Para os que não estavam acostumados a paletós, muito menos às maletas com formatos estranhos que portavam, pareciam seres de outros planetas. Para os músicos, na sua maioria, imigrantes europeus, a visão do rio e da selva os deixou, por muito tempo, inebriados com o que nunca tinham visto.

Formavam pequenos grupos. Os alemães ficavam próximos de seus patrícios, os poloneses também. Os italianos eram os que mais se comunicavam com os nativos e seus colegas, mesmo, muitas vezes, sem entendê-los. Se não falavam a mesma língua, apenas compartilhavam com perfeição o idioma internacional da música. A orquestra Royal era, sem dúvida, a melhor e mais cara banda de América do Sul. Para os estrangeiros, que tiveram um acréscimo nos seus vencimentos para tocarem fora do ambiente natural, a curiosidade era uma só:

– Quem seria o rico fazendeiro do Novo Mundo?

Os músicos olhavam a imensa floresta, alguns animais selvagens criados pelos barqueiros, e essas novidades os deixaram perplexos. "O Guarani", de Carlos Gomes, não lhes saía da cabeça.

Enquanto os barqueiros arrumavam as bagagens, os visitantes, em grupo ou isoladamente, andavam pelo improvisado ancoradouro. Olhavam para um pé de goiaba e, com os olhos, pediam permissão para experimentá-las. O negro forte que estava por perto disse com um amável sorriso:

– Comam à vontade.

Primeiro um, depois dois; muitos passaram a comer os frutos exóticos com enorme prazer.

Quando tudo estava pronto, o senhor Muniz pediu que todos ocupassem os lugares nos barcos. Com muita disciplina acomodaram-se, tendo mais cuidado com os instrumentos de que com suas próprias vidas.

Novamente os grupos se formaram.

Todavia, as conversações nos barcos, conforme entravam pelo bonito rio, pararam ante o desfile da paisagem que se lhes descortinava: árvores imensas que quase atravessavam o seu leito. Era um verde nunca visto. Os cipós e trepadeiras, como parasitas, abraçavam as grandes árvores amenizando os ramos irregulares, revestindo-os com folhagens muito mais delicadas, tornando uniformes grandes extensões de florestas: era um verde generalizado. O rio, pela época do ano, tinha as águas muito límpidas que corriam suavemente pela areia branca. Parecia um paraíso, mas, no âmago, não era bem assim: tanto nas águas como na densa floresta, por estarem resguardadas de poluição, uma luta de vida e morte travava-se no seu bojo. Para os músicos admirados, não lhes importavam os acontecimentos não visíveis, apenas o descortinar daquela linda paisagem influenciou seus sentimentos.

Estava fresco e uma brisa suave amenizava a improvisada viagem que, para a maioria, era inédita. Os músicos foram incorporando-se à magnitude do ambiente e bastou Isaac tirar a clarineta e começar a tocar os "Contos dos Bosques de Hoffmann", de Ofenbach, para que todos entrassem no clima paradisíaco. No início era apenas um instrumento, mas, dada a propriedade da escolha, instintivamente passou a convidar, com ímpeto irresistível, para que todos, indistintamente, o acompanhassem. Primeiro Isaac, depois Jacob e, paulatinamente, uma grande orquestra improvisada foi, aos poucos, se formando e a suave música começou a se espalhar pela floresta. Como em um passe de mágica, toda a orquestra principiou a acompanhar a clarineta do polonês.

Os barqueiros, admirados, continuavam remando, só que agora no ritmo da "Barcarola". Tudo se tornou sincopado e uma maravilhosa união de instrumentos musicais se misturou, fruto da sublimação criativa do Homem com a Natureza que, à primeira vista, parecia ser selvagem. Mas as notas da partitura, como beija-flores, foram até as pequenas flores das grandes árvores, entre seus galhos e folhas, fazendo uma comunhão nunca vista. Muitos músicos, com tudo isso, ficaram deveras emocionados. O som fez não só os barqueiros diminuírem as remadas, para melhor ouvi-los, mas também os olhos fotografarem esse inusitado momento de suas vidas e seus ouvidos gravarem, para todo o sempre, os maravilhosos acordes combinados com a magia que exalava da floresta. Era uma união que parecia improvável: da sutileza da música, em lugar que deveria ser impróprio, e da Natureza que aparentava ser selvagem. Mas havia pequenos detalhes que se sobressaíam ao grande verde; pequenas flores, delicadas combinações de cores que só então se faziam notar e se transformavam, mesmo parecendo ser tão brutas, em um grande templo, cujas colunas eram troncos de árvores centenárias e as copas fechadas serviam de teto e, com sua formação natural, extremamente adequada, como um perfeito anfiteatro, onde nunca antes a música havia se propagado. Quem sabe se esse enorme teatro natural não estivesse, por centenas de anos, esperando por essa *avant- première*?

A sinfonia continuou e parecia que ninguém desejava seu término. A suavidade era tanta que, na margem oposta, dois cervos, que tomavam água, em vez de fugirem, como seria natural, olhavam fixos para o estranho cortejo. Visto de cima, nas grandes árvores, os barcos tornavam-se pequenos, os músicos e seus instrumentos pareciam notas musicais e as suaves ondas que se formavam no leito do rio, partituras.

Conforme os barcos subiam, a Natureza dormente recebia os acordes, que iam penetrando nos túneis da floresta, levando o que nunca antes ali se ouvira. Mas a sublimação só foi alcançada quando a cantora da orquestra Royal, Maria Klinsk, cantou em alemão, em timbre soprano, a letra da "Barcarola", e o fez como nunca.

Os remadores, certamente, não entenderam uma só palavra do que ouviam, mas não era preciso. Toda obra de arte tem sua interpretação própria e, naquela música, cada um dos barqueiros, em seus sentimentos, fazia sua adequada versão e, decerto, talvez, melhor que a original. Por último, Horácio, também cantor da orquestra, com voz de tenor, juntou-se a Maria. A imensa engrenagem estava completa e a floresta era seu palco improvisado.

Os barcos, em bonito cortejo, continuavam a subir o rio. Por onde passavam distribuíam sons em lindos acordes e, como eram maviosos, jamais poderiam permanecer em um só lugar, pois, por justiça, deveriam ser equitativamente distribuídos a cada curva do rio.

O clima gerado foi tão coletivo e impessoal que homens, animais ou aves, todos sentiram esse momento que dificilmente seria, novamente, repetido no decorrer do restante de suas vidas. Os músicos, contrariando as posturas habituais, quando tocavam, por ser o ambiente tão paradisíaco, não fechavam os olhos para não perderem de vista a plateia inusitada: a floresta. Parecia que mesmo expulsos do paraíso, uma soprano e uma linda melodia ainda eram os últimos liames com nosso fugitivo Criador. Os músicos, os remadores, todos sentiram que Ele estava presente. Nesse momento o tempo parou, não o real, mas, sim, nos pensamentos dos homens, indiferentemente, barqueiros ou músicos. Jamais esqueceriam do que viam e ouviam.

Quando acabou, os músicos fecharam os instrumentos nas suas respectivas maletas e ainda arrebatados por esta sensação inexplicável conservaram-se, por muito tempo, no mais absoluto e respeitoso silêncio.

O brasileiro Muniz, maestro regente, muito sensibilizado, pois a execução fora irrepreensível, mesmo sem sua interferência, falou para si mesmo: – O regente foi Deus!

O negro, chefe dos remadores, perguntou ao maestro o nome da música.

Por achar muito difícil, respondeu simplesmente:

– Pequena Sinfonia do Novo Mundo.

Os negros não sabiam o que era uma sinfonia e talvez não soubessem o que seria Novo Mundo, mas, naquele dia, foi lançada uma pequena semente que, talvez, por nunca mais ser regada com novas músicas eruditas, poderia não frutificar, todavia, com certeza, jamais morreria; foram afetados pelo sentimento proveniente da partitura, talvez, até com mais emoções que as sentidas pelos brancos, pois a primeira vez sempre é a melhor.

No fim daquele dia que tanto marcou os músicos e barqueiros, havia alguma coisa no ar. Sentia-se no silêncio dos barcos que subiam, alquebrado apenas pelo ruído sincopado dos remos, algo de novo que a Natureza, talvez, agradecida pela "Pequena Sinfonia do Novo Mundo" queria mostrar-lhes. No início, apenas algumas aleluias, pequenos insetos, surgiram do nada e, em procissão, subiam o rio, rente às suas águas, celebrando ritos de suas núpcias. Depois, parecendo se divertir, algum dourado, peixe de majestosa aparência, seguindo a mesma rota, pulava fora do rio abocanhando um punhado de insetos. Aconteceu que, inexplicavelmente, as aleluias multiplicaram-se, enchendo o leito do rio, em um festivo voo. Mas não foram apenas elas que se aglomeraram, pois centenas de dourados surgiram em formações sincopadas, saltavam, todos uniformemente, para fora da água, abocanhando os descuidados insetos, seguindo, em procissão, rio acima. Como era um dia especial, das nuvens surgiu uma linda e suave claridade solar, que teimou, por um longo tempo, em tingir o lombo dos peixes de um rico e delicado dourado. Os peixes pareciam de ouro maciço.

– Olhem! Olhem quantos! São de ouro!

Essas exclamações foram ouvidas em diversas línguas, mas, no que pretendiam exprimir, eram todas meticulosamente iguais.

Os barqueiros juraram que nunca tinham visto algo igual, achavam, apenas, que a Natureza tinha retribuído a gentileza dos músicos.

Era um dia para nunca ser esquecido.

Uma grande máquina engrenada de operários, músicos e garçons dava os últimos retoques naquela que seria a mais requintada festa de casamento da região de Ribeirão Preto, mas que, na verdade, tinha apenas quatro convidados: senhor e senhora Junqueira, pais de Amélia; senhora Pereira Lima e seu velho e querido serviçal, senhor Reinaldo. A festa fora contratada para 600 pessoas, todavia, por motivos óbvios, seria reduzida para 34 pessoas, afora os noivos.

A fazenda Mata Verde vestiu-se de festa para a cerimônia. As tochas rodeavam os gramados, iniciando-se no ancoradouro, onde a noiva deveria chegar e de lá, em um toque medieval, esparramar-se por toda a propriedade. No lindo gramado, cercado pela verde floresta, foram colocadas duas mesas. Uma para 30 empregados e a outra para os noivos e seus parentes. Em ponto estratégico, em um palco saliente, tocaria a grande orquestra Royal, com 29 músicos. Uma pista de dança, bem no meio do local, chamava a atenção dos poucos dançarinos. Os serviçais vestidos de branco, impecavelmente trajados, faziam os últimos preparativos. Centenas de velas, em grandes castiçais, já estavam sendo acesas. Grandes tendas brancas, de tecidos diáfanos, movimentavam-se com elegância por causa do vento. Tudo era verde e branco. Mesas brancas, cadeiras brancas e o tapete esmeralda do gramado tornavam mágico o local.

Estélio, ansioso, apenas esperava a noiva. Mandara fazer uma gôndola, ou melhor, uma embarcação, tipo gôndola: azul-marinho com detalhes dourados, acomodações para duas pessoas e acionada por seis remadores. Por seu formato e seu peso, pela madeira especial de que fora feita, o barco poderia alcançar uma velocidade extraordinária, singrando, com elegância célere, as águas do rio.

Se a organização dos serviçais era impecável, nos alojamentos, onde os colonos se aprontavam, a confusão era generalizada. As gravatas pareciam sufocar os grossos pescoços; os botões das camisas, não suportando os músculos peitorais avantajados dos negros, abriam sem controle e para uns, as mangas dos ternos encobriam as negras mãos e em outros, apenas chegavam aos cotovelos. A cena era patética, porém, muito mais pitoresca foi a hora em que tentaram pôr os sapatos. Os grandes e calosos pés teimavam em não entrar. Fizeram um amontoado de paletós e sapatos que passavam de mãos em mãos, de pés em pés, na tentativa de calçá-los. O que deveria ser uma grande honra em participar da cerimônia, aos poucos, enlouquecia os simples homens. Mas, com o tempo, suando muito, foi se dando um jeito. Com uma afiada faca faziam buracos nos calçados, colocando fora os doloridos joanetes, que não paravam de latejar.

Quando a gôndola chegou, a bela Amélia, graciosamente, dando o braço ao pai, adentrou no recinto da festa, e todos pararam para vê-los passar. O contraste da mata com o sutil gramado, e da poderosa floresta com a delicadeza da noiva, se não a tornava a mulher mais linda do mundo, certamente, ajudava deveras.

A noiva, depois de sentar-se e perscrutar o lugar escolhido para suas núpcias, ver os serviçais, os músicos que começaram a tocar, realmente se comoveu. As melodias executadas com esmero esparramavam-se pelos corredores da floresta, cafezais, e subiam o rio perdendo-se nas suas curvas.

A mãe de Estélio em alguns momentos se alegrava, mas dada a particularidade de como estava sendo realizada a cerimônia, entristecia-se, pois seu filho, como seus ancestrais, nunca haviam tido ou teriam vidas normais.

Quando Estélio a tirou para dançar, o par encantou os presentes. Os colonos desconheciam tudo que, com muita rapidez, deveriam aprender em uma só noite. Por ordem do noivo, os serviçais apenas colocaram dois talheres para cada participante. Mesmo assim, as dificuldades eram aparentes. As taças os deixavam confusos e as iguarias não eram agradáveis para eles.

– Pérolas aos porcos! – repetia a todo o momento o inconsolável *maître*, mas não deixando, em hipótese alguma, de servi-los como se fossem convidados de rica linhagem.

Em determinada hora da noite, Balu aproximou-se de Estélio e, se fazendo entender, demonstrou que os colonos queriam tomar pinga, em vez do champanhe. O paulistano entendeu, não sorriu, mandando que assim se fizesse.

Os negros estavam desconfortáveis e melindrados, mas o efeito da aguardente fez milagre, pois, olhando de longe, podia-se perceber os brancos dentes que agora passaram a exibir. Os dentes apareciam nos negros rostos, realçados pelos ternos escuros, e a parte negra de seus convidados, como sempre fazia, encheu de alegria a estranha festa de casamento.

Estélio pediu à orquestra que tocasse valsas vienenses e foi até Amélia e, em um gesto de fidalgo, convidou-a para dançar. Só nesse momento, percebeu-se a beleza física do casal e a graça com que dançavam. O tablado tornou-se pequeno para os dois. Aquela dança, muito bem executada, encheu de romantismo a festa de núpcias. Mas, não foi a valsa, muito menos a orquestra que iria ficar, para sempre, na lembrança dos presentes. Quase no final, para o espanto de todos, os negros levantaram-se, no início com acanhamento, e começaram a tirar o paletó, a gravata e a camisa.

"Será uma rebelião ante tantas mesuras impostas aos homens de hábitos tão simples?", pensou Estélio, que quase teve um acesso de riso. Não deveria, em um só dia, tentar acostumá-los a tantas coisas novas.

Ficando com o dorso nu, foram com muita calma à frente da mesa dos nubentes. Os músicos e serviçais, surpresos, pararam boquiabertos acompanhando a invasão dos africanos.

Sentaram-se no gramado, uns ao lado dos outros e, com um bumbo para fazer marcação, começaram a cantar, com suas vozes guturais, uma linda e sentimental canção, em nagô, em homenagem à tribo de que eram originários; apenas substituíam sua denominação pelo nome do patrão: Estélio.

Havia lua, havia magia, noite serena, e os negros, com movimentos sincronizados nas mãos e troncos, enchiam os olhos dos que estavam presentes. A música espalhou-se pela fazenda e pela noite. Eles cantavam com muita emoção, como um agradecimento que, talvez, tivessem esquecido, em tempo hábil, de fazer por tudo o que ele havia feito por eles. Movimentavam ora as mãos, ora os troncos da direita para a esquerda. Os serviçais e músicos, absortos, deixavam de lado as verdadeiras funções ouvindo a música que, apesar do grande repertório, era totalmente desconhecida.

Vista de longe, era uma cena muito singular, a música suplantava a tudo, e os negros, que não recebiam nada por isso, festejaram de um modo especial do qual ninguém esqueceria: era o presente de casamento para o patrão. Depois disso, levantaram-se e foram, em silêncio, para os alojamentos.

A orquestra voltou a tocar.

Amélia convidou-o para dançar e, quando olhou para o rosto de Estélio, perguntou:

– Você está chorando?

Assim que os convidados foram para as tendas, Estélio tomou a mão da esposa e dirigiu-se, vagarosamente, para o embarcadouro. Três violinos os acompanhavam. No pequeno porto, a gôndola, toda iluminada, com os barqueiros a postos, esperava os nubentes. O barco saiu e, como havia neblina, cada remada abria pequenos espaços na superfície da água, parecendo passos que acompanhavam a elegante embarcação subindo o rio. Muito tempo depois, o barco parou em uma bonita praia e seus remadores, silenciosamente, deixaram o casal e se embrenharam na mata.

A noite estava serena e fresca.

A Invasão da Mata Verde

Em uma pequena cidade do interior mineiro, em uma noite muito fria de julho, abençoada pelo silêncio, quebrado apenas pela cantiga incansável dos grilos, o jovem Francisco teve outro terrível pesadelo.

O pai, crucificado e amarrado na copa da árvore, que por sua altura e tamanho, quase atravessava o rio, chamava-o com voz pausada, que lhe era peculiar: – Filho, me tira daqui!

Francisco, sozinho no pesado bote de madeira, tentava atravessar para a outra margem, mas um vento contrário e persistente não o deixava sair do lugar.

– Mais rápido, por favor, não me deixe só! – implorava seu querido pai.

Mas, por infortúnio, o vento piorava cada vez mais e um carcará havia pousado no braço inerte do pai, ameaçando atacá-lo. Ouviu-se um grito. Quando Francisco, que remava com todas as forças, olhou para o alto, viu o gavião com o olho direito do prisioneiro em seu adunco bico.

– Não! – gritou desesperado. – Levantou-se do barco e, estendendo os braços na direção do ocorrido, explodiu: – Não! Não! Eu abandonei meu pai indefeso!

Acordou banhado de suor. A esposa, bem assustada, perguntou:

– O que foi? Conta para mim.

Com os olhos estatelados, começou um choro compulsivo e dolorido.

– É meu pai! E eu, o filho que o abandonou.

Ela abraçou o marido e começou falando baixinho e repetidas vezes:

– É só um sonho! Apenas um sonho mau e nada mais que um sonho.

Dias mais tarde, ao voltar da cidade para a chácara, localizada a cinco quilômetros de distância, com o cavalo já velho e viciado, o percurso não deveria ser tão moroso, mas tinha pena do velho animal e essa perda de tempo o fazia pensar na vida. Recordou a dolorosa retirada do nordeste paulista e como abandonara Linda e os dois irmãos, não deixando endereço e partindo para uma nova vida sem liames com o funesto passado. Casou-se com uma mineira, que conhecera em uma quermesse, da nova paróquia. Com o dinheiro que recebera do pai, comprou a propriedade e começou a criar porcos.

Naquela tarde, quase cochilava na morosa carroça, ao som do to-que-toque lento e repetitivo do casco do seu pangaré, quando, em uma folha de jornal antigo, que embrulhava a compra da quitanda, viu escrito: "Rico e filho de tradicional família paulistana, acusado de homicídio, deveria estar vivendo nas matas de Cristália e, por seus hábitos esmerados, é conhecido por 'Fidalgo'. Apesar do esforço da polícia paulista, ainda não caiu nas malhas da Justiça".

Enquanto seu pangaré cumpria, com extremo vagar, o percurso até sua propriedade, Francisco pensava com seus botões: "Elegante, bem-educado e até pernóstico, sem dúvida, só poderia ser o senhor Estélio Pereira Lima, o Fidalgo, assassino de meu pai e comprometido com a polícia paulistana".

Ao chegar, desarreou o cavalo, pegou as compras e foi para casa. Antes do jantar, com os pensamentos em ebulição, tomou três doses de aguardente e ficou por muito tempo olhando, preso na malcuidada parede da humilde casa, o retrato do querido pai. Os olhos encheram-se de lágrimas. A empatia que os unia parecia algo inacreditável, pois não era, como seria normal, apenas seu pai e sim, em grau maior, o melhor amigo que já tivera. O modo selvagem e bárbaro como fora morto e o lugar em que o deixaram ficaram indeléveis em sua memória. Francisco não perdoava duas pessoas: a primeira, Estélio Pereira Lima e a segunda, ele mesmo, que não havia enterrado o pobre progenitor.

A esposa, exalando cheiro de gordura, aproximou-se de onde estava sentado e disse:

– Será que você não pode esquecer?

Francisco não respondeu.

– Se esse quadro sumisse dessa parede ou você tomasse uma resolução para solucionar esse impasse, nossa vida, por Deus, seria bem melhor.

Depois disso voltou às panelas e começou a resmungar, coisa normal em qualquer mulher, só que não parou mais, apesar dos pedidos suplicantes do marido para que se calasse.

Francisco deu um pulo da cadeira, espantando a mulher, que julgou ter realmente falado "demais da conta". Ele olhou mais calmo para ela, que se calara e, como se tivesse descoberto a América, falou com resolução:

– Você tem razão! É isso que vou fazer. Vou entregar à polícia o assassino de meu pai.

Francisco pegou o trem da Mogiana e voltou para Cristália. Há muito tempo fizera esse mesmo trajeto, mas estava, naquela época, acompanhado do pai, dois irmãos e de uma horrível mulher que, na falta de alguma coisa melhor, seria seu amor. O pai justificava a presença dela, na família, como a mulher que deveria substituir sua mãe, nos afazeres domésticos, recentemente falecida. Todavia, Francisco sabia o real motivo em levá-la.

Durante a viagem notou que o progresso estendera-se por todo o estado paulista. Na primeira vez, montado em lombo de burro, apenas havia picadas e pequenas vilas que careciam de qualquer recurso.

Com Cristália não tinha sido diferente. De um pequeno aglomerado de cabanas de madeiras transformara-se em uma cidade. O povo, com a grande imigração, era uma mistura de paulistas, italianos, espanhóis e libaneses.

Sua recordação maior era a Casa Santos, que era apenas um entre dezenas de outros armazéns da cidade. Foi direto para a delegacia e esperou por muito tempo para ser atendido, não que houvesse detratores da Lei, mas outras rotinas que, por falta do que fazer, passaram a ser as atividades dos policiais.

Como o delegado nunca o tinha visto, foi deixado por último. E, quando foi atendido:

– Em que posso servi-lo?

Francisco, percebendo a indiferença do policial, perguntou:

– Posso sentar-me? – disse com humildade – Estou aqui por causa desse artigo no jornal.

O delegado leu o artigo e continuou:

– E daí?

Francisco endireitou-se na cadeira e, com muita timidez, em sotaque peculiar de mineiro, completou:

– Eu sei onde está o Fidalgo.

O delegado olhou-o severamente e pensou: "Eu também sei, só que devo conhecer uns 20 Fidalgos, pessoas que há muito tempo moram por aqui, cujo passado não me cabe reprimir. São muitos fazendeiros que se isolaram em suas fazendas e raramente vêm a Cristália. Trabalham de sol a sol, dão emprego, e o melhor, quando precisamos de dinheiro para nosso trabalho, são os primeiros a se oferecerem, e não só em espécime, também com homens e armas, mas fazem, tudo isso, como doadores anônimos. A razão é muito simples: não querem que seus nomes sejam lembrados. Desejam, apenas, viver no anonimato. Na igreja e em diversos outros lugares existem placas denunciando dezenas de doações anônimas. Por essas e por outras razões, esses doadores sem nomes, em parte, poderiam ser assassinos, golpistas e refugiados, mas isso é página virada. Como poderei interpelar os cidadãos que há muito tempo convivem nessa cidade sem um mínimo deslize? Fazê-los pagar por um passado já prescrito?"

Francisco, vendo que o delegado o olhava, mas estava ausente dali, ficou por longo tempo, com muita paciência, esperando uma atitude do homem da Lei.

Depois de longo silêncio, ele perguntou:

– Como o senhor o conhece?

– Matou meu pai. Apenas isso, senhor delegado.

O delegado levantou-se:

– Matou seu pai? Espere um pouco, isso é outra história! Conte-me com todos os detalhes.

Francisco ficou por muito tempo contando ao delegado a tétrica história.

O delegado levantou-se, acendeu um cigarro de palha e disse:

– Vamos direto aos fatos: onde você fez o boletim de ocorrência?

– Não, nós não o fizemos.

– Não fez?! Matam o pai e três filhos e não fazem B.O.!? Isso é muito estranho.

Francisco, que não esperava por isso, começou a tremer e sentiu-se como se afundasse em areia movediça.

O delegado, com base nas datas descritas pelo mineiro, começou a folhear os boletins de ocorrência.

– Nesta data houve, acima do Portinho, três boletins de ocorrência; primeiro, morte por meio de constrição, ocasionada por uma grande sucuri; segundo, ataque de uma pintada, e terceiro, um colono da Mata Verde, morto provavelmente a bala, por posseiros.

O delegado olhou bem nos olhos de Francisco e perguntou:

– Sabe quem foi?

Francisco ficou muito vermelho e não respondeu mais nada. Quanto mais mexesse, mais federia. Pensou em dizer que as terras não eram registradas e, portanto, de domínio público, mas preferiu encerrar o que nunca deveria ter começado, não em Cristália.

Por ter muita experiência, o homem da Lei tinha absoluta certeza de que havia muitas coisas escondidas nas suas palavras e falou querendo encerrar o assunto:

– Não devia, mas vou ajudá-lo – disse calmamente o delegado, em tom paternal. – Esse fato, transcrito no jornal, é o caso mais conhecido da Justiça paulista. Em primeiro lugar, não foi assassinato, simplesmente, uma briga que resultou em morte, com resquício de crueldade e o morto era parente, em primeiro grau, da maior autoridade policial do estado de São Paulo: a família Vidigal. Para muitos policiais, inclusive eu, isso não passa de uma vingança pessoal e familiar que deveria ser restrita, fora dos liames oficiais, apenas ao âmago pessoal. Vá a São Paulo e conte seu caso à pessoa certa e, quanto a mim e a meus policiais, não podemos fazer mais nada.

Doutor Vidigal era, hierarquicamente, uma das mais altas autoridades policiais da cidade de São Paulo. Homem sério e escrupuloso tornara-se uma lenda, não apenas por seus próprios méritos, mas também pela tradição que a família Vidigal emprestara em seus anais. Seu avô, seu pai e ele enchiam o departamento com pinturas e retratos, indicando que a presença familiar era um exemplo a ser seguido. Ocupava um magnífico escritório, também usado por seus ancestrais, onde só se tratava de fatos muito relevantes da polícia paulista. Tudo poderia, naquela tradição familiar, ser impecável se um de seus elos não tivesse sido quebrado. Enquanto despachava, na sua portentosa escrivaninha, feita em madeira, escura e de lei, às suas costas, havia entre inúmeros livros jurídicos um retrato do único irmão: Doutor Alceu Mesquita Vidigal. Praticamente, essa recordação não estava só para lembranças póstumas, mas também para fermentar um ódio que, com o tempo, se transformou em vinagre, o ranço da vingança. O falecido era recém-formado, dotado de uma inteligência fora do comum, mas, em uma noite, presenciada pela mais fina sociedade paulistana, foi assassinado com crueldade. Seu velho pai, no leito de morte, disse-lhe inconformado:

– A morte de meu amado filho foi meu galardão por tantos anos dedicados à Justiça. Prendi milhares de marginais, assassinos, mas, para minha tristeza, o que tirou a vida do meu primogênito, eu não consegui – doutor Vidigal olhou para o pai e prometeu:

– Farei isso, para o senhor, mesmo que denigra minha honra.

Mas o tempo passou...

Doutor Vidigal, como invariavelmente fazia, às 8 horas da manhã, desceu de seu automóvel e, ao despedir-se do seu motorista, disse maquinalmente:

– Me apanhe às 12 horas para o almoço.

Sempre era o primeiro a chegar, pois o expediente deveria começar às 8 horas da manhã, mas, quando inquirido sobre a razão de iniciar o trabalho antes de seus subordinados, respondia com muita ironia:

– Nunca digo bom-dia aos meus funcionários.

Como tinha educação esmerada, os que ouviam tais palavras estranhavam, e por isso, calmamente, ele complementava:

– Eles é que me dizem bom-dia, pois sempre chego antes de todos.

Subiu as escadarias de mármore branco, carcomido no centro, pelo uso constante, e todos os que o viam passar tiravam o chapéu em sinal de muito respeito, pois, afinal, a autoridade nele investida era uma das maiores do estado paulista. Todavia, não era apenas o cargo que lhe ensejava reverências, mas, principalmente, sua invejável honestidade.

Ao passar pela sala de espera, apertou as mãos de algumas pessoas e lhes dirigiu palavras amenas e descontraídas. Todos, naquela época, na capital, trajavam ternos feitos, na sua maioria, sob medida. Era inconcebível ferir esse costume. Talvez por esse motivo não dirigiu a atenção a um jovem, com barba por fazer e trajando apenas calça e camisa, que também o aguardava.

Recebeu o bom-dia de sua secretária e uma xícara de café forte e fumegante, exatamente como gostava de tomar a revigorante rubiácea. O odor agradável de café invadiu seus aposentos.

– Como está a agenda? Alguém importante? – perguntou à secretaria.

– Normal, apenas um homem, do interior de Minas Gerais, deseja falar-lhe.

Doutor Vidigal desviou o olhar do jornal e, encarando-a, falou resoluto:

– Mande-o para outro setor, pode ser?

– Não, doutor, ele disse que só falaria pessoalmente com o senhor.

Mostrando aborrecimento e com olhar crítico, disse:

– Mande-o primeiro a um alfaiate e que venha com barba aparada!

Todos da sala foram atendidos, menos o mineiro. Doutor Vidigal saiu pelos fundos e, delicadamente, a secretária disse que havia transmitido o seu recado mas que, infelizmente, não era possível atendê-lo.

Francisco, no intervalo do almoço, saiu para comer alguma coisa. Como se sentia um estranho em uma cidade onde todos trajavam ternos, passou em uma loja e adquiriu um paletó e uma gravata, que minorassem seu aspecto interiorano. Ao olhar-se no espelho, levou um susto, pois se sentia um palhaço de circo. Sentou-se em um banco de jardim e ficou matutando consigo mesmo: "São Paulo, capital, era bem diferente das outras cidades que conhecera: grande movimento de pessoas, automóveis e os barulhos característicos dos bondes e, mesmo assim, uma cruel solidão... Na verdade ninguém me conhece. Ninguém pode avaliar que minha maior qualidade é a perseverança. E juro, por tudo que é sagrado, que ajudarei a prender o assassino do meu pai. Há certos momentos, na vida de uma pessoa, que marcam o seu final. Eu deveria tirar meu pai daquele lugar e, se eu morresse nesse intento, não faria muita diferença, pois não julgo meus irmãos, mas morri naquela manhã, independentemente de estar hoje, aparentemente, vivo".

Voltou para a sala de espera e a secretária, quando o viu de paletó, ficou deveras penalizada com o pobre rapaz. Aproximou-se e perguntou:

– Francisco, não é esse seu nome? – disse preocupada. – O que, realmente, nós poderemos fazer por você?

O mineiro tirou um papel do bolso do paletó, com alguma coisa escrita, e lhe entregou.

– Mostre-lhe, por favor!

No horário habitual, doutor Mesquita entrou e cumprimentou a todos, mas ao ver o comendador Almeida ficou, por um bom tempo, conversando com ele e, ao sair, sentenciou:

– Será o primeiro a ser atendido, comendador – disse se despedindo.

Quando entrou no escritório a secretária confidenciou-lhe:

– Ele atendeu ao seu pedido.

– Que pedido? – disse espantado Vidigal.

– Primeiro vá a um alfaiate!

Ele riu, mas ao ler o recado que ela lhe entregara, ordenou:

– Mande-o, entrar!

Mas, e o comendador? – perguntou sem saber o que fazer.

– Peça desculpas, e diga que surgiu um assunto muito importante. Logo lhe atenderei.

O homem público aprumou-se na cadeira e sentiu o coração bater muito forte.

A secretária acompanhou Francisco e mandou-o sentar-se diante da autoridade.

Depois das apresentações, Vidigal disse:

– O que o senhor tem para mim?

– Apenas um nome que o senhor procura há muitos e muitos anos.

Um pouco apressado, foi direto ao assunto:

– Quem é o senhor, o que deseja em troca e por que me faz esse favor?

– Meu nome é Francisco, desejo justiça e não lhe faço favor nenhum, apenas, faço a mim mesmo.

– Então, você sabe onde está Estélio Pereira Lima? – ao fazer essa pergunta, uma tristeza abateu-se sobre a fisionomia do advogado e continuou:

– Agora é tarde, meu caro, o crime prescreveu, disse como se encerrasse o assunto. – Pondo-se de pé, foi à estante de livros e pegou o porta-retrato e mostrando-o para o visitante.

– Você sabe quem é?

– Não faço a mínima ideia...

– É meu irmão: doutor Alceu Mesquita Vidigal. Foi assassinado em frente à nata da sociedade paulistana por esse homem demoníaco.

Doutor Mesquita, como sentisse realmente o que dissera e principalmente a respeito da prescrição do crime, pôs as mãos no rosto e ficou por um tempo absorto.

– Doutor, o senhor Estélio não cometeu apenas esse crime – disse Francisco, como se temesse voltar ao assunto.

Os olhos do advogado caíram sobre o mineiro e uma ponta de esperança brilhou no seu conturbado semblante.

– Tem certeza, Francisco?

– Absoluta! Ele matou meu pai e de maneira cruel.

Doutor Vidigal falou para si mesmo: "Meu Deus! Eu que pensei não cumprir, jamais, a promessa feita ao meu pobre pai...".

Levantando-se, rapidamente, exclamou:

– Você virá comigo?

– Com toda certeza – respondeu Francisco. – Finalmente, meus pesadelos irão se acabar.

No dia seguinte, no restaurante da composição ferroviária, que fazia o trajeto de São Paulo a Cristália, o doutor Vidigal, impecavelmente trajado, jogava paciência, quando o sargento Alves aproximou-se e reservadamente lhe falou ao pé do ouvido:

– Faltam dez minutos.

Eram precisamente 11 horas da manhã.

Cerca de 15 homens, a maioria, como era hábito na capital, apesar do calor reinante, trajava paletó escuro. Ao lado dos soldados, sem que ninguém lhe desse a mínima atenção, Francisco aguardava o prato que, pelo tempo decorrido, estava frio. "A vingança se come fria." Essa ideia não lhe saía da cabeça.

Ao chegarem, o policial reuniu-os e salientou que eles deveriam ficar em pequenos grupos espalhados e que não chamassem, em hipótese nenhuma, a atenção. Não deveriam se comunicar com ninguém, a não ser com seus próprios companheiros. Ele e o sargento Alves, homem de sua inteira confiança, em companhia do mineiro, foram, a passos largos, à delegacia local.

O delegado, quando seu intendente disse-lhe que o dr. Vidigal queria vê-lo, quase caiu da cadeira.

– Doutor Vidigal? Tem certeza de que ouviu certo?

Enquanto aguardava a ilustre e inesperada visita, pensou: "Acho que falei demais. Posso ser transferido para o fim do mundo, por causa de um mineiro mentiroso".

Seu superior entrou e apresentou os acompanhantes e, por cautela, para que a notícia não vazasse, não lhe falou o objetivo de sua vinda, apenas pediu que providenciasse dois caminhões pequenos para a locomoção de seus homens.

O delegado, antes de tomar as providências requeridas, olhou para Francisco e reparou que ele tinha, nos cantos dos lábios, um sorriso de indelicada ironia. "Estou ferrado", pensou.

Às três horas da tarde, daquele mesmo dia, depois de um sacolejar interminável, as duas conduções pararam a cerca de 500 metros do Portinho.

– Verifiquem as armas – salientou o sargento Alves – e não quero mortes, apenas se defendam.

A maioria dos policiais abriu os paletós e conferiu as pistolas e espingardas, para que nada desse errado. Silenciosamente, desceram à estrada que dava para o rio. Passaram por uma casa, que fora incendiada e, do alto, perceberam a movimentação no ancoradouro. Alguns pescavam ou tiravam água dos barcos, outros jogavam cartas sob uma frondosa árvore.

Um dos barqueiros olhou para o lugar vazio do parceiro de carteado e praguejou:

– Onde o Capivara foi?

– Foi mijar, espere um pouco...

Nisso, saindo de todos os cantos, diversos homens armados os cercaram. Doutor Vidigal, portando uma linda pistola niquelada, vociferou:

– Estão todos presos para averiguações e, por favor, levantem as mãos.

Aterrorizados e surpreendidos, os barqueiros reuniram-se sob a mira dos policiais e Capivara, que mal fizera o que pretendia, escondeu-se no mato para fugir do assédio armado.

– Tem mais alguém por aí?

Ninguém respondeu. Todos, indistintamente, foram amarrados ao redor do velho pau-d'alho. Capivara pensou: "Vieram prender o Fidalgo. Preciso avisá-lo. Mas como? Os barcos estão todos detidos!" Só havia um meio: atravessar a floresta com todos os riscos inerentes possíveis e ver se conseguia chegar a tempo. Capivara devia muito ao Fidalgo. Por diversas vezes ele o tinha ajudado. Seria o que Deus quisesse e, como louco, entrou na floresta rumo à distante fazenda Mata Verde.

Capivara, enquanto adentrava a mata, ainda conseguiu ouvir o delegado perguntando:

– Quem é o dono da fazenda Mata Verde?

– Fidalgo.

– É verdade que vocês obstruíam o tráfico de barcos rio acima e só levavam quem o senhor Fidalgo mandasse?

– Não é bem isso – disse um negro reluzente pelo suor que o banhava. – Apenas, há algum tempo, começaram a aparecer invasores de terra que, por sinal, mataram diversos colonos do senhor Fidalgo, e, por esse motivo, como os barcos são dele, tivemos ordens de levar viajantes conhecidos ou com sua autorização.

O sargento perguntou:

– Só passava quem ele queria?

O negro riu e disse:

– Não é bem assim, pois como só havia a fazenda Mata Verde rio acima, e por temer invasores, só levávamos quem tivesse sua autorização.

Doutor Vidigal olhou de soslaio para Francisco e pensou: "Esse sujeito foi um dos invasores".

O sargento continuou o interrogatório:

– Vocês ouviram falar em um homem que foi crucificado?

Os homens começaram a rir.

– Por que estão rindo? – perguntou o sargento demonstrando impaciência.

Novamente o negro, dono de uma simpatia ímpar, falou com ar de riso:

– Sim, Nosso Senhor Jesus Cristo!

O sargento Alves, que já tinha a paciência no limite, deu um violento tapa no sorridente negro, fazendo-o cair de costas. Os homens, que nada ajudaram, por castigo, continuaram amarrados e vigiados por dez policiais. Ao lado, Vidigal que mastigava um biscoito perguntou:

– Quanto tempo, de barco, até a fazenda Mata Verde?

– Onze horas, aproximadamente – respondeu um deles com receio de levar um tabefe.

– Então, por precaução, vamos considerar 12 horas e, se sairmos agora, estaremos na propriedade às quatro da manhã. Faremos uma ação concatenada dividindo-nos em quatro grupos de quatro. Francisco vai ao meu lado. Entrarei pelo porto; e o sargento, com os três grupos, deverá cercar a sede da fazenda por terra, utilizando os carreadores do cafezal. Já sabemos que o Fidalgo ainda continua hospedado na tenda e se nega a mudar para a casa que construiu. O único branco, Couro de Anta, é matador profissional e, portanto, muito perigoso. Quanto ao Fidalgo, quero-o vivo, bem vivo, entenderam?

O sargento Alves aproximou-se do doutor Vidigal, chamando-o a um canto, e perguntou:

– É tudo combinado. Ninguém fala nada, mas como poderemos ter certeza de que essa invasão não vai ser uma mortandade? Refiro-me à nossa própria – completou.

O cabo, que estava sentado ao lado do delegado, pensou um pouco e falou:

– Doutor, acho que o sargento tem razão. Precisamos de mais homens e poderemos achar em Cristália, pois tenho certeza de que o delegado nos ajudará.

– Achar em Cristália? Você quer que eles saibam da nossa operação? Se é que já não estão sabendo – arrematou Vidigal.

Houve um silêncio e todos notaram que o plano não era perfeito.

O sargento, muito preocupado, disse:

– Olha, a pior invasão é por rio. Simplesmente somos alvos fáceis e não vemos onde os nossos inimigos escondem-se. A mata não nos deixa vê-los.

Doutor Vidigal levantou para se servir de café:

– Não tem jeito de alguém conseguir avisá-los em tão pouco tempo. Eu proponho...

Suas palavras foram interrompidas por um dos soldados que desciam a estrada e, na frente dele, sob a mira de uma pistola, estava um enorme mulato.

– Posso falar, senhor?

O sargento ignorando o que o soldado ia dizer, perguntou ao recém-chegado:

– Quem é você?

– Sou pescador e me chamo Jurandir.

Os negros, que operavam o Portinho, sentiram que o traidor os colocaria em grande desvantagem e todos o olharam com desdém.

– Sente-se aqui, Jurandir, quer um gole de café? – perguntou Vidigal, na esperança de que o mulato pudesse ser de alguma utilidade. – Você conhece a fazenda Mata Verde?

– Sim, eu já trabalhei na propriedade.

Um ar de alívio transpareceu no rosto dos invasores, servindo para desanuviá-los.

– Como é Fidalgo?

– Um pernóstico, efeminado, e quase me matou com um golpe sujo.

– Ele o pegou de traição?

Antes de responder, Jurandir olhou para os negros que se mostravam indignados com o que ouviam e, evitando não ser contestado, não respondeu.

– Vamos, conte-me o que houve – pediu o delegado, ansioso pelo que poderia ter lhe acontecido.

Jurandir narrou o entrevero e, no momento em que ele contou sobre a fisionomia gelada e o sorriso irônico do seu adversário, Vidigal exclamou:

– Só pode ser ele. Estélio Pereira Lima! – olhou para o lado, à procura do sargento Alves e falou:

– Finalmente, Alves, finalmente!

Quando acabou de ouvir o que o gigante contara, chamou-o para que fosse com eles, pois conhecia a fazenda e, também, para que desse seu aval ao plano de invasão. Jurandir não só aceitou como passou a sugerir detalhes também, corroborando com o plano anteriormente traçado. Havia um estranho brilho nos olhos do mulato Jurandir. Já para o doutor Vidigal, ao olhar para Francisco e Jurandir, esconjurou:

– Homens de meias verdades.

Enquanto isso, Capivara tentava seguir um precário atalho no meio da densa floresta. Por ser dificilmente usado, esse atalho era desfeito pela vegetação nativa que teimava em ocupar o espaço que lhe fora tomado e, encobrindo-o em poucos dias depois, não havia quase a trilha.

– Eu vou conseguir! Eu vou salvar Estélio.

Nesse trajeto, por diversas vezes, sentia-se perdido e andava em círculos, mas seu maior temor era que escurecesse e as nuvens cobrissem a Lua Cheia, tornando o caminho mais difícil do que já era. Suas roupas estavam em frangalhos. Os espinhos deixaram seu corpo ensanguentado e milhares de insetos, atraídos pelo suor e pelo sangue, implacavelmente o atacavam. As grandes árvores com suas copas gigantes tornavam o caminho escuro e amedrontador. Barulhos, quando parava para tomar fôlego, surgiam em todos os cantos e tinha-se a impressão de que, de uma hora para outra, animais das mais variadas espécies o atacariam. Como seus pés estavam em carne viva, parou, rasgou a camisa em duas e fez, de maneira tosca, dois improvisados sapatos. Se seus pés se sentiram aliviados, isso não aconteceu com suas costas que eram atacadas pelos famintos e persistentes insetos. Pensou em desistir, mas não parou.

Atravessou um lugar muito sombrio e, para sua felicidade, ouviu um barulho que, quanto mais andava, mais era percebido e, por causa dele, iria matar uma sede infernal proveniente do sangramento e excesso de suor. Aos trancos e barrancos continuou à procura da queda-d'água que não deveria estar muito além. O marulhar foi aumentando até surgir, à sua frente, uma magnífica clareira e, como estava anoitecendo, a visão era extraordinária: estava em frente à cachoeira da Anta, não muito distante da Fazenda Mata Verde. Correu em direção à bacia de águas cristalinas que se formava aos pés da queda-d'água e entrou de roupa e tudo. Apesar do calor, a água estava gelada. Foi um santo remédio, pois, como por milagre, além do banho purificador, suas dores sumiram e seu corpo foi revitalizado. Mas, quando levantou os olhos, no alto da cachoeira, viu uma enorme pantera-negra, cujos olhos, azuis translúcidos, estavam direcionados em sua direção. A onça tinha sob suas garras um enorme cervo, o qual era sua refeição. Ela voltou-se à sua presa devorando-a e Capivara, aliviado, pôde continuar o seu caminho.

Horas antes, barqueiros e policiais haviam saído do Portinho rumo à fazenda Mata Verde. Doutor Vidigal foi no segundo batelão, antecedido pelo do sargento Alves. As águas estavam serenas e propícias à navegação, todavia, a sua continuidade não era de profissionais acostumados com o ofício, os barcos se moviam mal e sua direção deixava a desejar.

– Estão sabotando a viagem! – gritou o sargento com sua paciência no limite.

– Parem! – gritou Vidigal e todos os barcos pararam numa pequena praia.

Doutor Vidigal deu uma olhada de soslaio para o sargento, como se dissesse: "O problema é só seu".

Desceu do barco e com ar de ironia, falou:

– Vou fazer minhas necessidades.

Alves adentrou o mato e, depois de algum tempo, retornou com um galho de marmelo. Olhou para o primeiro barqueiro e mandou que tirasse sua camisa. Ato contínuo, dois policiais o seguraram. Os olhos do sargento faiscavam. Os urros seguintes foram ouvidos mata adentro e o sangue vermelho tornou-se mais contrastante com as costas negras do surrado e descia, como na colheita de látex, seguindo as lesões produzidas pelo açoite implacável, que escorregava pelas pernas manchando de vermelho a suja e surrada calça. Quando o sargento parou, o negro desabou. Vestiram-lhe a camisa e, nesse momento, como se estivesse em seu escritório, doutor Vidigal voltou e disse como se tudo ignorasse:

– Desculpem! Agora podemos ir.

Reabastecidos, os barcos, daquele momento em diante, passaram a singrar com muita rapidez as plácidas águas do belo rio paulista.

Depois do casamento, como tinha prometido, as construções em sua fazenda haviam começado e progrediram a toque de caixa, seguindo as palavras de Estélio: "Vou fazer da Mata Verde a melhor fazenda do Brasil!".

Sua fazenda parecia um canteiro de obras e foi neste período que, inexplicavelmente, Estélio desapareceu. Havia procurado um engenheiro em São Paulo e feito a planta do que pretendia. Procurou o sogro e o senhor Zequinha para que acompanhassem, na sua falta, as edificações.

O que mais impressionou o senhor Junqueira foi um enorme armazém com compartimentos estanques para que, em caso de incêndio, não fosse totalmente afetado e sua carga destruída. O sogro lembrou-o do perigo das geadas e estranhou o que seu genro lhe respondeu:

– Vai ser bom para mim.

– Bom para você?

– Exatamente. Todos os anos armazeno para o futuro 20% da minha produção não me importando com o seu preço. Vou, paulatinamente, substituindo os sacos velhos por novos, fazendo tudo para preservar sua qualidade. Se gear, tenho certeza absoluta de que o preço subirá, certo?

– Certo – respondeu o senhor Junqueira –, mas e daí?

Estélio levantou seus braços e em um gesto alegre respondeu:

– Daí, venderei meu café em período que ninguém tem de três a quatro vezes mais caro, ficando imune a qualquer prejuízo. O que foi queimado é substituído pela valorização do café anteriormente colhido.

O que mais agradava o paulistano era um gramado impecável que cercava a sede e dependências da Mata Verde, além do grande e portentoso armazém, repleto de sacas de café, rodeado de longos gramados e jardins, sempre com apenas duas variações de cores, o verde das gramas e o vermelho das flores. Quem chegava ao embarcadouro, divisava uma avenida, muito bem cuidada, que se encaminhava para os grandes silos. O tamanho e a altura dos prédios descaracterizavam a floresta e sobrepujavam a Natureza.

Estélio havia comprado um grande sino e foi preciso o auxílio de todos os colonos para que fosse suspenso e alojado em cima do maior armazém. Na região era, certamente, o maior de todas as cidades vizinhas. Quando soava, o som era ouvido de muito longe e se esparramava pela mata. Toda a alvenaria das construções era feita de tijolos à vista, tipo inglês, e janelas e portas brancas. A escola, as casas dos colonos, com banheiros internos, eram feitos todos da mesma maneira. A avenida era calçada com paralelepípedos, e o que nem se via nas cidades, na

Mata Verde, já estava sendo implantado: postes para energia elétrica. O paulistano mandou vir da França um dínamo que, alimentado por uma queda de água, iluminava, antes de Cristália, a entrada da Mata Verde. A casa, feita para servir de residência para Estélio, era uma imitação, em tamanho menor, da residência que fizera para o casal em Cristália; mas, por não poder ou não querer morar na cidade, repetiu-a na fazenda. Sua tenda conservou-se no mesmo lugar e foi a única que não foi tocada pela reforma. Ele a queria, como sempre, fora desde o primeiro dia de sua chegada.

Sua ausência era muito sentida. Os colonos quando viam sua tenda sem sua carismática figura, em sua varanda, assistida por Balu, tomando seus conhaques e, prazerosamente, fumando seus Havanas, sentiam um vácuo muito profundo. O casamento do qual eles participaram, o tempo em que passaram juntos e os liames naturais que os ligavam, os tornavam dependentes de sua autoridade e de sua presença. A Mata Verde tornou-se uma pequena cidade, bem esquematizada, bem acabada, mas já não era a mesma fazenda das grandes fogueiras, dos urros da pintadas, do contato direto com a mãe natureza, e no velho rio já não se pegavam tantos peixes; a mão humana, aos poucos, estava sendo usurpadora da tranquilidade antiga.

Muito tempo depois, Estélio reapareceu e, para a surpresa geral, alguma coisa havia mudado. Talvez nos planos, talvez em sua alegria natural, mas, sem dúvida, quanto à sua aparência, pois já não era mais o dândi de outrora. A barba, fato nunca visto, estava crescida e as roupas não tinham o mesmo viço do passado. Apesar de Balu tocar o sinete, correndo de um canto para outro, anunciando com entusiasmo sua volta, ele estava sério e reservado.

Naquela noite, como sempre fazia, convidou Couro de Anta para um jantar em sua varanda. O engraçado era que, em vez de vistoriar as construções, não se dignou a olhá-las, como se todas aquelas obras não existissem e sua vida continuasse circunscrita à sua tenda.

Mendes, observador ao extremo, sentiu que alguma coisa estava acontecendo, mas, por ser discreto, conservou-se aparentemente indiferente, esperando o decorrer da conversa para ter certeza, no momento apropriado, do que estaria acontecendo.

Estélio encheu os dois copos com conhaque, começou a preparar seu charuto e, sem olhar para seu interlocutor, falou:

– Más notícias, Mendes! – disse depois de tomar uma talagada da bebida.

Couro de Anta tirou seu chapéu, olhou comprimindo o olho como gostava de fazer, correu o charuto de um lado para outro de sua boca e disse com um ar de ironia:

– Não pode haver más notícias, tudo o que você queria está acontecendo – bateu no ombro do paulistano, demonstrando intimidade e descontração e, com um grande sorriso, completou:

– Você é um vencedor! Eu o invejo.

– Nem tudo. Fiquei sabendo que toda a área rio acima do Portinho foi loteada. Daqui a pouquíssimo tempo, o trem e uma estrada servirão de contato. Nossa paz, nosso mundo, meu caro e leal amigo, terminaram e, com toda certeza, eu fui um dos responsáveis.

Não se conformando com essas palavras, Mendes reafirmou:

– Você venceu Estélio, você venceu!

Estélio olhou-o de maneira intensa e diferente da usual, ficou de proferir palavras, mas estranhamente permaneceu muito tempo em silêncio, como se refletisse sobre o que iria continuar falando.

– Não, não é isso que eu quero! Talvez você não entenda o alcance do que vou dizer, pois, para entender-me, é preciso comungar das minhas ideias. Não é a vitória que almejo, pois ela e a derrota são apenas consequências. Eu sempre amei e ainda amo o desafio e, quanto maior, melhor. Nesse aspecto, nunca penso negativamente, pois não pretendo desafiar o que é fácil vencer e sim o impossível. Não tenho mais nada para fazer aqui. Aqui – realçou – não é mais meu lugar!

Olhou com muita tristeza para seu companheiro e desabafou:

– Não sou como a maioria das pessoas que, sistematicamente, a morte corre atrás. Diferentemente de todo mundo, como meus ancestrais, eu é que corro ao encontro dela. Nunca poderei viver esperando que a morte, de um momento para outro, venha me procurar.

Couro de Anta, para não prolongar esse assunto, resolveu calar-se, mas, no fundo, sentiu que não era muito diferente do paulistano, afinal, sua vida sempre fora repleta de riscos, e, muitas vezes, como na Guerra do Paraguai, desnecessários.

Naquela noite não jantou e Balu precisou ajudá-lo para ir para a cama. E pensava: "Ele nem entrou na avenida, nem viu a igreja, o armazém e não acendeu a luz de sua tenda, continuava usando a velha lamparina. A nova fazenda Mata Verde, para Estélio Pereira Lima, na realidade, nunca existiu".

Antes da entrega das obras, todos os dias, o paulistano subia em sua gôndola e, como havia comprado um gramofone, passeava pela floresta ouvindo quase sempre a mesma ópera: "Aida", de Verdi; o barco subia o rio e depois acompanhando a correnteza descia, vagarosamente, ouvindo sua partitura predileta. A repetição da música tornou-se uma obsessão e, como sua aparência a cada dia se tornava mais relaxada, temeu-se que Estélio estivesse à beira da loucura, mas, na verdade, ele parecia pretender compensar a mata virgem do que ele sabia ser inexorável: sua futura destruição. A linda gôndola passava, preguiçosamente, pelo rio, encantando alguns pescadores, que ficavam acompanhando com os olhos e ouvidos a estranha e inesperada visão.

– Quem é? – perguntavam.

– O fidalgo da Mata Verde.

Quando as obras se acabaram, os operários partiram e eles voltaram a ter a paz habitual. Talvez a intromissão de estranhos o tivesse deixado macambúzio, mas, depois de um tempo, o comportamento de Estélio já não sofria alterações. No dia da inauguração, fez um pequeno discurso e pediu que os empregados se mudassem para usufruírem dos benefícios das edificações que, como dizia o paulistano, foram feitas apenas para os colonos.

Naquela noite foi para sua tenda e por lá permaneceu; apenas pela manhã, notou que, semelhantemente a ele, ninguém havia se mudado para as novas instalações.

A apatia era tão grande, que o alegre Balu, contagiado por esse estado de coisas, ficava, como fosse uma manifestação dos sentimentos de Estélio, pesaroso, pois ele mal tocava na sua comida, e muito menos, demonstrava ter qualquer apreço a coisa alguma. Todavia, o que parecia impossível de acontecer, aconteceu. A mudança do líder tinha sido tão radical que, naquela noite, sem que tivessem combinado, a maioria de seus fiéis colonos foi, paulatinamente, se aglomerando em frente à barraca, como que buscando uma explicação para essa terrível tibieza.

Quando o paulistano percebeu a reunião improvisada, apareceu na varanda e ficou, por um longo tempo, olhando para seus velhos amigos. Por outro lado, em sinal de respeito, nenhum deles proferiu palavras.

Calmamente, como se já soubesse desse fato, falou com muita serenidade:

– O que vou dizer agora, em hipótese nenhuma, deveria ser dito, mas, como vieram até aqui, vou lhes falar a minha realidade e, se vocês forem sensatos, não deverão compartilhar dessas minhas ideias: a nossa Mata Verde não é mais aquela que sonhei. Tentei, inutilmente, nas melhores intenções, transformar uma pérola inculta em uma joia trabalhada. Por meu indômito espírito, possuo uma alma aflita e inquieta. Assim, notei que a Natureza jamais deveria ser transformada.

Pensei, erroneamente, que seria uma inigualável vitória encher essa linda floresta com enormes edificações. Estava errado. E se algum de vocês achou que eu estava errado, acertou! Todavia, nunca pensei como o restante dos homens. Na minha solitária opinião, viver na Natureza é viver com a natureza. Não poderei dormir na nossa querida floresta sem compartilhar da frescura da selva e do canto repetitivo dos grilos. Necessito comungar com a Natureza. Os bons tempos nunca foram minha temperatura ideal, pois é na tempestade e nas intempéries que me sinto bem. Mas vejam só – parou e olhou demoradamente para cada um deles, como se procurasse apoio e, apontando para as construções gigantescas, continuou: – tudo isso eu fiz pensando no conforto de vocês. Mas, será o conforto essencial? No meu casamento percebi que nós temos muitas coisas em comum. Por isso, humildemente, peço perdão a vocês pelos apertados calçados e desconfortáveis paletós que lhes ofereci. Simplesmente pensei, equivocadamente, que seria o melhor para vocês, todavia, sua sabedoria, me mostrou com muita sutileza, ao cantarem para mim, que apesar de desnudos, foram mil vezes mais grandiosos que a melhor orquestra que pude contratar.

Estélio, bem emocionado, observou que suas palavras pareciam com as deles. Voltou, na mesma entonação, a pedir desculpas pelo casamento:

– Peço perdão, novamente, pelos ternos, gravatas, talheres e os champanhes. Sabem por quê? Porque não consigo mais viver em sociedade e vocês já tinham escolhido o modo de viver, e nesse modo de existir não teve e nunca terá espaço para o que lhes ofereci. Se vocês já tinham feito as opções, eu, infelizmente, só mais tarde compreendi o que já sabiam anteriormente. De uma maneira ou outra nós somos filhos dos mesmos pais e eles nos ensinaram que a vida sem perigos, sem terríveis desafios, é passatempo tedioso. – Deu uma parada no que dizia e sentindo que o momento era propício, arrematou: – Vocês sabem o que fiz nesses 45 dias que fiquei longe da Mata Verde? Fui procurar um lugar onde nós poderíamos voltar à nossa verdadeira vida: a floresta. A mata é nossa casa e, quando é invadida pelo progresso, já não é mais os lugar ideal para nós.

Percebendo que os colonos tinham uma expressão favorável ao que dizia e estavam prestes a explodirem em aprovações, continuou:

– Eu quero fazer um convite para todos vocês: vamos para a Amazônia, vamos começar tudo de novo. A vitória, para nós, não é o objetivo, é apenas um final. O que queremos é que, todos juntos, possamos lutar por um ideal e esse objetivo nos pareça impossível, mas, para nós, com nossa experiência, nada é impossível de alcançar. Formamos um grupo que desconhece derrotas. Nós não somos o que somos. Somos o que pretendemos ser.

Houve um grito uníssono de aprovação.

– Vamos abrir novas picadas, em lugares onde ninguém colocou os pés; vamos ouvir novamente os urros das onças, vamos voltar à vida que sempre desejamos, e essa vida, infelizmente, não é mais aqui! Mas eu não poderia pedir isso a vocês, já que tudo aqui, por Deus, foi feito pensando no seu conforto e no seu prazer, se não os conhecesse profundamente. Nós, todos aqui, pelo que percebo, não nascemos para a luz elétrica. Convido cada um de vocês para partir para um afluente do Rio Negro, na Amazônia, e montar uma usina de açúcar. Vamos ensinar ao nordeste como se faz a melhor usina do Brasil.

– Vamos! Vamos! – gritaram todos. – Vamos para a Amazônia!

Couro de Anta, sentado não muito distante, pensava: "Eu não entendo, mas posso compreender".

Os colonos, impulsionados por essas palavras, começaram a pular e a gritar.

– Vamos! Vamos para a Amazônia!

Uma alegria tomou conta de todos e Estélio, que fora o germe da explosão, partiu ao encontro dos colonos e, em ato contínuo, começou a abraçar um por um, e eles como confiavam cegamente em suas palavras não temiam começar, em lugar tão distante, tudo novamente.

Couro de Anta, muito bom observador, notou no rosto do paulistano que seus olhos tinham o mesmo brilho de outrora.

Foi nesse momento que, abrindo o grupo efusivo dos colonos, todo ensanguentado, roupas em farrapos, o barqueiro Capivara aproximou-se de Estélio e, segurando em seu ombro para não cair ao solo, parecia ter dormido com uma onça-pintada em sua companhia, na mesma cama.

– O que aconteceu, Capivara? – perguntou Estélio.

– Os soldados vêm vindo! – tomou fôlego, deu uma pausa: – Os soldados estão vindo para prendê-lo!

– Um "oh" generalizado se fez ouvir e todos olharam para Estélio.

– Quando chegam?

– Talvez de madrugada.

– Quantos são?

– Uns 15 soldados fortemente armados.

Um dos colonos, conhecido por sua valentia, falou:

– Vamos atacá-los na Goela do Lobo!

Couro de Anta, que até o momento não se manifestara, aproximou-se e com muita frieza, que sempre lhe era peculiar, falou:

– Calma, gente! Em primeiro lugar acudam Capivara e, depois, sentem-se para podermos pensar no que deveremos fazer. Qualquer atitude precipitada poderá ser fatal.

Estélio sentou-se em sua cadeira e sentiu o mundo ruir e apenas ouvia o que diziam.

– Vamos fazer o seguinte – disse Couro de Anta pedindo silêncio. Vocês conhecem a Goela do Lobo, onde o rio fica bem estreito? Pois bem, vamos para lá. É o lugar ideal e lá nem um exército poderá passar. Vamos descer e esperar por eles.

Parecendo indiferente a tudo e a todos, Estélio continuou sentado sem dar um palpite sequer.

Formaram grupos e começaram a planejar, nos mínimos detalhes, a expedição militar. Couro de Anta, envolto no acontecimento inesperado, voltou repentinamente a ser o cabo Mendes e principiou a dar orientações, quando Estélio, saindo de sua letargia momentânea, aproximou-se e, colocando as mãos nas costas do mateiro, falou pesaroso:

– Meus amigos, é a mim que procuram, não estão atrás de vocês. Jamais me sentiria justo fazendo-os lutar por um foragido da Justiça. Essa luta é só minha e de mais ninguém.

Houve uma série de discordâncias e os colonos pareciam não aceitar esses argumentos pessoais, afinal, eles formavam um grupo compacto, cujo lema era todos por um.

– Olhem! – disse tentando apaziguar. – Mesmo que matemos todos eles, centenas de outros soldados voltarão novamente, até o fim implacável de todos nós. E o pior, sabe que farão? Destruirão o que demoramos décadas para construir: a Mata Verde. Não deixarão pedra sobre pedra e, se aqui não é mais o lugar ideal, mesmo assim, não deixa de ser nosso, pois tudo isso foi feito com o suor de nossos rostos.

Foi um balde de água fria nos espíritos exaltados. Por sua vez, depois dessas palavras, o paulistano, como que arcado pelos problemas iminentes, cabisbaixo voltou para sua tenda. Sem ação, todos se entreolharam e um deles falou:

– A Amazônia, infelizmente, chegou tarde demais para nós.

Precisamente às cinco da manhã, o sol nem havia nascido, quando os barcos pararam, em silêncio absoluto, a poucos metros do ancoradouro da Fazenda Mata Verde. Parte dos soldados, orientados por Jurandir, entrou pela mata, para dar a volta e pegar Estélio e os colonos pela retaguarda. Às 5h30 deveriam entrar na propriedade tanto pelo ancoradouro quanto pelos carreadores dos cafezais que circundavam a sede da Mata Verde. Mas, enquanto passavam pela espessa floresta, os soldados rezavam para que não ocorresse uma emboscada. O barulho de galhos e folhas amassadas, enquanto andavam, por causa do temor que sentiam, parecia se esparramar escandalosamente pela mata. O alívio só apareceu quando entraram nos cafezais e viram o que jamais acreditariam ver naquele fim de mundo: toda iluminada, recém-construída, uma fazenda que parecia uma moderna cidade saída dos contos de fadas. Todos entraram ao mesmo tempo e a admiração foi geral. Penetraram, sorrateiramente, por trás do grande armazém, passaram pela igreja, pelas casas dos colonos, mas não havia sinais de vida perceptível. Temeram outra emboscada que também não aconteceu. Os 17 homens encontraram-se, finalmente, como haviam combinado, em frente à praça da igreja. Ainda pasmos com a beleza e modernidade do local, tiveram a mesma conclusão:

– É uma fazenda fantasma!

Não havia uma única alma por lá que pudesse dizer-lhes onde estavam. Rasgaram, de uma só vez, a tenda do foragido e também não havia pessoa alguma.

Apavorado com a inusitada situação, doutor Vidigal gritou:

– Andem por todos os cantos e me achem alguém para informações. Se algum de vocês conseguir um prisioneiro, vou dar-lhe minha pistola madrepérola como recompensa. Foi nesse momento que, proveniente do ancoradouro, Francisco veio correndo e gritando a todo pulmão:

– Doutor Vidigal! Doutor Vidigal!

– O que aconteceu? Achou alguém?

– Não, mas venha ver. – Em passos rápidos foram ao pequeno cais e na areia, agora visível com o amanhecer, havia algumas caixas de alimentos postergadas por pessoas que, a toque de caixa, deixaram o porto.

– Estão faltando barcos, Jurandir?

– Claro, doutor, está faltando no mínimo cinco barcos.

– Alimentos, barcos faltando – pensou em voz alta Vidigal, só poderão ter subido o rio que é a única saída. Ou tem outra?

– Não que eu saiba – respondeu o mulato.

O delegado sorriu, pois, pelo que parecia, seu plano tinha dado certo. Dias antes, havia combinado com o capitão Farias, velho amigo, sediado em Guaxupé, para que descesse o rio para cercar Estélio, caso subisse o curso de água. Havia acertado na mosca!

– Vamos, gente! Vamos! Peguem comida e vamos atrás deles – gritava com muito entusiasmo o homem da lei.

Foram à despensa do refeitório e lotaram caixas com mantimentos. Ia começar uma grande perseguição. Quando todos já tinham montado nos barcos, os remadores tornaram a ouvir as ameaças, caso boicotassem a viagem, do furioso sargento Alves:

– Se não remarem direito eu atiro nos pés! Juro por Deus, que atiro!

Nesse preciso momento, em que o sol surgia com toda sua potência, para espanto de todos, ouviu-se o badalar do gigantesco sino.

– É o sino do armazém! Vamos para lá! Temos que pegar o cara! – disse pulando do barco o sargento Alves. Todos os botes voltaram ao embarcadouro e os soldados saíram em disparada para cercar o enorme prédio.

O som emitido pelo gigantesco sino esparramou-se por toda a floresta e um clima de terror fez os barqueiros suarem frio. Doutor Vidigal olhou para o Francisco e disse sorrindo:

– É o sinal para os fugitivos que estamos partindo para pegá-los. Outra vez na mosca!

Quando o cerco foi feito, o sino ainda continuou tocando sem parar. Por ser muito potente, o barulho ensurdecedor deixava os soldados extremamente nervosos. Eles, a todo custo, tentavam entrar no armazém, mas as portas e janelas estavam bem fechadas e essa dificuldade, mais o temor de perder uma testemunha importante tornava-os extremamente violentos.

– Arrombem! – gritava o sargento. – Arrombem!

Quando os soldados entraram e começaram a subir as escadas da torre, o som milagrosamente parou. Ao entrar, os homens viram que seria humanamente impossível alguém que tocava o sino ter escapulido do local mas, para o desespero do sargento, o badalo do sino estava amarrado a uma cordinha, muito comprida, que era acionada a distância por alguma pessoa escondida na mata.

– Não estou gostando dessa história, tem gente matuta no comando – disse Alves ao perceber que estavam lidando com verdadeiros profissionais.

Perderam muito tempo e não adiantava seguir o sineiro, pois já deveria ter fugido para o meio do mato. Depois de muitos minutos, quando voltaram ao porto, o sol já estava bem mais alto e o tempo perdido tinha sido relevante.

Doutor Vidigal acendeu um charuto que tirara da tenda de Estélio e disse:

– Eles não perdem por esperar! Vamos embora até o inferno, se for preciso, mas nós vamos tirar esse maníaco de circulação.

Os remadores, apavorados, não mediam esforços para movimentar os barcos. Os soldados, que não estavam acostumados com a mata fechada, passaram novamente a temer uma emboscada. Em todos os lugares em que o rio se estreitava, os corações batiam apressados: "é agora, meu Deus! é agora!", mas nada aconteceu.

Com o passar do tempo, visivelmente nervoso, Vidigal, a toda hora, reclamava da velocidade das embarcações, mesmo sem motivo, pois todos faziam o possível para remar com todas as suas forças, mesmo assim o galho de marmelo, volta e meia, manchava de sangue as camisas brancas dos barqueiros.

Se ainda havia dúvida de que os fugitivos tinham subido o rio, essa desconfiança, para a felicidade do doutor Vidigal, foi esclarecida, pois o barqueiro, que ia logo à frente, retirara das águas do rio uma almofada branca e a mostrou para os soldados.

– É a almofada da gôndola, eu a conheço! – gritou Jurandir. – Estamos no caminho certo!

Logo depois foi a vez de um cantil, com as iniciais E.P.L., aparecer boiando, ajudando a confirmar o que parecia indiscutível. Esses acontecimentos davam um especial apetite a Vidigal que, a toda momento, gritava:

– Vamos, homens! Vamos!

Já fazia tempo que navegavam quando, na curva do rio, apareceu em uma solitária praia uma tosca cruz de madeira enfiada na areia, cujos braços eram feitos de uma tábua que tinha umas palavras escritas e, para a tristeza de Francisco, as palavras eram: Fazenda Capetinga. Ouviu-se um grito alucinante que deixou todos com os cabelos em pé. Era o mineiro que, pulando do barco, quase o fez soçobrar. Enquanto nadava para a praia, continuava gritando aos prantos:

– Meu pai! Meu querido pai!

Ao chegar à praia, a cena foi muito comovente. Francisco retirou a cruz da areia e, segurando com suas mãos, beijava-a soluçante, como se fosse uma criança. A cena emocionou todos os presentes, menos Vidigal, que ao ser inquirido se deveriam buscar Francisco, respondeu:

– Não temos mais tempo! Na volta!

Os barcos, em ritmo acelerado, subiam o rio e um homem ajoelhado ante uma tosca cruz de madeira chorava como uma criança, onde seu pai, certamente, deveria estar enterrado. Essa cena emocionante foi acompanhada por todos os barqueiros e soldados até a primeira curva do rio. O silêncio da mata era apenas quebrado pelo choro compulsivo do mineiro que, abraçado à cruz, não se conformava com a terrível tragédia. Depois de longo tempo, quando o cansaço venceu o pranto, conservou-se, ainda, ajoelhado e contemplativo até ouvir uma arma sendo engatilhada. Olhou assustado para trás e viu uma pistola que mirava sua cabeça: era Couro de Anta.

– Estava à sua espera. Sabia que pararia aqui para pedir perdão ao seu pai por não tê-lo tirado de cima das árvores e enterrá-lo como cristão.

Francisco ficou branco como um cadáver e muito mais apavorado ao verificar que o chapéu cobria os olhos de Couro de Anta, sinal evidente de que sua intenção era realmente matá-lo, visto que o assassino nunca olha para o rosto do condenado.

– Quero que você me mate! – disse o mineiro com os olhos vermelhos e colocando a mão em seu peito.

Sem mexer um só músculo de seu rosto, curtido de sol tropical, o mateiro falou:

– É o que vou fazer. Mas antes, por que voltou? O exemplo não lhe foi suficiente?

Ele não respondeu, apenas pensou que em sua casa alguém o esperava e também se lembrou de que a menstruação da esposa tinha atrasado e, possivelmente, no futuro, poderia ser pai. Foi nesse preciso momento que sua valentia acabou. Francisco já não estava mais só, possuía uma família.

Ainda com olhos sob o chapéu, Couro de Anta sentou-se em um toco de árvore caído e ordenou:

– Comece a cavar ao lado do seu pai e agora!

– Mas você, realmente, vai me matar? – fraquejou. – Eu vou ser pai e já sou casado. Não é por mim, pois minha vida não vale um tostão furado, todavia, eu tenho, agora, uma família para cuidar.

– Então me diga onde está o corpo do colono que vocês mataram?
Ele não respondeu.

– Então cave!

Suas mãos se afundaram na areia solta da praia e com muito sacrifício abria, aos poucos, uma vala ao lado do improvisado mausoléu. Olhava implorando misericórdia ao mateiro e este, totalmente indiferente, passava um pequeno toco de charuto de um para outro lado da boca, com a arma constantemente apontada para o mineiro. Suas mãos sangravam quando, à sua frente, um membro descarnado apareceu sob o solo. Novo terrível grito se esparramou pela densa floresta:

– A mão do meu pai! – tirou o anel que ainda lá estava e disse:

– Está bem! Nós o matamos, mas foi acidente.

Com ar incrédulo, Mendes perguntou:

– Como acidente?

– Nós o cercamos em sua casa e gritamos que fosse embora, mas ele, valentemente, reagiu com diversos tiros que foram revidados por nós e, infelizmente, uma bala, posso lhe mostrar onde, bateu em um tronco de árvore e o atingiu na cabeça. Não queríamos matá-lo, pelo sossego eterno de meu querido pai!

– Tudo bem! – disse retirando o seu chapéu sobre seus olhos, fazendo Francisco, com essa atitude, respirar mais aliviado. – Mostre-me onde está o corpo!

Os dois foram para a antiga e pretensa Fazenda Capetinga e o caminho, ninguém mais que Couro de Anta conhecia, mesmo de olhos fechados ou na escuridão da noite. Passaram pelos antigos atalhos e calmamente reviveram os dias em que ambos ali estiveram, e não eram boas as recordações. A fortaleza, parcialmente queimada, apesar de abraçada por heras daninhas, ainda lá estava. O pobre Francisco, muito emocionado com tantas recordações, disse:

– Por que matou meu pai, eu até posso entender, mas por tê-lo deixado pendurado e crucificado, isso jamais poderei compreender e perdoar.

Mendes parou de andar, abaixou a arma e disse:

– Para não ter que matar nem você, seus irmãos e Linda. Vocês invadiram uma propriedade e, mesmo sem querer, como argumenta, mataram e roubaram o dinheiro que foi oferecido para irem embora. Você acha que eu errei os tiros ou apenas pretendia afundar o barco?

Francisco pensou no que dissera e não mais falou até que, apontando para a fortaleza, disse: – Ali!

– Na fossa séptica? – perguntou com indignação. Vocês o enterraram na fossa?

– Calma! Nunca a usamos, era apenas para despistar.

Depois disso foi até a cabana que ainda se conservava intacta, e mostrou na árvore a marca onde o chumbo havia resvalado.

"É possível, é possível", pensou Couro de Anta.

Os dois voltaram para a fortaleza e, sobre a mesa semicarbonizada, mandou que Francisco confessasse o assassinato escrevendo em uma folha de papel. Com as mãos trêmulas, ele escreveu o que Mendes lhe ditara, apenas corrigindo uma ou outra palavra. Depois disso ele falou apontando para o leste:

– Você sabe de cor o caminho de volta. Encha sua camisa com goiabas, que vocês mesmo plantaram, e volte para seu futuro filho e sua esposa. – Antes que saísse, Couro de Anta entregou-lhe um cantil:

– Nunca mais volte! Se eu souber que novamente reapareceu por aqui, vou atrás de você e o mato, entendeu?

Como se não tivesse ouvido, ele sorriu e perguntou:

– Onde está a tal gôndola?

– No fundo do rio.

– E os barcos que não estavam no ancoradouro?

– Escondidos na mata.

– E o Fidalgo?

Couro de Anta sorriu e respondeu:

– Só Deus sabe!

– Foi você que soltou a almofada e o cantil?

– A almofada não, mas o cantil e o chapéu de Estélio, sim.

Quando Francisco já quase sumia pela trilha que o levaria embora, Mendes o chamou e disse em voz alta:

– Sabe quem enterrou seu pai?

– Não, não sei realmente. – O mineiro parou, olhou para ele e disse: – Você?

Couro de Anta sorriu. Virou as costas e saiu calmamente rumo à floresta.

Francisco seguiu seu caminho. Estava louco de saudades da esposa e, por incrível que pareça, já não tinha mais ódio em seu coração.

A viagem do doutor Vidigal continuou rio acima, mas nunca encontraram os fugitivos e, muito menos, o capitão Faria, pois, como se ficou sabendo mais tarde, a mata era tão fechada que, além de ser difícil sua penetração, dois de seus homens foram picados por cobras peçonhentas forçando o cancelamento da expedição de Guaxupé.

A campanha punitiva tornou-se um redundante fracasso. Depois de dois dias no inferno, regressaram à Mata Verde. Quando, exaustos, chegaram ao ancoradouro da fazenda, para surpresa de todos os soldados, barqueiros e oficiais, o senhor Junqueira, tendo ao lado um advogado, vestindo um requintado terno, interceptou-os:

– Queiram me desculpar – disse o jurista –, mas o senhor tem mandado para entrar na fazenda do meu cliente?

– Antes de mais nada, deixe-me apresentar-lhe o doutor Vidigal, encarregado da Justiça, autoridade máxima da polícia do estado de São Paulo – disse o sargento Alves com impostação de voz e apontando para o seu superior.

O advogado, que portava documentos em uma das mãos, não aceitando a apresentação, respondeu:

– Qual o seu nome, soldado?

– Sargento Alves.

– Caro soldado, não posso dizer que, no momento, suas apresentações me satisfaçam, todavia, como essa fazenda é propriedade particular, em nome da Lei exijo um mandado.

Doutor Vidigal, colérico, respondeu:

– Trata-se de uma missão especial e, nesse caso, como estou à procura do senhor Estélio Pereira Lima, contumaz assassino, não vejo motivo para tal.

O advogado, em uma postura elegante e eficiente, complementou:

– Qual é a acusação, se o fato ocorrido há muito tempo, segundo os documentos em minhas mãos, já foi prescrito?

Nesse momento Vidigal procurou, desorientado, por Francisco e se lembrou de que este fazia dois dias que havia sumido e ninguém sabia do seu paradeiro. Houve um silêncio atroz e o delegado ficou sem saber o que fazer.

Antes que todos retornassem aos barcos, o senhor Junqueira falou:

– Estou entrando, por intermédio de meu advogado, com uma ação indenizatória contra o Estado.

Vidigal voltou-se e disse:

– Indenizatória?!

– Não só isso, doutor, mas também a acusação de roubo de pertences particulares do senhor Estélio, danificação de sua tenda, destruição de sete portas e 11 janelas.

Os jornais da capital ficaram sabendo da expedição e, por todos os cantos, censuraram sua atitude despótica visto que a pena tinha sido prescrita. Os periódicos consideraram a invasão como fruto de uma mesquinha vingança familiar. Essas manchetes abalaram profundamente a credibilidade do doutor Vidigal, pois a única comprovação de outros possíveis delitos, de seu perseguido, carecia de provas.

Depois disso, a mulher mais rica do interior paulista chamava-se Amélia Junqueira Pereira Lima. Dividia sua vida entre a cidade e o campo. Muito recatada, dificilmente aparecia em lugares públicos, tinha uma vida recôndita e dedicada a obras de caridade. Seu pai passou a gerenciar seus bens e ele, por incrível que pareça, havia feito uma bela e lucrativa troca, pois vendera sua fazenda e a recebera de volta com milhares de pés de café e a sede mais moderna do nordeste paulista. Todavia, o real herdeiro chamava-se Bartolomeu Junqueira Pereira Lima que, apesar da beleza de seus pais, era a criança mais feia de Cristália. Quando indagavam da feiura do neto, ele, com um sorriso maroto nos lábios, respondia:

– Pois é, o cruzamento não deu certo.

Poucos anos depois, a estrada de ferro já passava ao lado dos grandes armazéns da Mata Verde e o que, pouco tempo atrás, demorava 12 horas de barco, o trem fazia em uma hora. Entretanto, tudo já estava diferente. As grandes árvores tinham sido derrubadas e poucos capões de mato ficaram para se lembrar de sua magnitude. A lavoura tomou conta de toda a região e o belo rio, com suas águas claras e límpidas, passou, por causa do barro que caía em seu leito, a ser chamado de Pardo.

Amélia, depois disso, se tornou benemérita de Cristália e, cansada de o marido se autoconsiderar doador anônimo, deixou o nome de Estélio denominar ruas, grupo escolar e o ampliador da igreja matriz. Estélio Pereira Lima, o Barão do Café, passou a ser conhecido em toda a região por essa denominação.

Final

Precisamente 25 dias depois da invasão da Mata Verde, no cais de Belém do Pará, atracou um navio de pequena cabotagem e, curiosamente, dele desembarcaram 26 homens. Todos vestiam ternos de casimira de cor preta, portavam sapatos escuros e malas idênticas. Esse detalhe chamou a atenção dos habitantes da capital que acreditaram que, todos eles, pertenciam a alguma orquestra norte-americana, pois todos eram negros retintos; mas se olhassem, com mais atenção, para as mãos calosas e seus troncos taurinos, deduziriam que eram trabalhadores braçais uniformizados.

Em silêncio, quase em fila, por não saberem ler, portavam uma fotografia do outro barco em que deveriam embarcar. Foi nesse preciso momento que começou a chover. Eles aceleraram os passos e viram, na escada de um navio, também atracado, um capitão fazendo sinal dizendo que aquela era a embarcação que deveriam tomar. Era um barco de médio a grande porte e o convés estava repleto de caixotes. Desde o dia em que embarcaram, em Belém do Pará, até o término da viagem choveu como nunca tinham visto na vida. Quando todos haviam entrado, um homem branco, que ocupava uma cabine na parte superior do barco, anotou em um caderno o número dos recém-chegados, marcando 26.

– Dos 30, 26 retornaram – disse para si mesmo. – Isto é deveras satisfatório.

O barco subiu o Solimões e não parou mais. Foram terríveis dias trancados, em seus quartos ou no restaurante, sem ter o que fazer. Praticamente por causa da chuva, interminável, dia após dia, o estado de espírito dos viajantes entrou em profundo descompasso. Discussões surgiam a toda hora e as perguntas feitas à tripulação não eram respondidas a contento, apenas diziam: – Calma! muita calma!

Cada dia era um ano. O tempo parecia não andar. Os pobres negros começaram a sentir o "banzo", mal que os assolava, quando, prisioneiros, viajavam embarcados da África para o Brasil e sentiam, durante o trajeto, falta do lugar de origem. Esse mal se caracterizava por uma tristeza tão grande que, se não resolvida, acabava por exterminá--los. Muitos tinham vontade de pular no rio e voltar a nado para Belém. Outros pensavam em suicídio e tudo isso lhes causava um grande arrependimento por terem feito a viagem. Como o moral estava muito baixo, as melodias que eles cantavam eram tristes e lentas, e todas em seus idiomas nativos. Um dia, antes de chegarem ao destino, nenhum deles provou a comida. Estavam perdidos, mas, providencialmente, naquela tarde, eles perceberam que o barco diminuira a velocidade e que a chuva intermitente havia parado e, pela primeira vez, em tantos dias, puderam andar pelo convés e viram centenas de engradados que possuíam uma só inscrição: Usina Açucareira Fidalgo Mata Verde.

Calmamente a embarcação atracou. Foram convidados a descer por uma rampa, que dava acesso a um improvisado píer. Subiram uma escada de madeira e, por intermédio de uma trilha, deram com um alojamento todo telado e muito semelhante com o primeiro que ocuparam na formação da fazenda Mata Verde. As camas estavam arrumadas e, como entardecia, talvez, pela incerteza do amanhã, todos estavam macambúzios. Começaram a acender as lamparinas; Nelson abriu a janela que dava para o lado contrário do qual vinham e gritou entusiasmado:

– Olhem! Olhem!

Todos, imediatamente, abriram as respectivas janelas, que ainda permaneciam fechadas por causa da chuva, e viram o que nunca esperavam ver: Estélio sentado na varanda de sua tenda, tendo ao seu lado, nada menos que o sorridente Balu, vestido como se fora um príncipe, tomando conhaque, fumando um imenso charuto, e, com um enorme sorriso, convidava-os para se aproximarem.

Todos, transbordando alegria, aproximaram-se do paulistano. Nesse momento, com seus trajes costumeiros, portando um pequeno tonel de rum e diversas canecas, Couro de Anta, sorrindo, começou a distribuir o precioso licor aos colonos maravilhados.

Estélio levantou-se e disse:

– Vocês, meus irmãos, são os únicos que nunca me abandonaram e eu proponho um brinde para comemorar: todos por um!

– Um por todos! – exclamaram os colonos.

Estélio olhou um por um e disse:

– Prometo a vocês toda minha fraternidade e lealdade.

– Todos por um!

– Amanhã é o dia esperado por todos nós. Pela manhã, vamos começar a ensinar aos nordestinos como se faz uma usina de açúcar. Vamos desafiar a Amazônia!

– Vamos! Amanhã!

Depois de uma confraternização generalizada, proveniente de um fogão improvisado, duas grandes panelas exalavam um agradável odor de comida e, percebendo que chamavam a atenção de todos, Estélio convidou:

– Quero, excepcionalmente, convidar todos vocês para comerem comigo, preparada pelo nosso mestre-cuca, Balu, uma deliciosa sopa de tracajá.

Todos se animaram e a doce bebida os deixou em estado de graça. Em determinado momento, como estivessem programados, tiraram as camisas, sentaram-se ao chão e, com movimentos similares e concatenados, de troncos e braços, cantaram, para Estélio, a música do seu casamento e, semelhantemente à outra vez, em nagô, mas em vez do nome da tribo, a que se referia a canção, colocavam seu nome. Ninguém poderia saber ao certo, mas talvez fosse aquela música a primeira que entrava pela floresta adentro; parecia que a entoavam em uma enorme catedral, dada a natural ressonância, e sua nave eram as copas gigantescas das centenárias árvores. Cantaram por muito e muito tempo. Estélio, que havia se emocionado, virou o rosto para o outro lado, evitando dessa maneira que o vissem nessa situação. Foi nesse momento que seu olhar se dirigiu para o afluente do rio, o qual, no dia seguinte, subiriam, e era por lá que amanhã procurariam por terras para plantar. Seu tamanho era menor e sua mata ciliar composta de árvores gigantescas, e por causa de seus galhos enormes, estes quase tapavam o leito da luz da lua que, mesmo assim, deixava as águas prateadas. Essa visão formava um bonito túnel.

Com o cachimbo na boca, o capitão do barco que os trouxera apreciava, no convés, a estranha cerimônia que certamente nunca tinha visto em sua vida.

Foram dormir mais tarde do que de costume e voltaram a ouvir o que há muito tempo não escutavam na fazenda Mata Verde. Mesmo depois de ter chovido tanto, o calor era terrível. Nas roupas de cama, quando mudavam de posição, deixavam, pelo suor, a marca dos corpos. Novamente sentiram o cheiro de mato que impregnava as narinas. Urros das suçuaranas causavam arrepios, as queixadas matracavam na floresta com o bater de seus terríveis dentes. Ouviam-se passos que pareciam ser de humanos e, mesmo com tanta experiência na selva, eles não conseguiam dormir. Quando novo urro surgia, apenas se viam as partes brancas de seus olhos estatelados.

Aquela seria a noite das decisões. A terrível vigília os deixava insones, assim também como ficaram os heroicos espartanos antes da batalha de Termópilas: "Por que só 300 contra milhares? Por que dar nossas jovens vidas por um ideal que todos deveriam defender? O prêmio da morte não é aceito por ninguém, mas certos homens, raríssimos homens, não suportam a ordem natural da vida. A existência não se conta em tempo, apenas eles fazem a história e, como, na maioria das vezes, estão mortos, não sabem das consequências de seus atos nem de suas condições de heróis".

Os colonos já estavam acostumados às florestas e não seriam urros, barulhos estranhos ou animais que os fariam pensar ou temer, e sim a opção definitiva a ser tomada: ficar ou voltar. Começar tudo de novo ou receber da Mata Verde o que lhes foi destinado, e de que não usufruíram, por falta de tempo. Muitos, talvez, não tivessem mais a disposição de outrora, pois, com o decorrer do tempo, tinham ficado bem mais velhos e o entusiasmo já não era mais o mesmo.

Para quem não conciliava o sono, parecia que os animais abominavam aquela invasão do acampamento. A noite era longa e misteriosa. Ora bugios, ora pintadas demonstravam sua ojeriza aos invasores com urros alucinantes. Como o banheiro provisório ainda estava localizado fora, nenhum deles se aventurou a usá-lo, mesmo premido por necessidades. Negro Simão era o único, ao contrário de todos os outros, a quem esses barulhos e temores apenas serviam para embalar os sonhos.

Para Estélio, o culpado era o barco. Só depois de sua partida estariam livres desses pensamentos. Nessa noite sentiu uma falta, nunca vista, de sua Amélia e do pequeno e feio Bartho. Pensou até no conforto de sua casa e de tudo o que poderia usufruir depois da prescrição de sua pena. Ele sabia o que poderia acontecer, tanto é que deixou os colonos beberem, em demasia, para que dormissem sem muito pensar. Ele mesmo, seguindo esse pensamento, havia bebido muito acima do usual, e mesmo assim, não pregara, até o momento, seus olhos pesados. Apenas três, entre eles, dormiam com tranquilidade: primeiro Couro de Anta, como não tinha nenhum caminho a seguir, ficaria para sempre com o paulistano; segundo, Balu, que deixara para Estélio suas decisões; terceiro, Negro Simão, que mesmo se todos partissem, ele, por livre e por espontânea vontade, ficaria. Estélio permaneceu sentado em sua mesa por toda a noite. Dava uns pequenos cochilos e voltava a acordar. Viu, no meio da noite, uma enorme anta passar a poucos metros de onde se encontrava. Os dois fingiram não se ver.

Aos poucos um borrão formou-se a leste. A Lua tinha sido coberta por nuvens e o novo dia parecia anunciar-se chuvoso e rabugento. Antes da batalha, foi fazer demoradamente a barba. Vestiu-se como se fosse à cidade, lustrou as botas, enquanto Balu, que lhe fez companhia em sua vigília, pacientemente esperava a água ferver, para coar um fumegante café que, quando pronto, esparramou um delicioso aroma nunca percebido antes por aquela inóspita floresta. O paulistano pegou uma caneca da rubiácea e, apoiando-se no precário parapeito, olhou para o novo dia que surgia. Seria o dia das decisões. Com a claridade paulatina, a vida voltava à floresta dormente. Primeiro as aves que formavam uma grande orquestra dirigida pela luz solar. No início uma ou outra, mas depois, com todos os seus instrumentos naturais, encheram de melodia o amanhecer. O odor da selva penetrou nas narinas e, na sequência, os peixes começaram, em magníficos rebojos, a dura luta pela sobrevivência, como há milhares de anos.

Estélio, envolvido no lindo descortinar do que há muito tempo não via, lembrou-se de sua infância: "Os pássaros que aqui gorjeiam, não gorjeiam como lá" – sorriu. – É isso! É essa a vida que realmente eu amo. Olhou para o afluente que o desafiava e falou baixinho: – *Alea jacta est*! Vamos vencer a floresta, os animais, os índios, os bolivianos e o que for necessário, mas faremos a melhor usina de açúcar do norte e nordeste desse país.

Olhou para a escada de madeira que o levaria até o barco: "É agora!". Saiu a passos rápidos, como se temesse faltar força suficiente para resolver o imbróglio em que se metera. Antes de chegar ao navio, Estélio sentiu, na pele, que faltava alguma coisa para que tudo desse certo.

Havia marcado um café da manhã, às 6 horas, com o capitão Bryan, um inglês que havia trocado o Tâmisa pelos rios da Amazônia, de quem alugara o barco para o transporte dos colonos, mantimentos e maquinários. Enquanto isso, seus homens preparariam os botes para o início do desbravamento. Precisamente às seis horas, o britânico foi recebê-lo, convidando-o para subir a bordo. O paulistano já tivera, anteriormente, contato com o capitão e uma recíproca empatia os unia. Tomaram o café da manhã no quarto do inglês. Esse cômodo, segundo ele, era um pedaço da Inglaterra, pois tudo que lá decorava era originário da ilha. O contraste de seu aposento, mesmo com o barco, era gritante, mas se comparado com o acampamento, desconcertante.

Bryan, muito meticuloso, possuía uma maravilhosa coleção de relógios, todos impecavelmente polidos e bem cuidados. Seus ponteiros marcavam horas de diversas cidades mundiais, inclusive São Paulo, que, pelo fuso horário, tinha duas horas adiantadas. Também, era dono de uma pequena biblioteca, mais dirigida a assuntos sobre pássaros, sua grande paixão. Um gramofone e diversos discos serviam-lhe de companhia. Tudo isso configurava um extraordinário contraste com o mundo que o rodeava.

– Senhor Estélio – disse o capitão, notando o seu semblante carregado –, o senhor parece inglês...

O paulistano olhou-o demoradamente, sorriu e respondeu:

– O senhor também!

O marinheiro riu gostosamente e continuou:

– Eu me considero um grande aventureiro – disse com seu forte sotaque –, mas o senhor é o campeão! Ganha em valentia e ousadia, pois eu nunca fui tão longe em minhas navegações. O inglês falava como se quisesse transmitir-lhe um conselho. – Nada o faz temer? – disse-lhe ao mesmo tempo que lhe passava uma xícara de chocolate.

Estélio ficou sério:

– Temo sim. Temo o desconhecido, porém, depois de localizado, não o temo mais.

– Caro paulista, nunca tive o hábito de me intrometer em vidas alheias, mas, durante a viagem, não só por causa da chuva implacável que nos enclausurou, mas também por ter o hábito de sempre comer junto aos passageiros, por causa do tom de voz elevado de seus funcionários, eu, sem querer, ouvi muito de sua história.

O olhar de Estélio modificou-se:

– Não foram só coisas agradáveis que o senhor ouviu, não é mesmo?

– Não, isso não vem ao ponto. Pois, também tive meus motivos para permanecer por aqui; me refiro à sua obra em Cristália, é esse o nome de sua cidade, não é mesmo?

– Sim.

– O senhor é um vencedor, sua mulher jovem e bonita e, além de tudo, o maior plantador de café de sua rica região. – Parou por uns segundos, talvez pensando se não estivesse sendo ousado e impertinente, e prosseguiu:

– O que lhe falta, apesar de todas essas vitórias?

Estélio estranhou para onde o raciocínio do estrangeiro queria levá-lo:

– Por que me pergunta isso?

– Simplesmente porque ouvi da minha tripulação fatos, de arrepiar os cabelos, e esses fatos acontecem por aqui.

– O senhor acredita piamente?

Disse o capitão:

– Em 30%: cobras gigantescas que atacam barcos em movimento; jaguares que ousam entrar em acampamentos e, o pior de todos, índios, que como o senhor disse, devem ser temidos.

– Por quê?

– Porque nunca são vistos.

O paulistano abaixou a cabeça e pensou: "Já ouvi isso antes".

O britânico continuou:

– Os meus tripulantes chamam o afluente, que daqui a pouco navegarão, de "Boca do Inferno"; quem o subiu nunca mais voltou...

Estélio, como percebesse a preocupação para com ele, disse:

– Realmente, antes de lhe falar, temi que me pedisse para voltar.

– Está arrependido?

– Às vezes, sim; mas, como é de minha própria natureza, com o andar da carruagem, tudo se perde ante o desafio e, para falar a verdade, meus ancestrais e eu não tivemos, ainda, explicações salutares sobre o nosso modo de viver.

– Quanto a chamá-lo para voltar eu nunca o faria, mas, insinuar: sim! É meu dever de capitão e levo isso muito a sério. Falar abertamente é intrometer-me em suas resoluções que, por serem audazes, devem ser radicais e profundas. Apenas cortaríamos as folhagens e alguns galhos, mas, por suas raízes, voltariam a brotar novamente e com muito mais viço.

Houve um minuto de silêncio absoluto. O capitão abriu a porta e acendeu o cachimbo, fazendo um agradável odor de chocolate inundar o camarote.

– Nós dois somos da mesma cepa. Jamais voltaria à minha casa para permanecer definitivamente. E não vai ser depois de velho que minha mulher tornaria a receber-me. Como o senhor sabe, nós, ingleses, somos inveterados navegadores e, quando voltamos para nosso porto de origem, já dois ou três dias depois, tornamos ao cais para partir novamente.

– Senhor Bryan – cortou Estélio –, acredita em Deus?

– Sim, claro! Mas Ele sempre está muito longe de mim, aí, eu sempre preciso procurá-lo e nunca está por perto.

O paulistano levantou-se:

– Tem razão, o meu também! Sempre muito distante e, para melhor encontrá-lo, o fim do mundo é o lugar mais apropriado, pois, aqui, sua obra ainda continua intocável.

Nesse momento, Bryan olhou para Estélio e disse:

– Para evitar dúvidas vou permanecer, hoje, em companhia de vocês e amanhã, bem cedo, partirei, pois um dia para pensar será de muita ajuda.

– Não! Pelo amor de Deus! – exclamou, com certa irritação, o paulistano. – O senhor conhece a história de Cortez, ou talvez, Pizarro, não sei ao certo, quando desembarcaram na América?

– Não que eu saiba, respondeu com ar de curiosidade.

Disse em tom professoral: – Pois bem, um deles chegou à América com uma numerosa frota. Iriam explorar parte do novo continente. Os soldados, acompanhados da grande novidade para os nativos, os cavalos, desembarcaram e, perto da praia, fizeram um gigantesco acampamento. O dia seguinte seria decisivo. Cortez ou Pizarro estava na nau capitânia e aquela noite, para comemorar a bem realizada travessia do Atlântico, os oficiais fariam um jantar, comemorativo, regado ao bom vinho ibérico. O almirante sentiu que alguma coisa não estava certa. Do convés da nau olhou para o acampamento e para suas barracas que, perto da floresta gigante, pareciam pequenas caixas de nozes. Desculpou-se em não participar da solenidade e pediu ao seu auxiliar que lhe trouxesse uma farda de soldado raso. Trajado como tal, solicitou que fosse levado até lá. Os soldados já haviam comido e, nas suas tendas, conversavam sobre o enigmático por vir. Como nunca tinham visto árvores tão grandes em sua terra natal e estas lhes causavam temores, começaram a planejar um motim, pois achavam que seria inviável sua penetração. O astuto almirante, depois de correr todo o acampamento, satisfeito com o que ouvira, voltou para a nau capitânia. Chamou seus oficiais e, para espanto de todos, ordenou:

– Queimem todas as embarcações! Apenas a nau capitânia voltará a Madri para justificar minha decisão extrema – a descabida ordem fez com que os oficiais, no início, a considerassem uma imposição insana, porém, com as devidas explicações, uma das mais poderosas frotas do Velho Mundo foi reduzida a escombros e seu clarão iluminou um grande acampamento. No dia seguinte, os soldados não tiveram outra alternativa a não ser cumprir as ordens do almirantado.

Bryan entendeu o recado e acatou a ideia.

Terminada a história, Estélio entregou ao capitão uma maleta com o dinheiro que faltava ser entregue.

– Peço que volte, daqui a dois meses, trazendo o que estiver relacionado nesse papel – disse-lhe confiando a ele uma longa lista. – Traga, também, não importa o preço, um bom médico clínico geral. Vamos precisar. Tudo já foi desembarcado?

– Sim, tudo. Gostaria de mandar recado aos seus?

– Obrigado, capitão, não carece. Todos já se acostumaram com minha ausência.

Antes de sair, Bryan chamou a tripulação e perguntou se alguém, por um muito bom salário, que conhecesse o local, gostaria de ficar.

O mais forte deles se adiantou:

– Qual é o plano?

– Subir o afluente, "Boca do Inferno", para procurar terras para plantar.

Todos que ouviram o que paulistano dissera, indiferentes, apenas saíram da rodinha e voltaram para seus afazeres. Não se dignaram a responder. Ao sair do navio, encontrou seus homens já embarcados, à sua espera. Ninguém falava nem se ouvia qualquer ruído, o silêncio era constrangedor.

Estélio olhou a todos com firmeza e disse:

– Vamos!

Precisamente às 7 horas daquela nublada manhã, três grandes barcos, com oito negros cada um, sendo seis vigorosos remadores, começaram a subir o grande rio em direção ao seu afluente "Boca do Inferno". No primeiro barco estava Estélio, sentado, muito pensativo, no banco de proa. No terceiro, em uma banqueta mais alta, Couro de Anta, vestido a caráter, portando uma moderna carabina, dava proteção à tripulação. Era um estranho cortejo náutico.

Nesse mesmo horário, parecendo ironia, o navio que os trouxera, desvencilhando-se de suas amarras, começou a fazer o trajeto inverso. Apitou tristemente e seu silvo tocou profundamente o coração dos que ficariam. Uma esteira, muito branca, foi se formando em sua popa provocando ondas que correram em direção às suas duas margens opostas, solapando seus barrancos. Parecia uma grande fita de cetim branco, que, como tapete, convidava os colonos a subirem e a voltarem novamente a bordo da embarcação.

O tempo estava ficando mais escuro e muitas nuvens baixas, vindas do norte, ameaçavam chuva. Os pássaros não cantavam nem os peixes se moviam. Tudo havia parado naquela triste manhã.

Os remadores pareciam preocupados e, apesar da experiência, vacilavam em suas remadas; os botes não ganhavam velocidade necessária e a convicção decisiva em ficar ainda não estava formada.

"Falta alguma coisa", pensou novamente Estélio.

Balu, no acampamento, parou seus afazeres para acompanhar o momento decisivo. Mesmo sem ouvir, sua sensibilidade captou a dubiedade na decisão do grupo, e isso o deixava por demais apreensivo.

O lugar do acampamento era bem mais alto e, por isso mesmo, tinha sua visão privilegiada. Os barcos pareciam minúsculos ante as imponentes árvores da mata ciliar. Uma espessa névoa, muito branca, tinha apenas coberto o leito do rio, simulando nuvens que davam impressão de que os barcos vagavam sobre elas parecendo botes fantasmas e seus remos, em movimentos sincronizados, quando tocavam a água, abriam brechas arredondadas em sua superfície parecendo passos que, imediatamente, a neblina caprichosa voltava a tampá-los, como apagando pistas imaginárias, deixadas pelos escaleres que iam à frente. Também, não menos preocupado, capitão Bryan acompanhava a partida dos colonos e, sua tripulação, em peso, fazia-lhe companhia, não acreditando que eles seguiriam em frente. Bryan pensou: "Falar não falo, mas insinuar é meu dever de capitão".

Fez sinal ao seu imediato para que saísse a meia nau, para dar tempo suficiente aos que poderiam se arrepender e, vagarosamente, pegou o leito do rio, pois logo abaixo havia uma curva e depois dela não haveria mais volta. Novamente seu imediato pediu permissão para partir em definitivo, mas Bryan fez lhe um sinal para que tivesse calma. Acendeu o cachimbo e ficou olhando para os escaleres e, como ato derradeiro, mandou que o navio apitasse por três vezes seguidas.

Nesse momento, os remadores, como que atraídos pelos três silvos, pararam de remar e ficaram olhando o grande cargueiro que partia. Negro Simão, que em nenhum momento olhara para trás, temeu pela súbita parada.

O capitão, muito perspicaz, notou com ar de alívio que os tinha tocado. Como ninguém mais remava, os barcos, acompanhando a corrente, começaram a descer, lentamente, o grande rio e o navio, como fosse o ventre materno, parecia chamá-los de volta ao seu abrigo seguro. Sem que percebessem, começaram, aos poucos, a retornar no tempo e no espaço. Regrediam à fazenda Mata Verde, ao Portinho, deixavam o planalto e retornavam à orla marítima da segurança. O cordão umbilical ainda os prendia e seus esforços não foram suficientes o bastante para seguirem em frente. O momento foi tão delicado, tênue, que bastava um deles, apenas um, dizer: "Vamos voltar!" para que, na acepção da palavra, fosse tudo por água abaixo.

Foi nesse momento decisivo que o Negro Simão lembrou-se do que havia feito e, como louco, temendo a falta de tempo, procurou em seu embornal um objeto cilíndrico. Molhou os lábios com a língua e começou a tocá-lo. Sua pequena e simples flauta doce parecia mágica e começou a encantar, com sua melodia, todos os tripulantes. Os rostos, antes pensativos e absortos, como por magia, rejuvenesceram com seus acordes. Os pássaros já não faziam falta e o sol voltou a brilhar pelo menos em seus olhares.

Estélio olhou com aprovação para o Negro Simão. Colocou a perna direita na proa do barco, as mãos na cintura e estufando o peito, como era seu costume, ordenou:

– Em frente!

Nesse momento, Nelson levantou-se de seu banco, e com voz soprano, acompanhado pela flauta, começou a cantar:

– Escravos de Jó jogavam o caxangá, tira, põe, deixa ficar...

Ao som da música, os braços tornaram-se fortes novamente e as cabeças altivas; em um só golpe, os liames que os faziam prisioneiros foram cortados a espada. Os barcos de madeira rangeram com a pressão de suas remadas e as águas do rio foram violentamente cortadas pelas quilhas de seus escaleres. Ato contínuo toda tripulação, com sua grossa e potente voz, sorriso nos lábios, batendo os pés no fundo do barco para fazerem a marcação, continuou:

– Guerreiros com guerreiros, fazem zigue-zigue-zá.

O vozeirão dos colonos explodiu no silêncio da manhã e o ritmo da música concatenava as potentes remadas que impeliam os barcos, a grande velocidade, rumo ao que sempre desejaram: grandes desafios.

Bem acima deles, no acampamento, dentes de giz iluminaram a boca de Balu, em um magnífico sorriso.

Quando as vozes paravam de cantar, a flauta tocava, e quando a flauta silenciava, as vozes cantavam novamente. Como o afluente era pequeno e suas árvores laterais gigantescas, assemelhava-se a um túnel de piso líquido, parecido com uma imensa garganta mitológica, que foi, um por um, engolindo os barcos dos argonautas. Suas canções, ajudadas pelo vento a favor, também foram, paulatinamente, sumindo ao penetrarem em suas entranhas, até se tornarem, pouco tempo depois, um silêncio absoluto.

Naquela manhã, apenas duas horas mais tarde, em função do fuso horário, a mãe de Estélio, Antonieta Pereira Lima, acompanhada do velho senhor Reinaldo, acomodou-se no vagão especial que ostentava, em suas laterais, o nome de Fidalgo Mata Verde, rumo a Cristália.

Como chovia e fazia frio, as janelas estavam fechadas e embaçadas. O velho serviçal tinha um jornal dobrado sobre as pernas e os óculos redondos, quase caindo, na ponta do pequeno nariz; tirava uma soneca antes de partir. A senhora Antonieta lia umas revistas femininas quando alguém bateu na janela, deixando marcas de dedos no vidro embaçado.

Reinaldo levantou-se com muita dificuldade e abriu a janela da composição. Vozes, vindo de baixo, pediram:

– Poderíamos falar com a senhora Pereira Lima? – disseram, quase ao mesmo tempo, três impertinentes repórteres.

O velho olhou para ela:

– Querem lhe falar.

Com muita distinção, levantou-se e foi até a janela.

– Senhora, por favor, responda só a uma pergunta.

O trem deu mais um apito e um movimento brusco quase a fez perder o equilíbrio.

– Só uma! – concordou.

– Estélio, seu filho, é o último dos bandeirantes?

Ela pensou antes de responder.

– Por que vocês não perguntam a ele?

Os olhos dos repórteres brilharam e os três, ao mesmo tempo, perguntaram:

– Então, diga-nos, onde ele está!?

Ela deu um sorriso encantador, abriu os braços e disse com ar de desiludida:

– Só Deus sabe!

Dias mais tarde, a senhora Antonieta aguardava a hora para mandar servir o almoço, sentada em sua poltrona preferida, lendo periódicos.

Senhor Reinaldo, depois de atender à porta, aproximou-se trazendo uma carta recém-entregue.

– Para a senhora.

Antes de abri-la, vendo que sistematicamente o antigo serviçal permanecia, apesar de sua avançada idade, em pé ao seu lado, falou:

– Senhor Reinaldo, pelo amor de Deus, faz 56 anos que está comigo e...

– Cinquenta e cinco – corrigiu o antigo empregado.

– Que seja! Mas, por que teima em ficar, com quase 86 anos, em pé, ao meu lado...

– Oitenta e cinco! – novamente a corrigiu.

Esforçando-se para não perder a fleugma, continuou:

– Faz mais de dez anos que o senhor não mais trabalha nesta casa. É meu hóspede, senhor Reinaldo! Então, pois bem, poderia, fazendo um grande favor, sentar-se como uma pessoa normal, em vez de ficar em pé ao meu lado?

O velho fez uma cara de quem não havia gostado da reprimenda e, mesmo assim, foi sentar-se como sua ex-patroa mandara.

Ela só então examinou a missiva que, ao contrário das outras vezes, estava com envelope e letra diferente. O remetente estava em nome do senhor Bryan White e o endereço era o porto de Belém do Pará. Intrigada, abriu e, para seu espanto, no seu interior, estava outra carta, mas com letra e envelope costumeiros. A missiva interna, nos seus escritos, apresentava manchas e rasuras provocadas pela umidade.

Antonieta, há muito tempo, tinha contratado um homem, sem que Estélio soubesse, que desse uma segura retaguarda para seu filho e ao mesmo tempo lhe mandasse notícias: Antônio Mendes. A partir dessa época, a senhora cuidava das despesas da mãe de Couro de Anta. As cartas eram regulares e contavam fatos ocorridos na fazenda Mata Verde, todavia, pela primeira vez estava recebendo uma missiva postada em Belém do Pará. Ao lê-la, reparou que era, em vez de notícias triviais, um relatório reproduzindo um diálogo havido entre os dois, nos últimos dias da fazenda Mata Verde, transcrito por Antônio Mendes, uma longa conversa...

"Quando me sentei, Estélio não se dignou a olhar-me. Havia alguma coisa no ar.

Como sempre fazia, sentava-se com elegância e postura. Suas roupas contrastando com a verde floresta que nos rodeava eram por demais citadinas. Botinhas engraxadas, um cinturão de couro largo e camisa de rendas. Trazia na mão um lenço, muito branco, que servia, como hábito, para passar nos lábios ou espantar moscas imaginárias. Para quem não o conhecesse, pareceria pedante e um verdadeiro dândi, mas ele era os dois, apenas em alguns pontos, enganando, quem não o conhecesse, realmente como ele era. Como o silêncio não foi quebrado, fiquei de rabo de olho, medindo-o dos pés à cabeça.

Estélio pegou dois copos de cristal e os colocou contra a luz à procura de manchas. Fez com o dedo um sinal para seu aio e lhe entregou um deles, para que fosse lavado novamente. Uma tolha de linho irlandês cobria a mesa e, sobre ela, uma caixa de charutos cubanos, que me foram oferecidos. Com uma tesoura apropriada cortou a ponta do seu e em seguida a passou para meu uso. Depois de sentir o agradável odor, o acendeu. Uma nuvem azulada demorou em dissipar-se. Balu colocou conhaque nas duas taças e as distribuiu entre nós.

Ao tomar o primeiro gole, Estélio parecia pensar: 'Nada como um conhaque para dissipar o mau humor, daqui a poucos minutos, veremos o mundo sob novo aspecto'.

Olhei demoradamente para ele e disse, temendo pelo silêncio reinante, que minha voz não soasse bem:

– Patrão, você não me parece muito feliz por sua vitória – falei apontando para as construções que seriam entregues em poucos dias – certamente, aqui no nordeste paulista, não existe nem existirá uma fazenda igual à sua.

Meu interlocutor tomou novamente seu conhaque, tragou profundamente como se que desse um tempo para pensar o que responder.

– Senhor Mendes, para mim e para meus ancestrais alcançar um objetivo não foi e não será nossa meta final, é uma mera consequência; pode ser uma vitória ou uma derrota: são apenas resultados. Meu desejo, talvez, o seu também, pelo que conheço, é um grande desafio.

Tomou fôlego, olhou com um ar de tristeza para mim e disse:

– Aqui não é mais nosso lugar, assim como para os animais selvagens que já se foram daqui, também, dia a mais ou dia a menos, deveremos partir para procurar um local que realmente seja nosso. Pretendo convidá-lo, juntamente com meus colonos, a desbravar outras terras. Não faço questão de saber onde elas se encontram, basta que seja um grande desafio, o lugar é o de menos.

Parou um pouco, como se pensasse, tornou a encher os copos e a bebida, pouco a pouco, deixava-o mais solto e confiante:

– Meus ancestrais, Couro de Anta, eram mentirosos, todos eles. Diziam às suas esposas que partiriam à procura de diamante, ouro ou esmeralda, mas apenas encobriam seus reais objetivos: desafios impossíveis. Eu, por maldição, sinto no meu peito essa ânsia incontrolável em partir e, o pior, não posso mentir, não sou capaz de viver sem ela. Naquelas terras, os cemitérios eram só para as mulheres, pois seus maridos tinham os ossos esparramados por este Brasil afora, em lugares não sabidos. Eles não tiveram, jamais, um endereço para suas correspondências, quando as notícias chegavam, isto é, quando chegavam, já estavam velhas, muito velhas. Minha mãe me contou que havia na vila um túmulo e nele estava escrito: 'Embaixo deste mármore rosa, eu lhe esperarei para toda a eternidade, pois a morte nunca será mais forte que o amor que nos uniu'. Como ele nunca voltou, apenas o nome dela ficou inscrito na lápide, pois nem a morte foi suficientemente forte para lhe conseguir uma moradia.

Depois de olhar-me, demoradamente, Estélio me confidenciou:

– Vou entregar a fazenda para meu sogro, o senhor Junqueira.

– O quê! – exclamei. A melhor fazenda do nordeste paulista?!

– É verdade. Não fomos feitos para, na velhice, sentarmos em cadeiras de balanço, na varanda de um casarão qualquer e, contando histórias, esperar a morte chegar. Nós nascemos para fazer história, apenas os outros as contarão, mas serão as nossas histórias e, nós, seus personagens.

Tornou a encher os copos, acendemos os charutos apagados e Balu, sentado, não muito longe de nós, olhava-nos como se não ouvisse, mas ao notar esta situação, Estélio tinha certeza absoluta de que, mesmo sem escutá-los, ele os entendia. Encarou-me, desafiadoramente, e perguntou:

– Você virá comigo?

Um silêncio constrangedor fez minha resposta demorar em ser respondida:

– Eu só tive dois amigos na minha solitária vida de mateiro: capitão Meira Júnior e Estélio Pereira Lima. Como o primeiro já morreu e como só sobrou você, sempre estarei ao seu lado.

Estélio sorriu satisfeito com a resposta e disse:

– Mesmo sem entender, se o que me disse foi ou não um elogio, ou, talvez, uma contingência da vida, eu lhe agradeço pela companhia.

Estélio respirou aliviado com minha anuência.

– É muito bom tê-lo comigo! Fez uma pausa e continuou: – Como sabe, distribuí dinheiro para os colonos e os pobres homens, na simples vida que levam, na sua grande maioria, deixaram o numerário comigo, talvez tenham esquecido como dele usufruir. Você vai querer a sua parte?

Sorri e respondi com ar de desdém:

– Realmente, também eu não saberia o que fazer com ele. Guarde-o com você e, caso precise, eu o pedirei.

– O engenheiro me garantiu que até este fim de semana me entrega o total das obras. Você vai mudar para a casa nova?

– Não – respondi.

– Eu também não. Sou soldado e, como tal, sempre morarei em tendas. Amélia gostará – deu um sorriso fora de hora e continuou: – Falando em mulheres, sabe por que nos amam? Porque convivemos muito pouco com elas. A ausência transforma o pouco tempo de convívio em uma essência de amor, e é por tão poucas horas que tem de ser eterno enquanto dure. É, talvez, o medo de não tê-lo, novamente, amanhã, que o torne inesquecível e se cansarem de esperar, e se casarem com outros, o cotidiano, em pouco tempo, as fará lembrar que o nosso amor era mais intenso porque nunca teve tempo para se transformar em rotina.

Mesmo casando novamente, quando a porta se abrir é sempre nós que elas esperarão, pois nosso tempo, pela ausência constante, será sempre lua de mel ainda não terminada, ou, talvez, mal tenha começado e, por isso, sempre será inesquecível.

– Você é mais feliz que eu – disse-lhe cortando o que falava.

– Por quê? Somos da mesma laia!

– Não – respondi –, nunca tive um amor, nunca alguém me esperou depois das minhas perigosas idas e vindas e você, ao contrário, sempre teve alguém lhe esperando.

– Quem lhe falou que tenho amor? – disse Estélio com uma ponta de rancor. – Pela minha vida de cigano, apenas tenho migalhas de amor. Nunca vou ter tempo, pela vida que levo, para um grande amor. No fundo, sou tão solitário como você e, por nossos destinos, os deuses nos privaram das benesses do amor. Nosso verdadeiro amor está presente em cada rio, cada floresta que transpomos, especialmente, se lá ninguém ainda ousou colocar os pés. Nosso amor, concluiu, é desafiar a vida. E sabe – disse segurando em meu braço para chamar minha atenção – qual será nossa real remuneração? – perguntou, sem receber a resposta, e continuou: – Quanto vamos receber por tudo isto? – repetiu. – Talvez reconhecimento posterior, como: nome de vilas, ruas, estradas, mas, quando forem cortar a fita inaugural, infelizmente, já não estaremos vivos. Quanto ao dinheiro, para onde vamos e vivemos, não tem valor. Não é usado. Fazemos fortunas para os outros, mas como nossa calça não tem bolsos e como não paramos em lugar nenhum, não nos é possível guardá-lo. O que amamos não se paga com dinheiro, se paga com a nossa própria vida. A aventura que temos na nossa alma não pode ser aquilatada como se fosse bem material, ela é muito superior aos bens terrenos. É uma maldição! Uma bendita maldição e sem ela nos morreríamos, precocemente, na rotina das cidades."

Terminada a carta, a senhora notou que havia uma data na missiva; precisamente dois dias antes de saírem fugidos da fazenda Mata Verde.

Quando Antonieta Pereira Lima terminou de ler a carta, senhor Reinaldo, de rabo de olho, percebeu que ela tinha os olhos mareados; disfarçando, olhou para o lado e delicadamente os enxugou; suas lágrimas, apesar de retidas, estavam fora do seu controle emocional. Depois que leu a missiva, dobrou-a, cuidadosamente, como sempre fazia, para ser guardada juntamente às outras. Ao se levantar, falou baixinho:

– Oh, insensatas razões do coração!

O almoço estava servido. Ela o ignorou e começou a subir a escada de mármore que a levaria ao piso superior. O velho serviçal notou que seus passos eram muito lentos, parecendo muito mais idosa do que realmente era, e que, talvez, sua patroa carregasse em suas costas um peso acima de suas possibilidades. A subida era muito vagarosa e parecia que cada degrau era um capítulo da Via Sacra. Não olhou para trás, apenas quando chegou ao seu quarto fechou vagarosamente a pesada porta de madeira de lei, que ecoou como se vedasse um túmulo solitário.

Nunca mais tiveram notícias deles.

Fim

Para mais informações sobre a Madras Editora, sua história no mercado editorial e seu catálogo de títulos publicados:

Entre e cadastre-se no site:

 www.madras.com.br

Para mensagens, parcerias, sugestões e dúvidas, mande-nos um e-mail:

 marketing@madras.com.br

SAIBA MAIS

Saiba mais sobre nossos lançamentos, autores e eventos seguindo-nos no facebook e twitter:

 @madrased

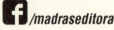 /madraseditora